イオの惨劇

Tragedy of Io

Fuyuno Yuki

冬野由記

文芸社

献辞

Aに

この小説を書き進めているときに、あなたに出逢いました。

作品ができあがるまでの間に、
幾度かのささやかなデート（デートと呼んでいいですよね）を重ねることができました。

おりおりのメールのやりとりは、何通になったでしょうか。

時に心愉しい、また、時につらいできごとや、日々の想いたちがありました。

この数ヶ月の間のあなたへの想いや、あなたからもらった言葉ひとつひとつが
この作品に、いくつものあらたな息吹きや彩りを与えてくれました。

あなたと出逢えたから、あなたを想うことができたから、
わたしは、わたしの初めての小説をこのように書き上げることができました。

まず、ありがとう、と言わせてください。

そして、この数ヶ月の間に、

わたしにとって、あなたが、確かにかけがえのない人であるということを知りました。

あなたの傍らにあって、時にあなたを支え、
あなたが傍らにあって、時にそれを支えに、
そんな風に、いっしょに歩んで行ければ、どんなにかすばらしい人生になるでしょうか。

出逢ってからのほんの数ヶ月で？　ほんの幾たびかのおしゃべりと何通かのメールのやりとりで？

あなたは、そう思うかもしれません。

信じてくれますか。

信じてください。

この作品が、あなたのお気に召すかどうかはわかりませんけれど。

わたしが、ある日、あなたにそんな思いを伝えたら、
あなたは、それを受け止めてくれるでしょうか？

二〇〇三年　秋

Y

目次

イオの惨劇

0 序奏　氷柱よ

死にたくない。
今さら、こんな思いにさせるなんて。
もし、神様というものがいるのなら、なぜ?
死にたい時には死なせてくれず、
生きたい時には生かしてくれない。

あの時だって。
神様は、何もしてくれなかった。
神様は、何も言ってくれなかった。
あの時だって、わたしは。
あの時、わたしは、たぶん、死なせてほしかったのだ。
まだ、生きるとか、死ぬとか、そんなことも、そんな言葉も、知らなかったけれど。

でも、あの時、わたしは、待っていたに違いない。
誰かが、わたしを連れ去ることを。
誰が？
神様？
そうじゃない。あれは。
そうだ。氷柱《つらら》だ。
わたしは、氷柱を待っていた。
はるか天上の氷柱たちを見上げながら、
あれたちが、わたしを連れて行ってくれるに違いないと。
わたしを、この世界から連れ出して、母が、父が去ったどこかへ。
わたしは、なぜ、氷柱なんか知っていたんだろう。
そうだ。いつだったか、寒い朝だった。

あれは何？
つららだよ。

つらら？
春になると、
昼にお日さまをもらって融けだした水が、
夜にお日さまを奪われて凍り、
それを幾夜も繰り返して
氷柱になるのだ。

そうだ。あれは、寒い、お日さまの眩しい朝だった。
その氷柱の先っぽに、お日さまが入るのを、わたしは見た。
氷柱に入ったお日さまが、つぅと下にすべり、
ぽたんと落ちるのを、わたしは見た。

あ。お日さまが落ちた！

でも、氷柱にはまだお日さまがいた。
そして、氷柱の根元が緩み、お日さまごと氷柱は落ちた。

あ。また、落ちた。

わたしは、急いで、落ちた氷柱を探した。
それは、窓下の雪溜りに突き立っていた。
そして、お日さまは、もういなかった。

わたしは待っていたのに。
この世界から連れ出して、母が、父が去ったどこかへ。
でも、氷柱は落ちて来なかった。
神様も来なかった。
わたしは、母と父から引き離されて、この世界に留め置かれてしまった。
神様が、何かしてくれたことなんかない。
神様が、何か言ってくれたことなんかない。

世間では、神様が大流行《おおはやり》だ。

神様のオン・パレードだ。
古いのや、新しいのや。
でも神様たちに何ができる？
何千、何百、何万の神様がいようと、
人間は、その何万倍、何十万倍もいるのだ。
ひとりひとりの望みや願いに、かかずらわってなどいられるものか。
神様たちに人間のことなどわかろうはずがない。
神様たちに人間の声など聞こえようはずがない。
所詮、神様は神様でしかない。
神様なんかに何もできやしない。
神様なんかに何も言えやしない。
わたしを死なすことも、
わたしを生かすことも、
できやしない。

死にたくない。

神様？　いたとしても、あんたらにわたしの声など聞こえやしまい。
死にたくない。
生きたいのだ。今は。

でも、あの時とは違う。
わたしには、力がある。
わたしには、方法がある。
わたしは生きる。
わたしは死なない。
神様たち！
あんたたちにできないことでも、
わたしにはできる。
やってやる。
何もできない、
何も言えない、
あなたたちとは違う。

何も見えない、
何も聞こえない、
あなたたちには頼らない。
私は生きる。
生きつづけてやる。

氷柱よ。
氷柱たちよ。
あの時、おまえたちは、黙ってわたしを見下ろしていたね。
わたしは、お日さまを手に入れる。
わたしは、うっかりお日さまを手放したりしない。
わたしは、くじけて落ちたりしない。

わたしには力がある。
わたしには方法がある。
わたしはお日さまを手に入れて、

お日さまになってやる。
わたしは、死なない。
わたしは、生きる。
生きつづけてやる。

1
22：00 ニュース・ポート

「今夜は特別宇宙ライブ　国連事務総長インタビュー　生放送」

おい、始まるぜ。二時だ。
お勧めは誰？
うちらのグループだろ。
えっと。たしか、時間割は……と、あぁ、前半はユラ、後半はリン。
最強でいくか。
そりゃそうだ。きついよぉ。今日のは。
電話や普通のデータとはわけが違うもんね。量も密度も半端じゃない。
あっ……と。始まる始まる。

プ・プ・プ・ポーン

「ニュース・ポート!!」

「ごきげんよう、みなさん。日本《ニホン》時間午後十時、標準時では昨日の午後二時。二十一世紀末の日本から二十二世紀の宇宙へ向けて最新の情報と思潮を発信する、ニュース・ポートです。キャスターの柘植宇《つげしらす》です。アシスタントは」

「アナウンサーの稗田礼子《ひえだれいこ》です」

「そして本日のスペシャル・コメンテーターは、近代政治史がご専門でいらっしゃいます、菅原《すがわら》真《まこと》さんです」

「こんばんは」

「よろしくお願いします」

「本日は、アルディン国連事務総長におこしいただいております。初の女性事務総長にして国連改革の旗手が、何と生出演です。後ほどインタビューを実況放送いたします。約十五分後の予定です。事務総長、よろしくお願いいたします」

「こちらこそ、よろしく」

へぇ。今日は大人しいんじゃない。あの服。グリーンのスーツ。
だよね。事務総長、いつも真っ黒とか真っ白じゃん。
それより、あたしらのこと言わないの？
しぃーっ。始まったばかりじゃんかぁ。言うよ言うよ。ほら。

「もうひとつ、大事なことを。本日の放送は、国連の全面的なご協力を得まして、トランス・システムによる太陽系全域への実況放送を試みております。ブロードキャスティングとしては初めての実況ということになります。火星のみなさん、木星エリアのみなさん、各基地、ステーション、高層スペースポートのみなさま、そして飛行中のみなさま、ごらんいただいておりますでしょうか」

ごらんいただいてますよぉ。
イオの分はユラとリンがちゃんとやってるって。
へへぇ。何かたいそうなこと言ってるよ。
事務総長が、後でもっとたいそうに言ってくれるさ。

「それでは、まず本日のヘッドラインから。稗田さん、お願いします」

「本日のヘッドラインです。

UNAに対する残存兵器に関する第三次査察で、査察団は、南極基地から二十基以上にのぼる二次核兵器の弾頭が発見されたと報告しました。

黄死病裁判が、本日結審しました。判決は三ケ月後の予定です。

金星の帰属に関する、国連と金星自治政府の実務者レベル会談が始まりました。一日目の模様をお伝えします。

東アジアにおける、四番目のスペースポートが上海に建設されることが正式に決定しました。

先頃、小笠原諸島付近で発見された、あらたなメタン・ハイドレード層の埋蔵量など調査結果が報告されました。

スポーツ関連です。MLB存続の危機です。改組に強硬に反対するウォーカー二世コミッショナーはあくまで改組阻止の動きを見せています。スポーツ関連は四十分頃にお伝えします」

「では、最初のニュース。南極で二十基ですか？」

「はい。お伝えします。先週から行われています、UNA北米連邦に対する残存兵器に関する第三次査察で、査察団のハイヤーム団長は、UNA南極基地に二十三基にのぼる二次核兵器の弾頭が未処理のまま隠匿されていたと報告しました。これに対してUNA政府当局者はこのように釈明しています」

『二十年以上前のことであり、戦後の混乱の中で、現場の指揮官が指示した可能性もある。こういったケースでは、政府には掌握できず、断じて隠匿していたわけではない』

「査察団としては、今回のケースも含めて『国外の拠点に兵器が隠匿されている可能性が高まった』として、査察期間の延長とあわせて、中米、西インド諸島、さらにＵＮＡ管轄下に置かれていた宇宙基地にも査察の範囲を広げるべきだと国連行政局に申し入れる予定です」

「金星はどうなんでしょうねぇ。菅原さん」

「そうですね。金星はもともとＵＮＡが中心になって植民計画を推進していましたから、実質上はＵＮＡが管轄していた最大の宇宙基地と言えます。金星政府の前大統領自身が、大戦前のＵＮＡの元首だったわけですから、可能性はきわめて高いと言えます。ただ、時期が時期だけに査察となると微妙ですね」

「稗田さん。査察団は、金星については何かコメントしてるんですか？」

「いえ。この問題が、今行われている実務者レベル会談で取り上げられるかどうかについては、査察団はコメントしていませんし、国連行政局からも発表は行われていません。ただ、従来から、国連は金星に対して兵器等の軍事関連情報の公開を求めています」

「そうですか。後ほど、もし、うかがえたら……本日は事務総長がお見えになっていますので」

ねぇ。金星はこれ見らんないんだよね。
あぁ。トランスいないし、システムもないし。だから電話も通じないはずだぞ。
金星の連中は、レーザーでダイジェストは見れるんでしょ。半日遅れくらいかな？
タイムラグはそんなもんだろ。けど、ちゃんと見られるんかな。
レーザーでもデータは送れるじゃんか。
じゃなくて、だからぁ、検閲とかさ、編集とかよ。
あぁ。そっか。どうなんかな。

「では、次のニュースお願いします」
「はい。黄死病裁判です。国際戦争犯罪法廷で審理されていました、先の大戦における黄死病ウィルスの使用に関する戦争犯罪裁判が、十八年におよぶ審理を経てようやく結審しました。一説には、人類の総人口の四十パーセントを奪ったとも言われる生物化学兵器。多くの命を奪ったのみならず、現在も、その後遺症に苦しむ人々がおり、二次被害、すなわち、被害者の子供や孫の世代にまで被害を及ぼしている現状は、あまりに悲惨です。二次被害者も含めると、生存する被害者数は二億とも言われています。軍の一部による暴走か、政府首脳部の指示による暴挙か、はっきりした証拠はついに明らかになりませんでしたが、当時のＵＨＸ、華夏連邦政府と軍の幹部など、告発されたほぼ全員に極刑が言い渡されると見られています。この比類なき残虐行為に対する判決は、およそ三ヶ月後に下されます」

「言葉もない、というのが正直なところですが、それにしても十八年というのは長かったですね」

「兵器、と言いますが、実質は無差別テロですから。それは、酷いもので……いや、失礼。少し……。いや、大丈夫です」

「菅原さんは、たしかご家族を」

「ええ。妻とふたりの子供を……。失礼しました。わたしだけじゃありません。日本は戦場にこそなりませんでしたが、黄死病の被害はもろに蒙《こうむ》りましたから、今でもわたしのように、家族や親しい知人を黄死病で失ったり、後遺症で苦しんでいる人がたくさんいらっしゃるでしょう。わけても子供の被害は甚大でした。子供たちが、本当にバタバタと、死んでゆきました」

「結審に至るまでの十八年という時間ですが、どう思われますか？」

「その、ウィルスが撒き散らされることになったきっかけは『輸送中の事故』という主張もありましたが、そういうことは論点にはなりえないと。つまり、計画した責任、開発した責任、配備した責任、それに、真相は藪の中かもしれませんが、最終的に行使した責任。免れえるものではないです。指導者たちが裁かれて当然でしょう。証拠はともかくとして、これだけ大規模な犯罪、犯罪です。犯罪だったわけですから、事実関係を網羅して、あらゆる局面での責任をはっきりとさせるためには、時間が必要だった。十八年という時間は必要だったし、どんなに時間がかかっても、それらを明らかにする必要があります。何が起きたのか、誰が何をしたのか、どのように事態が推移し、人々がどのように行動したのか、それらを明らかにして、後の時代に伝えなければなりません。わたしは、そう考えています。ですから、かかった期間は問題でなく、事実が明らかになったかどうかが問題なのです。十八年は決して長すぎるとは思いません。ただ、ひとつ申し上げたいのは……申し上げたい。裁判で個別の誰かを裁いたとして……もちろん、裁くことは必要です。しかし、裁いたとして、本当の悪というか、病根は何か、ということです。指導者たち、現場の指揮官、責任や立場、そういう問題がすべてじゃなくて、戦争そのものが凶事であり、悪事であるということです。多くの、罪のない命を散らすから、ということもあります。でも、あえて申し上げたい。戦争は人を狂わせます。良識ある政治家や、冷静な軍人や、家族思いの平凡な兵士たちや市民。彼らがひとたび戦争という凶事に魅入られると、あっという間に、本当に、あっという間なんです。あっという間に、独裁者や虐殺者になれてしまう。……失礼。今回、告発された戦争指導者のリストの中には、わたしの友人、学生時代の友人もいました。戦争前にはわたしの家にもたびたび……妻の手料理を……。

失礼。大丈夫です。だから、戦争なんです、本当に明らかにしなければならない問題は」

「菅原さん。ありがとうございました」


そっか。裁判が始まったときは、あたしまだ生まれてない。

おれだって。

ここにいるのはみんなそうだろ。

ひっ……く。ひっ……。うぇっ……く。

あたしのオバァちゃん、寝たきりだよ。後遺症だって。

ひっ……く。子供がバタバタって……言ってたよね。ひっく……。

先輩たちの世代はけっこうヤバかったんじゃないの。センター長とか。

第一世代や第二世代はもろ戦中、戦後だもんな。

戦争かぁ。

ひっ……。金星と……なったり……ひっく……しないよね。


「稗田さん。次のニュースを」

「あ……はい。……失礼しました。では……では、次のニュースです。次のニュースは金星の国連帰属問題です。四半世紀にわたって国連行政機構への帰属を拒み続けている金星ですが、本日から五年ぶりの実務者レベル会談がカイロで始まりました。一日目ですが、早くも議題をめぐって国連側と金星側で調整がつかず、午前の会議予定時間終了前に金星代表団が席を立つという一幕もありました。会談は午後再開されましたが、決着はつかず、議題に関する調整は明日に持ち越されました。金星側は帰属協議の大前提として、テラフォーミング技術の供与、トランス・システムへの参加など、インフラ面の支援をまず議論するよう求めるなど従来と同じ主張を繰り返したのに対し、国連側は国連行政局代表部の設置、インフラ整備に関する国連への委任、兵器、ならびに軍関係施設情報の公開など、段階的な行政委任ステップの合意を先行させるよう求めた模様です」

「菅原さん。大丈夫ですか？」

「先ほどは失礼しました。大丈夫です」

「今日は、偶然ですが、国連関連の話題が多くなりました。金星問題は、先ほどの査察の問題とも絡みますが、黄死病問題とともに大戦が遺したもっとも重い負の遺産とも言われています。金星の問題については、ご専門ということもあって、是非、菅原さんのお話をうかがいたいんですが、金星は自給自足でやっていけるものなんでしょうか？」

「限界に来ていると言っていいでしょうね。テラフォーミングも、もともと、ある程度は進んでいましたし、約一億の金星移民は何とか生きてゆけます。ただ、この四半世紀、黄死病の被害を蒙らなかったにもかかわらず、人口は減少傾向にあります。ごく大雑把に言ってしまうと、環境が厳しすぎるんですよ。統計上は、食料も概ね自力で生産できていますし、生活資材もかなりの部分は自力でまかなっています。しかし、もともとインフラは実証設備、それも初期の設備がベースになっていますし、技術的な革新も火星と比べるとますます後れをとっています。基地の環境は技術的にも古く、その上、老朽化もかなり進んでいるはずです。金星の環境は火星よりも厳しいので、設備が傷むのが早いんです」

「国連への帰属は難しいんでしょうか。やはり」

「移民たちは、帰属派、独立派、半々といったところでしょうね。ただ、このように、徐々に環境が厳しくなってくるというか、先の展望が暗くなってくると帰属派に世論が傾いてくるでしょうね。インフラの問題が大きいですね。とくに、トランス・システムから除外されているために、リアルタイム通信がまったくできない状況に置かれているわけですから」

「つまり、国論が帰属のほうに振れるということですか？」

「国論と世論や市民感情というものは同じじゃないですからね。そう単純にはいかないでしょう。まだまだ時間がかかりますよ。そもそも、金星は、先ほどから話題になっている、かつてのＵＮＡの亡命政権というのが実態ですから。四半世紀前までは、金星のテラフォーミング・

プロジェクトは、UNAが中心になって推進してきました。もちろん、金星基地は、当時から国連の管轄で、国際協力プロジェクトだったわけですが、中心となって実証実験を担い、多くの移民、実際は研究者や技術者ですが、彼らを送り込んでいたのはUNAでした。だから、大戦前に、UNA大統領だったバーリー氏が、いわば名誉職として金星プロジェクトの総督に就任したわけですが、大戦後の国連による国際秩序形成を嫌った金星のUNA移民から支持される形で彼が大統領に就任し、自治を主張したんですね。しかし、実態はというと、終戦の前後に、UNAから保守派の政治家や有力者、比較的裕福な保守派の市民やなんかが大挙して金星に移っています。実質上の亡命であり、彼らがバーリー体制の中心になっていました。現大統領のウィートは、バーリー・ジュニアの夫人だったわけですから世襲亡命政権と言っていいわけです。少数の亡命者たちが、もともといた移民の上に君臨している、という、図式上はそんな恰好になっています。もちろん、旧来の移民にも保守系のUNA出身者は少なくないわけで、彼らは、バーリー政権の誕生とウィートへの継承を肯定的に受け止めています」

「つまり、政権の成り立ちから言って、無条件での帰属は国論になりえない」

「そういうことです。金星内で革命でも起きれば話は別ですが」

「そういう可能性はある、と言えるんですか」

「微妙な段階ですね。先ほど、世論は半々だと申し上げました。バーリー体制、王朝と言ってもいいでしょうね。バーリー王朝が誕生してから四半世紀が経っています。世代もすこしずつ変わっていきます。体制を支えてきた当時の亡命者や保守派の移民たちも高齢になり、次の世代が育ってきています。新しい世代にとっては、世界の中で、自分たちだけがいろいろな意味で阻害され、厳しい環境下で苦しい生活を強いられている。そして、その原因は自分たちの政府の国是にあると感じている。まぁ、革命というよりも、世論の圧力が否応なく高まってくる、と言ったほうがいいでしょう」

「愛国心のような感情、国民感情はどうですか？」

「市民レベルでは、それはないでしょう。その点は地球と同じですよ。日系とかアイリッシュとか、ルーツ意識のほうが高いですよ。その点は、四半世紀前からほとんど変わってませんね。宗教にしてもそうです。表向きは、金星は国教というものを未だに堅持していますが、市民レベルでは八百万《やおよろず》状態ですよ。ある種の愛国心のような意識を強く持っているのは、皮肉なことに亡命組ですね。しかし、実は、彼らの愛国心のよりどころは金星ではなく、旧UNAなんです」

「時間はかかるが、国内世論の方向はすこしずつ帰属のほうに向いてくると？」

「そうですね。革命や戦争になれば、また多くの命が失われます。メリットがはっきりすれば、いずれ、人々というものは、そちらにおもむくものだと思いますし、そうあってほしいですね」

金星はやっぱ難しいな。
亡命政権かぁ。こういうことってきちんと説明されると何か、わかるなぁ。
金星の若い連中もこれ見たらどう思うかな。
見られれば、だろ。
でも、ニュースとかは送ってるんだろ。レーザーで。
だからぁ。検閲とかさ。リアルタイムじゃないから、見せたくないものは消せるだろ。
消すの？
かもしれないってこと。
ねぇ。戦争に……ひっく……なる？
まだ泣いてるの？
だって……戦争に……なるかなぁ？
ならない、と思うけど。
どうして？
国連と金星じゃ、力の差がありすぎるだろ。
だな。こういう場合、強いほうが戦争始めなけりゃ、戦争にはならんもんな。
普通は、ね。

戦争んなったら……やだなぁ。化学兵器とか、核兵器とか……。

ぼくらだって、兵隊にされたり、そうでなくても……

データ通信拠点なんか、戦略的には重要だから、攻撃目標だよな。

やだ。ひっく……うぇっ……やだよ。

ならないよ。

本当?

たぶん。


「ありがとうございました。では、次のニュースを」

「はい。次は、上海に、月端《つくば》、ウランバートル、ソウルに次いで東アジアで四番目のハブ・スペースポートが建設されることが正式に決まったというニュースです。主に東南アジア方面への接続拠点となります。完成は五年後を目標としています」

「これで、月端の負担が軽くなるということになりますね。それにしても、菅原さん、北京はやはり難しかったんでしょうか」

「地域的に先行するハブ・ポートと重複しますし、北京の復興は遅れていますからね。西安のほうが、まだ可能性はあったと思いますよ。ただ、そうなると、あのエリアにはウランバートルが既にありますから、いろいろな意味で上海という結論は妥当だったんじゃないでしょうか」

「それにしても、四半世紀を経て、旧UHX域内にスペースポートが建設されるというのは、感慨深いものがありますね」

「黄死病裁判の結審、金星帰属問題の交渉再開、それにスペースポートと、いろいろな意味で戦後という、何と言うか、時代に、区切りらしいものがつこうとしているんでしょうか。こういったひとつひとつのことが積み重なって、次の世代にきちんと時代を受け渡せればよいのですが」

「そうですね、本当に。さて、それでは次の話題になりますが、稗田さん、小笠原のメタンハイドレードはどうでしたか?」

「昨年、小笠原諸島付近であらたに発見されたメタンハイドレード層ですが、埋蔵量などの詳細報告が国連の日本代表部に提出されました。それによると、今回発見されたメタンハイドレード層の埋蔵量は約四兆立方メートルで、東アジアエリアの天然ガス年間消費量の二十年分をまかなえるということです」

「いつの間にか、日本は資源輸出大国になってしまいましたね」

「現在は国連管理下ですから、日本の資源とばかりは言えませんが。ただ、これで、電力についてもまだしばらくは大丈夫ですね。もう四半世紀経てば、太陽エネルギー発電が主流になるんでしょうが」

「スポーツ関連は後ほどお伝えします。さて、お待たせしました。今日のスペシャルゲストです。アルディン国連事務総長にインタビューです」


いよいよ始まるぞ。

あたしらのこと、ちゃんと紹介してくれるかな。

そりゃするさ。トランス・システムあっての国連だからな。

そらぁ、言いすぎと違うか？

いや。事務総長はそう思っているよ、きっと。

ちゃんと、よ。ちゃんと、みんなにわかるように説明してくれるかな。

聞き手次第かな。

柘植キャスター？

彼がきちんと振ってくれれば、ちゃんと説明してくれるよ。

「事務総長、はじめまして。このたびは、インタビューに応じていただきありがとうございます。また、貴重なトランス・システムによる実況放送をご了解いただきましてありがとうございます」

貴重な、だって。

黙って。

「こちらこそ。今の国連のことを世界中、世界というのは全太陽系ということですが、世界中の人々に知っていただくよい機会だと思っています。遠慮なく、質問してください」

「ありがとうございます。それに、日本語でインタビューできるので、正直申し上げておおいに助かります」

「わたくしは、日本で育ちましたから」

「ご両親は難民として来日されたんですね？」

「そうです。第三次大戦の時、もう半世紀近くになりますね。両親は、戦火を逃れて日本に参りました。わたくしは日本で生まれ、日本で教育を受けました。第四次大戦の時はわたくしは日本にいました」

「戦後、ご両親も、あなたも故国にお帰りになりませんでした」

「両親にも、わたくしにも『故国』というものはありません。強いて言えば日本の市民権は与えられましたが、自分が『ニホン人』になったとは思いませんし、どなたも、そうは思わないでしょう。両親にしても、国籍はありましたが『故国』では異邦人同然でした。第四次大戦の時に、私は、国連の戦時査察団の一員として戦場に参りましたが、そこを故国だと思ったことはありません」

知らなかったよぉ。

知らなかったの？

だって、いつもは英語じゃん。

そらぁ、議場や会見で日本語はないよ。八重垣次長だって英語だろ。

会ったことないし。

そりゃそーだ。

「国を持たぬ民？」

「そうですね。しかし、発想を転換すれば『なぜ国が必要なのか』ということにもなります。ですから、わたくしには『故国』がない、というよりも『祖国』などは必要ない。わたくしには民族の血と歴史という誇りがあり、ニホンという故郷がある。それで十分だ、と申し上げたほうが、わたくしの感覚には近いでしょう」

「あなたが取り組んでこられた国連の改革も、そういったご自身の人生が投影されているのでしょうか」

「そうかもしれません。というよりも、国連と世界の進んできた道と、わたくし自身の人生によく響き合うものがあり、その結果、この壮大なプロジェクトに身を置くことになった、と言うべきでしょう」

「あなたは、国連を現在のような国際的な行政機関に育て上げてこられました。その最初の成果は、安保理の徹底的な改組でしたね。安保理をいったん解消し、あらたに行政局を組織された」

「まず、お断りしておかなければならないのは、国連と国際社会が現在の姿になるためには、数世代にわたる努力と闘いがあったということです。先人たちの努力があり、わたくしは、その仕上げに手をつけたにすぎません。安保理はすでに有名無実になっていました。制度だけが残り、実質上の権限も機能も失われていたのです。そこまでこぎつけたのはアナン氏をはじめとする数代にわたる先輩たちの果敢な挑戦と、それを支えてきた国連スタッフたちの努力の賜物です。制度が残っていると、ふたたび国家主義によって悪用される可能性があります。だから、わたくしは、制度自体を解消したのです。仕上げをしたにすぎません。機は熟していたのです」

アナン氏って？
百年くらい前の事務総長だよ。
昔の人なんだぁ。
百年は経ってないだろ。
百年、く、ら、い！
今世紀の初めの人。
戦争前？
三次の前。
だっけ。
そうだよ。習ったろ。
だっけ。

「今世紀初頭から改革自体は始まっていたと？」
「そうです。『国際連合』と言いますが『国連』は、もともと、二十世紀中葉の第二次大戦の戦勝国である『連合国』による戦後処理、国際秩序形成のための利害調整機関です。『連合国連合』とでも言うのが適切でしょう。ですから、安保理があり、大国の拒否権があり、かつては敵国条項があったわけです。その点で、それ以前、第一次大戦後にある種の理想論のもとで作られた『国際連盟』とは決定的に違います。安保理の事務局は、単に大国同士の議事を円滑に進めるための事務方にすぎませんでした。その後、福祉や文教政策など、政治的な利害に直接かかわらない国際問題に関しては、国連自体が実務機関として活動するようになりましたが、二十世紀末までは、国際紛争の調整や和平の問題、開戦自体も、あくまで、大国間の調整でことを決めていたのです。そういった局面で国連の出る幕は、元来はありませんでした。一時期『国連の権威が失墜した』とか『力が失われた』とかいった論調もありましたよね」

「そもそも、そういう機関ではなかったのですよ。国連は『場』であって、事務局があればよかったのです。調整は大国同士が行うものでした。国連自体は行政機関でも何でもなかったのですから。戦後処理のうちの医療や食料の手配などは国連に委託されましたが、利害をぶつけ合い戦争を始めるのも、話をつけて終わらせるのも当事者国家と関連国家間です。戦争の後始末は国連に、というのが実態でした。朝鮮戦争もベトナムも中東も、中南米、アフリカの紛争も、アフガンへのソ連の侵攻も、いちいち国連や国際社会に諮《はか》るような問題ではありませんでした。国連改革とおっしゃいますが、国際社会の秩序形成そのものの改革が求められていたのです」

そうだったんだ。
信じらんない。
言われてみれば、事務総長ってのもおかしいよな。
何が。
議長とか大統領とか言ったほうがぴたっとくるだろ。
昔は事務総長でよかったんだよね。つまり……。
名前、変えたらいいのに。
書記長とか？
おんなじだろ。英語にしたら。

「それが今世紀初頭から変化してきたのですね？」
「正確には、二十世紀末頃から徐々にです。地域紛争、とくに民族紛争の調整と収束に、国連の実務能力が発揮されるようになってきました。当時の弁務官たちの活躍に負うところが大きいのですが、国際政治の上での国連の存在感が徐々に大きくなってきました。今世紀初頭には『戦争を始める前に国連に諮るべきだ』という論調さえありました。従来は考えられなかったことです。当時の事務局は、紛争調停や戦争回避のために積極的に動きましたから、そういった世論が徐々に醸成されていったのでしょうが、それ以上に、多くの国々が国連を国際世論形成の場として認知してきた、という点が大きいでしょう。こういった国々は大国ではなく、また、彼らが抱えるさまざまな問題は、何かというと大国の干渉を受けてきました。彼らは、国連という世論形成の場をうまく使えば大国とわたりあえると考えたのです」

「あなたは、それを引き継いだのだとおっしゃるのですね。その状況をうまく利用したと申し上げてもよろしいですか」

言うね。栢植さんも。

こわぁ。

ひぇえ。

こわいよ。

何て答えるかな。

「そうです。そもそも、国家や国家間の調整では民族紛争を収めることはできません。事実、紛争はこじれ、わたくしたちは、今世紀に二度も世界大戦を経験し、世界の人口は半減してしまいました。『国家と民族』と言いますが、そもそも並べて論じられるものではありません。国家は機構でありシステムです。民族や宗教、文化など集団のアイデンティティの容れものにはなりえません」

やるぅ。

かっこいいよね。

難しいわ、俺には。

つまりさ……。

しぃーっ。あんた理屈っぽいから後でね。

後んなると聞かないだろ。

まぁね。

そりゃそうだ。

あはは……。

しぃーっ。

「ずばり、うかがいますが、国家は、もはや不要ですか？」

「いいえ。国家という単位で果たせる行政上の機能は、まだまだあります。国連も、国という存在を否定してはいません。ただ、国家では対処できなくなったテーマが少なくない、そして、それらが二十二世紀へ向けて踏み出そうとするわたくしたちにとって、将来の鍵になっているのです」

「国家とは何でしょうか」

「そもそも、国家とは行政装置です。行政、法律、秩序の維持、富の分配、そういったことが国家に期待された役割です。ですから、最初は、世界の広がりの中で必要とされて生まれたものです。国家という空間が世界であり、本来は、汎世界的なものでした。部族とか、邑《むら》、邦《くに》とか、ポリスとかいったものを乗り越えて、意識としては『天下のすべての人々』のために生まれたものだったはずです。ですから、本来は複数の国家がひとつの世界に軒を接して存在し、競り合うという姿は想定されていなかったはずです。そういう意味では、たとえば、ナショナリズムという言葉は、国家という仕組みが生じた時の理念とは正反対のものだと言えますね」


事務総長って、言葉、けっこう古くないか？

古語に近い単語が混在してるな。言いぐさも固いし。
また、そういう言い方する。あんたのも相当古臭いし堅っ苦しい。
臭い？
そうだ。臭い。苦しい。
あんたは、うるさい。

「それが、なぜ、不要ではないにしても、世界の行政をととのえる上での阻害要因となってしまったのでしょうか？」
「世界が、さらに広がったからです。前世紀末には『グローバル化』とか『宇宙船地球号』とかいった言葉が言われました。地球上の人的『世界』がひとつの空間として意識されていたわけです。もっとも、この時点では『国々の集まり』が『世界』だ、という程度の認識だったと思います。しかし、世界は『人々の集まり』です。同じ世界を共有する人々にとって、彼らが拠って立つところのアイデンティティの根拠は、言葉や信仰や歴史であって『国家』ではありません。世界と自分の間に、アイデンティティとは無関係に、とうに『世界』ではなくなった国家という境界線が引かれている。そして、何かを解決しようと思っても、その境界線、境界線にすぎないものが邪魔をする。あらたに『世界』を収める枠組みが必要になったのです」

「世界で共有すべき理念や新たな世界秩序形成という意味では、かつての大国、UNAやUHXも、同様のことを主張していたと言えませんか？」

「彼らは、彼らの国家、あるいは国家理念を他の国家に適用しながら広げようと主張していたにすぎません。自国の利害が前提となるからです。それでは矛盾を大きくするばかりです。事実、彼らの主張に反して、混乱しか生みませんでした」

「今世紀の初めに、そういった大国の動きを『帝国論』で解釈しようとした論調がありましたね」

「本来的な帝国を目指していたわけではないでしょう。ある国家が、他国より豊かになるために、あるいは、自国の安全保障をとりつけるために、他国を圧倒し、併呑《へいどん》したとして、それは帝国には育ちません。覇権のレベルです。たとえば、ローマ帝国は、その市民権を域内のすべての市民に拡張した時点で、本当の意味で『帝国』になったと言えるでしょう。それまでは、ローマという覇権国家が、併呑した他国の国民を支配していたにすぎません」

「では、今の『世界』にふさわしい枠組みとして『帝国』が必要だとお考えですか。また、それを国連が担うことができるとお考えですか？」

「帝国という言葉は誤解を生じやすいですね。ですが、国家を超えた新しい枠組みは必要です。定義するなら、こういうことになるでしょう。世界の人々が同じ世界に住むものとして共有できる枠組み。現在は、太陽系全域の人々が暮らしているところが世界ということになります。この世界を収めるべき新しい枠組みはまだ完成していませんが、国連が担うべきだと思っています。それは、国々の集まりとしての国連ではなく、今申し上げた世界の人々によって支持され、世界の人々に秩序と平和を提供できる枠組みでなければなりません。ですから、わたくしたちは、重要なインフラや地球環境の再生、維持、惑星植民地のテラフォーミング、太陽系の各地との交通、通信、とくにトランス・システムなどを国連という枠組みでコントロールし、世界で共有すべき重要な行政課題に対して、国連自体が統一された基準の下で公平に行政を遂行できるように努めているのです」

やっぱ難しいわ。
後でちゃんと解説してやるよ。
いいよ。面倒だし。
ここでやんないでよ。リラクゼーション・ルームなんだからね。
でも、なんかインタビューらしくなってきたね。
もうじきかな。ぼくらのことも。

「一部には、国連の現体制は、世界中の人々に信任されているかどうかわからない、直接選挙を行うべきだとの声もありますね」

「いずれは、何らかの選挙制度も必要になるでしょう。しかしながら、現時点では、各国は地域の自治単位として機能していますね。仕組みとしての伝統を尊重する意味で、各国の行政システムを強引に変革することはしていません。国連は、その各国の代表による選挙で信任されているのです。間接選挙と同じことでしょう」

「現在は、従来どおりの国の単位がほぼ継承されていますね。各国に一票です。そうすると人口比の問題が生じますね。一票の重みの違いです。いわゆる旧大国は、不満があるのではないですか?」

「その問題はたしかにあります。ですが、その前に、現在残っている旧大国エリアを、適切な編成と規模に整理する必要があります。規模だけの問題ではありませんよ。民族や文化、宗教の軋轢を不自然なまま残した状態で、同じ自治単位として、それこそ『一票』を配布するのはおかしいですからね。票の重みを云々しているのは旧大国の行政府周辺であり、その一方で、彼らは適切な分割に反対しています。その意図は明らかです」


だよなぁ。

だよね。
そうだよね。
難しい。
お前、そればっかりだな。
おれには、難しいということがわかる。
それは大切なことだ。
突っ込めよ。

「金星問題についてうかがいます。本日の報道でも話題になりましたが、金星の帰属問題です。金星政府は大戦直後に独立を宣言し、以来、国連への参加を拒みつづけています。今回の実務者レベル会談も進展は難しそうですが」

金星だよぉ。
トランスはまだかな。

「国連は両手を広げて参加を呼びかけているのです。彼ら、金星自治政府のことですが、国家の主権という幻想にとらわれて、市民の権利や幸福に考えが至らないのは悲しいことです」

「妥協点はありますか？」

「妥協？　妥協がありえる問題ではありません。あくまで国家の主権にこだわるのなら、つまり、国連への行政の移管、国連の管理下での通信や交通の利用、それに国家単位での軍事、つまり安全保障は不要となるわけですから、兵器や軍事情報の開示、こういったすべてを受け入れられないというのなら、当然ですが、国連は、その自由を保障しません」

「自由を保障しないとは、圧力をかけつづける、あるいは、何らかの武力行使の可能性も視野に入れるということですか？」

「誤解があるようですね。まず、わたくしが申し上げた『自由』とは『フリーダム』のことです。古い日本語に『安堵』という言葉があります。つまり、基本的な活動や自治ができることを保証する。それを阻害するものがあれば保護するという意味です。それから、圧力とおっしゃいましたが、国連は金星に圧力などかけていませんよ。武力行使などは問題外です」

「しかし、現在、金星はトランス・システムからはずされていますし、通行も、つまり定期的な高速船の就航も許可されていませんね。また、テラフォーミングに関する技術交流なども行いにくい状況にあります」

「それは圧力ではありません。今の状態で、つまり、国連に参加しないだけでなく、国連による行政に反対している状態で、国連が管理している技術やトランス・システムなどを提供してしまえば、国連に賛同し、国連に参加、つまり国連の行政を受け入れ、これらのインフラを利用している国々の安全と権利をおびやかすことになります。それこそ、参加各国の『自由』を保障するのが国連の責任なのです。ですから、同じ自由を手に入れたいのならば、まず、自由の枠組みである国連に参加するためのステップを踏むべきなのです」

きついなぁ。金星。

事務総長もきついぜ。

何か気の毒な気もする。

難しい。

そうだな。

意見が一致したな。

発言が一致しただけだ。

嫌なやつだな。

そうだな。

「先ほどのニュースでも、ＵＮＡの二次核兵器が、かつてＵＮＡが関係した宇宙基地に存在する可能性が指摘されていましたが、金星も査察対象ですか？」

「現在は、金星は国連の管轄からはずれています。理論的には『査察』対象にはなりえません。調査対象ではありえますが、今は考えていません」

「可能性は？　つまり、金星における二次核兵器などの隠匿《いんとく》についてですが」

「ないことを願っています」


政治家してるね。

政治家だもの。

政治家……なのか。

つまり、国連を政治機構にした人だし。

政治をするから政治家？

なんかしっくりこない。

まぁ、おれらは内輪の人間だし。


「次に、トランス・システムについてです。金星が一番欲しがっているもの、と申し上げていいかもしれませんね」

来た来た。

金星がらみでくるとはね。

ちゃんと、説明してくれるかな。

ちゃんと、質問してくれればね。

「そうですね。通信は、今やもっとも重要なインフラですから」

「同時に、戦略的にも、もっとも重要なツールですね。国連が今のような立場を築くことができたのも、ひとつにはトランス・システムを握ったことが大きいのではないでしょうか」

「それは、おっしゃるとおりですね。運よく、新しい、そして新時代になくてはならないインフラを国連主導で育てることができました。このことは願ってもないことでした」

「二十五年前、あなたは、その発見に立ち会われました」

「そうです。わたくしの人生において、もっとも衝撃的、かつ重要な出来事だったと申し上げてもよいでしょう。幸運でもあったと思います」

「その後、おっしゃるように、トランス・システムは、あなたが責任者となって国連が運営してきました。本日の宇宙実況放送も、そのトランス・システムを使って行っているわけです。国連にとっても、あなたにとっても、トランス・システムは戦略的に重要な役割を果たしたと言えますね」

「すこし、修辞《レトリック》に違和感がありますね。国連やわたくしの戦略のためにトランス・システムを利用したわけではありませんよ。世界にとって重要なインフラだから、国際社会全体で育て、その成果をすべての人々が公平に享受できるように、国連で管理、運営すべきなのです。でなければ、それこそ、どこかの『国家』の戦略ツールにされてしまったでしょう」

トランスの説明ってゆうよりは……。

政治の話じゃんか。

ちゃんと訊いてくれよ、柘植さん。

「いくつかの点で、国連の直接的な運営に不安を抱く向きもあるようです。ひとつには、トランス・システムの運営開始から二十年以上が経っているのに、たとえば、今回の放送が例外的なイベントであるように、まだまだキャパシティが十分とは言えません。コストも決して低いとは言えない。その点で、国連の運営がうまくいっているとは言えないのではないかという意見があります」

なんか……。

ネガティブな角度から入ったな。

キャパっていうけど、大変なんだからね。

「ご承知のとおり、トランス・システムは人間の精神波を増幅器によって拡張して交信させて、そこにデータを載せるものです。いわば、人間の脳を使っているわけですから、本質的には素朴な、労働集約的なシステムです。現状では、通信適性者の数は非常に少なく、しかも適性者は若年です。若いうちしか現場では働けません。特殊な能力を持った者を選抜し、特殊な訓練を行い、極めて特殊な環境下で業務にあたらせます。それに、一般に思われているよりもはるかに厳しい仕事なのです。超能力者が軽々と通信しているというイメージでお考えならば、その考えは改めていただかねばなりません。脳に大きな負担のかかる重労働なのです。四半世紀前の大戦で人口が半減しました。わけても、子供たちの数は劇的に減りました。この四半世紀の世界の人口構成はご存知でしょう。トランス・システムは常に慢性的な人手不足の中で運営されてきたのです。それでも、トランスの育成は、むしろ、できすぎと言ってもよいくらい進んできています。現在の、つまり第三世代のトランス数は、二万人に達しています。第一世代の二十倍です」

そうだよ。
今だって、ユラやリンが頑張って中継してんだからね。
でも、二十倍かぁ。すごい増えたんだ。
でも全然足らない。
きついもんな。
てゆうか、放送中継くらい、いつでもできるようにしたいんでしょ。本当は。
今の人数じゃとても無理だよ。

「今後のトランスの育成も順調に進むと?」
「現在、新しいトランス育成プログラムを開発中です。これが実施されれば、もっと多くのトランスを育成できるでしょう。五年以内には全太陽系への実況放送も常時可能になると思いますよ。そのうち、世間の見方、今のような『異能者』という見方も変わるでしょう。もっとありふれた仕事になるかもしれませんよ」

「テレパスがありふれた職業になるのですか？」

ばかぁ。
何だよぉ。
違うんだよなぁ。
でも、これが世間一般の感覚だろ。
怒れ。アルディン。
ちゃんと言ってよ。

「トランスはテレパスではありませんよ。増幅器によって精神波を拡張できるだけです。システムに対して、ある種の適性があるというだけで、彼らは普通の市民なのです。特殊な適性があるというだけです。たとえば、とびきり暗算のうまい子供や足の速い子供と同じことです。そういった間違った認識も、トランスの市民生活や職務環境を難しくしているのですよ」

うまいこと言う。
一応考えておいたんだろ、答え。

嫌なやつだな。
そうか。
そうだ。
そうよ。
ここなんかは通信センターだからいいけどな。
地球の連中なんか、やっぱ、やりにくいんじゃないかなぁ。
やりにくい、って?
市民生活とかさ。
リョウなんか大変なのかな。
誰?　それ。
リンちゃんのね……。
言ってもいいんだっけ。
内緒じゃないでしょ。

「失礼しました。失言、ですね。他意はないのですが。つまり、現在は一種のエリート集団というか、ごく少数の選ばれた子供たちですね。今後は、誰でもというわけではないのでしょうが、多くの子供たちが訓練でトランスになれる、あるいは、能力を伸ばすことができるようになる、ということでしょうか」
「すぐには難しいでしょうが、徐々にそうなってゆくでしょう。最終的には、たとえば一般的な学校教育の課程に、科目としてごく自然に受け入れられるような、そういった訓練プログラムを目指しているのです」

リンの？　何？
彼氏。
地球の？
そう。トランスなんだって。あっ。もしかして。
何、何、なぁに。
えっ……と。やっぱそうだ。今日の相手もリョウだ。
あぁ、通信相手？
で、遠距離恋愛の相手。
超遠距離だな。
じゃ、今日も接続《コネクト》するんだぁ。いいなぁ。

接続《コネクト》。なんだか……。
ピシャン
痛ぇぇ。
でも、逢ったことはないんだろ。せつなくないか。
とにかく楽しいみたい。今は。
いいなぁ。
でも、どうやって……。
そうなんだよね。私信っていっても相手のことなんか。
わかんないよなぁ。
でしょ。
どうやって知り合えるんだ？
聞いてみたけど、よくわかんないのよ。
なんか、すごいことなのかもしれないぜ。
接続《コネクト》で好きになったりって、想像もつかないよ。
いいなぁ。

「それは……。あぁ。すばらしいですね。トランス・システムについて、もうひとつうかがいます。これも誤解があるのかもしれませんが、一般に、情報の安全性について疑問視する向きがあります。国連が一括してシステムを管理することで、トランスも全員が国連職員ですよね。それで、国連にさまざまなデータを監視されるんではないか、という声があります」

あたしらにはデータなんか見えるわけないじゃん。
それがわからないんだよ。トランスじゃない人には。
だって……。
じゃ、データがどんな具合かって聞かれたら答えられるか？
うぅーん。
難しい。
本当に難しいんだよ。説明するのは。

「それはありえません。データのセキュリティの問題は従来のデジタル通信の場合とまったく同じです。トランス・システムゆえに問題が起こるということはありえません。それに、国連はコンテンツを監視する必要も理由もありませんよ。むしろ、そういったことを必要としてきたのは国家間のかけひきや企業間の探り合いでしょう」

「その安全性とプライバシーの保護は国連として保障されると」

「世界のインフラを与《あずか》る機関として、その責任を負うべきだと考えています」

「最後に、少々下世話な質問で恐縮なんですが、ただ、多くの視聴者のみなさんも興味のあることだと思いますので質問させてください」


何だろ。

何かな。

あたしたちも知りたいことかな。


「どうぞ、何なりと」

「あなたは、サラディンの末裔だという噂がありますが」

「ほほほ。こういった公的な場で、その質問をされたのはあなたが初めてですよ」

「失礼いたしました」

「いいえ。多くの人がそういう噂をしているのは存じていますし、気軽に聞いていただいたほうがよいのですよ。変に秘密めいた印象を持たれるのはおかしいですからね」

サラディンって誰よ。
昔の人だよ。
昔の事務総長？
ばか。千年くらい前の王様。
サラセン帝国、だっけ。
お前、知ってるんか。
習ったよ。
へぇえ。
だから、お前だって習ったはずだな。
へぇえ。
ただ、習ったくらいではどんな人だったか、どんな国だったかはわからないよな。
後で説明してくれるのか？
いいのか？
嫌だ。
嫌だよね。

じゃ、一言だけ。さっき、ぼくは国って言ったけど、事務総長式に言うと国じゃないな。

何が？

サラセン帝国。

帝国じゃないの？

そう習っただけだよ。事務総長式に言えば国じゃない。さっき言ってたろ。

じゃ、サラディンは王様じゃない？

鋭いね。そう。王様じゃない。

やっぱ難しいよ。お前の説明は。

一時間くれ。ちゃんと説明する。

嫌だ。

嫌よ。

おれもごめんだ。

じゃ、いいよ。

「では、末裔でいらっしゃる？」

「いいえ。わたくしがサラディンの子孫かどうかなど、わたくしにも、誰にもわかりません。

彼のＤＮＡでも残っていれば調べられるのでしょうが」

「そういった噂をどう思われますか？」

「わたくしには、サラディンと同じ民族の血が流れている、そのことだけはたしかです。最初に申し上げましたね。わたくしは、民族の血と歴史を誇りにしている、と。それ以上でも、それ以下でもありません」

「あなたは、現代のサラディンですか？」

「とんでもない。わたくしは英雄でも君主でもありませんよ。ただの事務総長《ゼネラル・セクレタリー》。国連の行政運営における、事務方《セクレタリー》の統括者《ゼネラルマネージャ》にすぎません」

2 漏洩

「データが漏れているというのは事実なのですよ」

「状況から見て、イオとの間で送受されたデータがね」

「しかし、最初にお話したとおり、トランスが意図的にデータを抜き取ることは不可能です」

「そのあたり、わたくしにもわかるように説明してくれませんか」

「はい、事務総長《ゼネラルセクレタリー》」

「八《や》重《え》垣《がき》次長、いいえ、クシ。ここではわたくしたちは同志です。ファーストネームで呼んでくださってけっこうですよ。サラと呼んでください」

「ありがとうございます。ではサラ、ご説明します。トランスはたしかに彼らの脳の力、精神波を使ってデータを送受信しています。しかし、データ自体は電子化、暗号化されており、しかも大容量、超高速で流れています。彼らがデータそのものを認識することはおろか、目的のデータを取り出すことも不可能です。データといっても、彼らの脳は、それを激流とか風とか、あるいは光の束のようなものとしか認識できないはずです。彼らは言ってみればデータのパイプラインにすぎないのです」

「ヒュー。セキュリティセンターの見解はトランスが疑わしいということだったわね。データベースや端末から抜き取られた形跡はないのですか?」

「この二ヶ月、漏洩の疑いが生じてから入念なチェックと監視をつづけたんですが、ゲートの外で抜き取られた形跡はありません。データはゲートの内側、つまり、データがトランスの手にある間に漏れているとしか思えないですね。システムからデータが抜き取られている可能性はゼロとは言いませんが、限りなく低いと申し上げられます。同様に、トランスが漏らしている可能性もゼロとは言えないんじゃないですか。クシ、実際、彼らは勤務の合間に私信を交わしているんだろう」

「私信と言っても、いわば会話のようなものよ。それも極めて簡単な。データの授受はできません」

「調査の必要はあるんじゃないか? たとえば、目的のデータを特定できなくとも、とりあえず闇雲《やみくも》にでもデータを抜き取ることはできるんじゃないかな」

「超高速、大容量で行き過ぎる光の束を捕まえることなどできないのよ。そうね、たとえばナイアガラの瀑流に手を出して水滴をすくい取ろうとするようなものだわ。もし、トランスがそんなことをしようとしたら脳が破壊されて瞬時に命を失うでしょうね。データはゲートの外で漏れているとしか思えません」

「クシ。あなたでも無理ですか？」

「無理です」

「さっき『トランスが意図的にデータを抜き取ることは不可能だ』って言ったわね」

「はい」

「では、トランスから誰かが、あるいは何かがゲートの手前でデータを抜き取ることはできますか？」

「なるほど。ゲートの手前で抜き取られるとシステム上はトランスから漏れたようにしか見えないな。我々の監視網にもひっかからない。そういう想定だとシステムから抜き取られた可能性も出てくる」

「そうですね。この部屋もそうですが、万一のことを考えてトランスの執務室はシールドされています。しかし、シールドといっても微弱なノイズで覆っているにすぎません。もし、そのシールドを破ってトランスの脳内に侵入できるようなシステムがあれば」

「可能性はあるのですね」

「ゼロではありません。ただ、そのようなシステムか能力者がいればの話ですが」

「トランス・システム自体が奇跡と言っていい発見でした。システムが稼動してから四半世紀近く経っています。どこかであらたなステージに立った技術が開発されて、悪用されているのかもしれません。調査をお願いできますか?」

「もし、そのようなシステムや能力者が存在するとしたら、現在のトランスの能力はおろか、私たちが太陽系外通信で開発しようとしている次世代能力さえもはるかに超える力が実現しているということを意味します。それはトランス・システム構想自体の脅威となります。調査しましょう」

「クシ、あなたは次世代トランス育成の実質上の責任者だわ。それ以上に、トランス・システム自体あなたのライフワークと言ってもいい。あなたは最初の『奇跡』ですものね」

「ええ。そうですわ」

「わたくしたちにとっても、トランス・システムはこれからの世界を運営してゆく上での最大の武器です。脅威があれば、取り除かねばなりません」

「セキュリティセンターにも、それから行政局各部にもご協力をお願いします」

「もちろん、協力は惜しまないよ。漏洩された可能性のあるデータと送信記録は渡してあるね。他に必要なものは?」

「イオのセンターとの連携が必要ね。イオのセンター長にはこの調査チームに参加してもらう必要があります。調査の適任者をイオに派遣することになるでしょう」

「人事関連の調整はあなたの領域《テリトリー》ね」

「はい。ですが、相手に気取られないように諸調整を自然に行う必要があります。それから、念のため、本件の通信にはトランス・システムは使わず、不便になりますが、レーザー網を使いましょう。秘密裏にホットラインと、調査のための専用回線をご用意いただく必要がありま す」

「準備させましょう。調査の適任者はいますか？」

「います」

「クシ、それからヒューも。事態は急を要します。漏洩していると思われるデータには新太陽系《ネオ・ソーラー・システム》プロジェクトのシミュレーションデータが含まれているのです。このプロジェクトは、わたくしたち国連主導で進めなければなりません。断じて、国家や傭兵のような過去の亡霊の手に渡すことはできないのです。彼らの牙が抜け落ちるまでに、どれほどの痛みと犠牲を要したことか。地上で牙を抜かれた彼らのあらたな拠点を宇宙空間に作らせてはなりません。今回の事件は、彼らの匂いがします」

「彼らが牙を取り戻すために一番欲しいものがトランス・システム。宇宙空間通信のインフラですね」

「トランス・システムをぶち壊すこと、かもしれないな」

「システムがガタガタにならなくても、その信頼性に疑義が生じるだけで、彼らにとっては牙を研ぎなおすための足がかりになるわ」

「通信インフラを握ること。それが私たちの最大のよりどころです。人材開発センターもセキュリティセンターも力を合わせて、行政局の総力を挙げてことにあたってください」

「期限は?」

「すでに二ヶ月を費やしています。新太陽系プロジェクトの正式発足まであと三ヶ月しかありません。彼らの狙いがプロジェクトなら、それまでに手を打つ必要があります。厳しいかもしれないけれど、クシ、二ヶ月以内に結果を報告願います。敵がわかれば、一ヶ月で手を打ちます。敵がわからなければ、その時は長い闘いを覚悟しなければならないでしょう」

「承知しました」

「光の束か。二百年くらい前の誰かの絵を思い出したよ。たしか、光の束か金色《きんいろ》の束を抱いて眠る少女の……」

「クリムトね。あれは黄金の雨に変身したゼウスに抱かれているのよ」

「眠っているんじゃあないのか」

「少女の頬が紅く上気していたでしょう」

3
リョウ

ぼくは、規定どおり通信三十分前に、ぼく専用のトランスルーム、執務室に入る。

二時間前に夕食を終えた後、これも規定どおり安定剤を飲んだから、就寝前のような落ち着いた気分だ。これから仕事なんだけれど、すっかり仕事を終えて休息する時のような充足した気分。そんな心身状態で始めるのがぼくらトランス、特殊遠隔通信士の仕事だ。

執務室の明かりをすこし落として、クッションの効いた大きめ椅子にゆっくり身体を沈める。この椅子もぼくの身体に合わせた特注品だ。ぼくもそうだけど、育ち盛りの少年少女が多いトランスたちの椅子は半年ごとに身体に合わせたものがあたらしく支給される。ぼくらの執務環境は贅沢と言っていい。専用の執務室に専用の椅子。設備を供給する通信センターも大変だ。

今日の相手はリンだ。

いろんな相手と通信するんだけど、リンは特別だ。

初めてリンと接続《コネクト》した時、何というか、すごくフィットしたというか、とても快適な通信だったので驚いたのを覚えている。

仕事だし、訓練を受けているから、通信相手に好悪はないのが基本だ。実際のところ、普通は相手のことなんかわからない。

直に会うわけでもないし会話するでもなし、増幅器《アンプ》を通して接続し、データを送ってデータを受け取る。約九十分の通信の間、普通はお互いをそんなに意識したりしない。通信後、規則上は禁じられてはいるけど、私語を交わすこともある。私語といっても会話にはならない。会話じゃないな。ちょっとした情報交換程度だ。

でもリンは特別だ。


リンとは、ぼくが一種に昇格して一ヶ月目頃に初めて通信した。

それでお互いにすごくフィットしたもんだから、すぐに好意を持った。

で、初めての通信相手だったんだけど、通信後にちょっとおしゃべりを交わしてみたら、できた。

お互いにすごくウマが合うんじゃないかっていうことになった。

その後の六ヶ月、何度かリンと通信したけど、今はそれが楽しみになっている。

リンもぼくとの通信を心待ちにしているんだと言ってた。

先週、予定表を見たら今日の相手がリンだったので、ぼくは今朝からすこしうきうきした気分で執務時刻を待っていた。

こんな通信相手はいない。

リンは特別なんだ。


安定剤のお蔭で今は気分が落ち着いているけど、安定剤なしだったら気持ちが浮ついて通信できないかもしれないな。

訓練を受けているから必要ないと思っていたけど、やはり安定剤は必要なんだろうな。

そんなことを考えながら椅子に体をあずけていると、心身がだんだんと眠りに入る前のようなやすらかな状態に移ってゆく。でも精神は覚醒している。ぼくらはそういう訓練を受けている。


通信五分前だ。

ちょうどいいコンディションだ。

ぼくは増幅器《アンプ》の端子が接続されている交信端末《キャップ》を頭に装着し、増幅器のスイッチを入れてチューニングを始める。

目を閉じる。

身体が宙に浮いたような感じ。

チューニングすると徐々に執務室の空間が広がってくるような感じがして、ついに大空に浮かんでいる感覚になる。

チューニング終了。


ぼくは通信する時は、いつも空を飛んでいる感じだ。この感じ方は人によるらしい。

リンは海を泳いでいる感じだと言ってたっけ。

初めは空を風にまかせて漂っている感じ。

そうしながらぼくはリンに呼びかける。

呼びかけながらリンを感じる方向に飛ぶ。

やがてリンの気配というか存在感を捕まえる。

そしてリンのほうに向かって降下する。

眼下にあるのは海かもしれないけどはっきりしたイメージじゃない。

でも、リンがそこに浮かんで心を広げて待っているのがわかる。

やっぱり海なのかな。

ぼくはリンに向かって降りてゆく。

「リン？」

確かめるとリンがうなずくような感じ。

コンファメーション。接続先確認。

ぼくはゆっくりとぼくをリンに重ねる。

コネクト。接続完了。

この瞬間の充足感は他の通信相手では感じない。

リンと接続した瞬間、イメージにすぎないと言えばそうなんだけど、リンの中から光が染み出して、ぼくらが光に包まれるような、そんな感じがする。その光は暖かい。太陽の光に似ている。

やっぱりリンは特別なんだ。


まず、ぼくが送信する。

データ送信ゲートを開放する。

データがぼくを通してリンに流れ込む。

もちろんデータはデジタルデータで、その中身をぼくらが意識することはないし、把握することもできない。ただ、大量の光の束、金色《こんじき》の雨のようなものがぼくの中を通ってリンに流れ込むだけだ。リンはそれを向こう側の受信ゲートに送っているはずだ。

約四十五分。送信完了。

次に受信。

送信ゲートを閉じて受信ゲートを開放。

リンから流れてくるデータを受信ゲートに送り出す。

これもおよそ四十五分。受信完了。

この合わせておよそ九十分がぼくらの通信業務というわけだ。データは公文書だったり電話の会話だったりするんだろうけど、ぼくらを通る時には、それらがいっしょくたに束にされたデジタルデータになっている。ぼくは頭の中をすさまじい速さで通り過ぎる金色の雨を感じるだけだ。

受信ゲートを閉じる。


送信が終わった後の、実時間にしたらほんの一瞬のことだけど、ぼくらはすこしおしゃべりを楽しむ。

規則では私語は禁じられているんだけど、この程度なら許容範囲だろう。

「こっちはすっかり涼しくなったよ。朝方なんかは寒いくらいだよ。そっちはどう?」

「こっちには季節はないから。そうそう、こないだから地球が見えるようになったよ」

とか、

「時々幸せってどういうことを指すんだろうって考えるよ」

「何かあったの？」

「昨日ね……」

とか。

こんな感じだ。

本当は、言葉を交わすわけじゃない。感じるんだ。

けど、おしゃべりと同じことなんだ。

リンの心が響く。

ぼくは心を奏でる。


心から心へ。

そんな言葉を譜面に書き込んだ大作曲家がいたっけ。


そして、ディスコネクト。接続を切る。

この時は、最近は何だか少しせつない気分になる。

光がすぅっと消えて、ぼくはふわりとリンから離れる。リンが海面に浮かんだまま寂しそうにぼくを見送っているような気がする。風が吹いている。

ぼくは、また空に浮かび、風にまかせて漂う。

増幅器《アンプ》のパワーをすこしずつ落としてゆくと大空が消え、ぼくは執務室に浮かんでる。

増幅器のスイッチを切り、交信端末《キャップ》をはずす。

ぼくはぼくの椅子に深く身体を沈めているぼくを見つめる。

目を開ける。

夢から覚めた直後のような、けだるくて、せつなくて、それでいて幸福なまどろみに似た感じ。

前後の準備を入れて約二時間の通信。これがぼくらトランスの仕事だ。


今日は、リンからとてもうれしいニュースがあった。

前々から地球に行きたくて長期休暇を申請していたところ、先週、申請が受理されて、二日後の便で地球に向かうと言うんだ。

地球には二週間も滞在できるんだって。渡航にかかる日数が往復一週間ずつだから、都合一ヶ月の休暇がとれたことになる。

惑星移民の地球訪問のための長期休暇を、父祖の地を訪問するという意味で「お墓参り」と呼んでいる。この「お墓参り」はたいていは引退前なんかにとることが多い。若い、働き盛りのリンみたいな年齢でとれるということは滅多にない。

リンが地球に来たいと思った理由はいろいろあるんだけど、この時期に休暇を申請したのは「リョウに会いたいと思って」のことなんだそうだ。わぉ。

リンにとってもぼくは特別なのかな。

リンが地球に着くのは十日後かぁ。ちょうど紅葉がいい季節かな。

長くはとれないかもしれないけど、ぼくも休暇を申請してみよう。

急な申請だからちょっとみんなには迷惑をかけるかもしれないな。何せトランスは通信需要に対して不足していると言っていい状況だし、といってトランスの心身のことを考えると、一回あたりの通信時間を増やすことができるような問題でもないから。

でも、リンが地球に滞在している間はなるべく長く一緒にいたいし、リンとの出会いはぼくの一生でもとても大事なことのような気がする。

帰りに人事部に行って申請してみよう。

リンってどんな娘《こ》かな。
そうか。ぼくらはお互いに相手を見たことはないし、直に声を聞いたこともないんだ。
でも、もう何度も心を重ねてきたんだ。
そう、先に心が通い合っているんだな。
こういうのって変わってるんだろうな。
とにかく、リン は特別なんだ。

◇　◇　◇

《リョウのプロファイル》
氏名　安東涼（あんどう　りょう）。
男性。十七歳。配偶者はなし。
地球の『国連公文書管理局遠隔通信センター』に勤務する国際連合職員。

特殊遠隔通信士《スーパートランスミッター》。

一種、つまり地球と遠隔惑星間の通信にあたる能力、ならびに一級の機密文書も含めた公文書を扱う資格を有する。

十四歳から実務に就く。一種に昇格して七ヶ月。

両親は健在。火星移民で、火星開拓局テラフォーミング推進室気候改造プロジェクトに参加する研究者。

両親の日本滞在中に生まれたので、日本の市民権を持つ。

身長百七十六センチメートル。体重六十二キログラム。

髪は黒。瞳は茶色。瞼は二重。慢性疾患はない。

趣味は読書、音楽鑑賞、ドライブ、山歩き、笛を吹くこと。

日系。

居住地は日本。

〔連合公文書管理局遠隔通信センター人材開発センターのメモ〕

勤務態度は良好。通信後の私語があるが、暗黙に許容されている範囲。

一種昇格後、能力が急速に高まっている。おそらく現在では、直接太陽系外通信を行うことができるレベルに達していると推定される。実証は別途計画中。

情緒は安定しており、知的レベルも高いので、太陽系外通信実証の候補生に推挙する条件は満たしていると思われる。

4 リン

今日の相手はリョウ。
二週間ぶりかな。
六ヶ月前にリョウと初めて通信した時から何だか好きになった。
だいたい、通信の時に、おしゃべりできるっていうのが初めてのことだったもん。
それからはリョウと通信する日が待ち遠しい。
リョウは特別なんだよね。

リョウは通信の時は空を飛ぶ感じだって言う。
リョウの前世って鳥だったんかなぁ、なんてね。
あたしは、増幅器《アンプ》のスイッチを入れると、水の中。
浮かぶでもなく、沈むでもなく漂っている感じがする。
お母さんのおなかの中って、こんな感じだったんかな。

チューニングすると、それがだんだん広くなって、それで海の中を漂っているような感じになる。

初めはなんだかとても頼りないような、すこし不安な感じ。

でもリョウの声が聞こえると落ち着く。

それでそっちのほうへ泳いでゆく。泳ぐっていうより、すうっと海面に向かって浮かび上がるって感じだね。

海面に浮かぶと身体っていうか心っていうか、あたし自信をゆっくり開いて、そう、ちょうど、海面で仰向けになって静かな波に身体をあずけて、うたた寝しているような、そんな感じかな、ゆりかごに揺られるみたいな。

そうやって静かにしてると、上からリョウが降りて来て、あたしに重なる。

リョウが「リン?」って訊く。

あたしが「うん」ってうなずく。

コネクト。接続完了。


リョウは、コネクトすると、あたしから太陽のような光が染み出すんだって言う。そして光が「ぼくらを包む」って。

リョウはすこしロマンチストなのかもね。

実物の太陽は見たことがないけど、どんな光なのかなぁ。

あたしは、コネクトすると、自分もリョウも透き通っていくような気がする。

だんだん透き通って、それで、リョウもあたしも一緒になってしまうような、そうだなぁ、リョウがあたしの中に入ってひとつになってしまうような、そんな感じかな。

同じトランスっていっても、通信の感じ方は随分違うもんなんだなぁ。

いつもそう思う。

でも、こんなに溶け合ってしまう感じがするのはリョウの時だけ。

他の相手の時は相手があたしの頭の中に入ってくるような感じはあるけど、身体ごとひとつになって溶け合うような感じにはならないもんね。

やっぱり、リョウは特別なんだね。


まず受信。

実際は、リョウからデータが送られてくるんだけど、外から流れてくるっていうより、あたしの中でデータが生み出されて、それがあたしの身体を流れて受信ゲートに送られていくような、そんな感じがする。

だから、やっぱりコネクトした時に感じるのは、リョウがあたしの中に溶け込んでしまったってゆうので正解だな。

それから送信。

今度は受信ゲートからあたしに送り込まれたデータをリョウに送るんだけど、これも、外に送り出すっていうより、あたしの中のリョウに送り込んでるってゆう感じが強い。

母親は赤ちゃんの臍の緒を通して血とかいろんなものを送り込んでるってゆうけど、それに似てるのかもしれない。

だとしたら、リョウはあたしの赤ちゃんかぁ。

こんなことはリョウには言えないよ。

言えないよね。恥ずかしくて。


データが金色《きんいろ》の雨だってリョウが言ってたなぁ。

その点はあたしも同じ。

あたしも、あたしの中を流れ通り過ぎてゆくデータが金色の雨の束のように見える。

とても上等の金色の刺繍糸の束のようにも見える。

データの中身がどんなもんかはわからないけど、この金色の束は、とても美しい。

あたしは、あたしの中のリョウから金色の雨を送られて、あたしの中のリョウに金色の雨を注ぎ込む。

データが金色の雨に見えるとか感じるってゆうトランス仲間はいないもんな。てことは、あたしとリョウだけが金色の雨を見てるのかな。

あたしたちは特別なのかな。

通信が終わると、いつも、ちょっとだけおしゃべりする。


おしゃべりっていっても、耳で聞くわけじゃない。口でしゃべるわけじゃない。

言葉じゃないんだよね。

なんで、リョウの言ってることがわかるのか、なんで、あたしの思ったことがちゃんと伝わるのか、わかんないけど。

リョウの心が染みる。

あたしは心を注ぐ。


リョウとディスコネクトする時はせつない。

リョウがあたしからすうっと出て行ってしまう。

そして空へ昇っていく。

あたしは、海面でただそれを見送ることしかできない。

あぁ、終わっちゃったんだな。

そうして、そのまま海面を漂う。

増幅器《アンプ》のパワーを少しずつ落としてゆくと海はしぼんでいく。

いつの間にか通信開始の時と同じ、お母さんのおなかの中に浮かんでいる。

増幅器のスイッチを切り、交信端末《キャップ》をはずす。

あたしの椅子に深く身体を沈めているあたしがいる。

目を開ける。

夢から覚めた直後のような、やるせなくて、名残惜しくて、それでいて安らかなまどろみに似た感じ。


今日は「お墓参り」休暇がとれたことをリョウに伝えた。

「リョウに会いたいと思ってとった」って言ったらすごく喜んでくれた。

それで、リョウも休暇を申請してみるって。

「リンが地球に滞在している間はなるべく長く一緒にいたい」って。

リョウにとってもあたしは特別なんだ。


あたしが地球に着くのは十日後。

日曜だから、休暇がとれなくてもリョウは迎えに来てくれるって。

でも、休暇がとれるといいな。そしたらたくさん一緒にいられる。

地球は実際どんなところかな。

映像やデータはいくらでも見たり聞いたりしたけど、気候や、寒いとか暑いとか、風が吹くとか雨が降るとかは、行ってみないと実感できないよね。イオのセンターには季節とか気候ってゆうものがないし、風が吹かないし、雨も降らないし。それに重力も違うし。


ひとつだけ気になることがあるんだよね。

地球には二週間滞在できるんだけど、二週目の月曜日に、休暇中なのに「連合公文書管理局遠隔通信センター人材開発センターに出頭せよ」って。

休暇中なのに。

なんか嫌《や》だな。

それに、出頭命令はイオのセンター長からじゃなくて、人材開発センターの次長から直接送られてきた。何か人事がらみのことに違いないなぁ。

地球に転勤とかいう話ならうれしいんだけどな。

そしたらリョウと同じとこで働けるかもしれないし。

あまり気にしないでいいかな。

出頭すればわかることだし。

リョウにはまだ言ってない。


待ち遠しいな。

リョウってどんな男の子だろ。

見た目とかは、やっぱ気になるけど、でも、あたしたちは、六ヶ月の間に何度もデートしたんだよね。

心だけでだけど。

こういうのも文通ってゆうのかな。

心の奥のほうでこんな風に相性がいいっていうのはすごく大事だよね、きっと。

きっと、あたしたちは特別なんだよ。

今日は早く帰って、支度しないと。

地球行きの便は明後日《あさって》だもんね。

◇　◇　◇

《リンのプロファイル》

氏名　磯琴凛（いそこと　りん）。

女性。十六歳。配偶者はなし。

木星の衛星、イオ通信センター（遠隔惑星通信中継センター）に勤務する国際連合職員。

特殊遠隔通信士《スーパー・トランスミッター》。

一種。

十三歳から実務に就く。一種に昇格して二年。

両親は惑星移民としてイオの地質調査プロジェクトの研究者だったが、すでに他界。

イオ生まれ、イオ育ちの日系惑星移民三世。

身長百五十二センチメートル。体重三十七キログラム。

髪は黒。瞳も黒。瞼は一重。慢性疾患はない。
趣味は読書、絵画鑑賞、いろいろなお茶を飲むこと、絵を描くこと、打楽器演奏、舞。
日系。
居住地はイオの通信センター。

〔連合公文書管理局遠隔通信センター人材開発センターのメモ〕
勤務態度は良好。通信後の私語があるが、暗黙に許容されている範囲。
養成課程の段階から能力の高さが注目された。(教育記録参照)
当初から直接太陽系外通信を行うことができるレベルに達していたことが養成期のテスト結果から推定される。実証は別途計画中。
情緒は安定しており、知的レベルも水準以上。イオに生まれ育ったので体力、ならびに身体能力は地球民に劣るが、若年なので、トレーニングと、一定期間の地球での生活により改善が見込まれる。よって、太陽系外通信実証の候補生に推挙する条件は満たしていると思われる。

5 トランス

二十一世紀末のこの時代を語るのに、極めて残念なことではあるが、私たちは、まず二十一世紀前半に起きた世界戦争のことを語らねばならない。

二十一世紀の前半に人類は二度にわたって大きな戦争を経験した。

そういえば、二十世紀も同じだった。

人類はおよそ百年の間に得たはずの教訓をあまり生かせなかったようだ。

もちろん、二十世紀と異なる面も多々あった。

二十世紀の世界戦争は、ほぼ横並びの文字どおり「列強」諸国が、主として植民地支配とそこから得られる産業資源や市場の利権を争奪した結果だと言えるだろう。最初の世界戦争では欧州諸国が、二度目の世界戦争では、それにアメリカ合衆国と日本が本格的に加わって戦争を起こした。

一方、二十一世紀の戦争については、ごく大雑把な言い方が許されるならば、覇者の戦争だったと言えるだろう。

「覇者」というのは、二千数百年も昔の中国の歴史上の言葉だ。

当時の中国地域では、一応「周」という王朝が各国をたばねる封建制度をとっていたのだが、この頃には、この王朝の統率者としての力と権威がすっかり寂れてしまっていた。

この時代は、孔子が編纂した『春秋』という歴史書にちなんで、後世「春秋時代」と呼ばれることになった。

簡略して言うと、ボスの肩書きは生きていたのだが、ボスであるはずの周という国の王様がボスの役割を果たせなくなってしまった時代である。

そんなわけで、周王朝に本来存在したはずのいろいろな掟、領地に関するルールや国家間の揉め事を裁くための決め事がすっかり無視されて、あちこちで勝手気ままに戦争が始まったり、領地の交換が行われたり、分国が本国を乗っ取ってしまったり、どこかの国では、跡目争いで内乱が起こったりと、無茶苦茶になってしまった。

そういった混乱の中でも、いや、混乱の中だったからこそ、運や力を得て国を大きくしたり、いろんな国の領主から頼られるようになったりという具合に、時折「優れた領主」が出現した。

そのような優れた領主は、すっかりだめになってしまった周の王様の代わりに「わたしがボスの代わりに、掟の守り役として揉め事を裁いてやろう」と、ボスではないが、リーダーの役を買って出た。このような領主を「覇者」と呼んだのである。覇者は、これもまた読んで字の如く、ボスとなるべき正統性は持たないが、リーダーの役割をこなすだけの力や声望、つまり軍事力、経済力や人脈は持っていた。実力者というわけである。

しかしながら、覇者はよく戦争を起こした。揉め事が起こると、

「けしからん。そんな領主は悪人だから懲らしめてやる。これから正義の戦を起こすため連合軍を組織するから、正義に与する国はわが国に協力して兵を出すように。協力しない国は悪の味方とみなすぞ」

ということになるのである。

世界の警察を気取っていたわけだ。

後に、孔子の後輩にあたる孟子という人が『春秋』に記された戦争を調べて、

「覇者の戦争をいろいろ分析してみたが『正義の戦争』と言えるものはひとつもなかった」と言っている。まったくそのとおりだったのである。

すこし寄り道がすぎたようだ。話を二十世紀と二十一世紀に戻そう。

二十世紀の世界戦争の後、世界は二つの勢力でイデオロギーをネタに主導権争いを演じた。

その後、片方が落ちぶれて、イデオロギーは主導権争いのネタにならなくなり、結局は経済の主導権、資源と市場が問題になるのだが、この間、何回か局地的な国同士の戦争はあったものの、二十一世紀初頭まで、世界戦争は起きなかった。

半世紀以上にわたって、幸いにも世界戦争が起きなかった理由はいろいろあるのだろうけれど、その理由のひとつは「列強」がなくなり「超大国」主導で、世界の政治や経済が回転していったからだと言える。つまり、軍事力、経済力、声望に抜きん出た国が、世界をリードしていたのであり、二十世紀末から二十一世紀前半にかけては、覇者の時代だったと言ってよいだろう。

そして、二十一世紀の覇者たちは、二千数百年という、はるか昔の歴史から何も学ばなかったようだ。彼らは大昔の覇者と同じように「正義の戦」や「平和のための戦」を起こし、たくさんの国々を戦争に巻き込んだ。結局、戦争は和平をもたらさず、混乱と憎悪を撒き散らしただけだった。その皺寄せを受けるのは、正義の軍隊を動かした覇者でも、覇者から睨まれた暴君でもない。覇者が「守ってやる」と言った民草たちである。そして結局、覇者たち自身も、戦争によって国力を疲弊させ、あらたな敵を増やし、国際社会における威勢を低下させ、国民の信望を失うこととなった。

二十世紀と二十一世紀で、大きな変貌をとげたのは「国際連合」である。

国連は、もともと、二十世紀に起きた第二次世界大戦の戦勝国による、国際秩序の調整機関だった。初期においては、安全保障理事会における有力国の利害調整の場であり、やがて伝染病対策、災害地域や紛争地域の難民対策、環境対策、文化遺産の保護などの地球的規模で対応すべきテーマをこなす実行機関として活動した。

ところが、二十世紀末には紛争地域の調停や和平維持のための派兵など、戦後処理に乗り出しはじめ、二十一世紀初頭には書記局自体が開戦抑止のために覇者=超大国と政治的に対峙するに及んだ。国連が国際世論をバックボーンとして覇者の正義に対峙するなど、かつては考えられなかったことだ。かつては、安保理といっても大国同士の調整の場であり、国連の機関に委ねられていたのはせいぜい戦後処理の実務や、政治的調整が不要なテーマに限られていたのだから。

そして、この四半世紀、国連と国際社会は大きく変貌した。地球規模のさまざまな問題は、もはや個々の国家レベルでは対応不可能であるという事実と、二度の世界戦争による大国の国力低下、国家という行政機構そのものの権威と信頼の失墜。国連の若いテクノクラートたちは、これらを巧妙に利用し、時間をかけて国家から実権をすこしずつ、すこしずつ剝ぎ取っていったのである。

結果として、国連の安保理は解消され、行政局が誕生した。今や、地球上のすべての国と太陽系のほとんどの基地に国連の代表部が置かれ、各地の実質上の行政機関として活動している。各国の行政機関も残っているが、それらに委ねられているのは地域的なテーマに限られている。いわば「国」とは、ある種の地方自治であり、文化的単位にすぎないものになろうとしている。ただ、実際の文化的単位と「国」の乖離という潜在的な問題も徐々に顕在化しはじめており、国家という単位そのものがなくなるのも時間の問題だろう。

覇者の時代が終わり、「国連」という権威によるあらたな、まったく新しい帝国が生まれようとしている。

二十一世紀前半の二度にわたる世界戦争の間も、人類の宇宙進出は着実に進んできた。二十一世紀末の今日、人類は太陽系のほぼ全域にようやく進出していると言ってよいだろう。木星以遠、つまり遠隔惑星エリアはまだ前線基地、実験基地といったレベルだが、近隣惑星エリア、特に火星には殖民と言ってよいレベルの開拓基地が築かれているし、火星の気候改造プロジェクト＝テラフォーミングも成果を上げている。この調子で行けば、二十二世紀前半、それも早い時期に、火星全域が開拓地となり、今よりもっと多くの、そして多様な（つまり研究者や技術者以外の）開拓民を受け入れる準備が整うだろう。

金星もテラフォーミングを進めているが、この四半世紀の間に火星との差がずいぶんついてしまった。金星の開拓基地は国連に帰属していない。太陽系の有力基地で国連に帰属していないのは、現在では金星だけであり、金星政府は国連への帰属を頑なに拒んでいる。しかし、これだけ火星と差がついてしまった状況からみて、金星の帰属も時間の問題と思われている。

二度の世界戦争のお蔭で世界の人口はかなり減ってしまったし、戦争が終わった頃、つまり三十年ほど前には、出生率もすっかり落ち込んでいた。第一、地球上の生活可能エリアも相当せばまってしまったのである。

そのような「住めない」地域もあるが、「住んではならない」地域もたくさん設定された。地球の環境復旧がもっと進み、以前のようにほとんどの地域で人が暮らせるようになるには相当の年月、というより相当の時代を要すると思われ、人口が激減したこともあって、戦後の連合行政府は、環境保護地域をいっきに増やし、保護を徹底したのである。

ところが、この四半世紀、人類の出生率は徐々に上がりはじめ、今や世界的なベビーブーム状態と言っていい状況にある。つまり、この二十五年ほどの間に、人類は、失われた生命力、生存意欲を取り戻そうとしているかのように、すさまじい人口増加傾向を示しているのだ。これらの宇宙開拓プロジェクトは、この人類の復活した生存意欲の受け皿ともなるはずである。

宇宙開拓がこれほどまでに進んだのは、ひとつには飛行技術の革新がある。

戦争の間にプラズマの応用が実用化され、宇宙飛行のスピードが飛躍的に向上したのである。今や、地球から木星の各衛星基地までは数日、早ければ三日で移動できるし、一ヶ月程度で冥王星まで行ける時代になっている。移動が実際上の不便を感じさせないレベルに達したことで、宇宙旅行は現実のものになった。

問題は通信だった。何せ光、すなわち電磁波より速いものはない。しかし電磁波だと、たとえば地球から木星まででも数時間を要する。言ってみれば郵便のレベルでならデータを送ることができるが、リアルタイム・ネットワークや電話のような会話は不可能なのだ。

しかし、二十一世紀中葉に、ある偶然の発見がこの問題をいっきに解決することになったのである。

◇　◇　◇

二十一世紀中葉、日本の音響機器メーカーが次世代オーディオシステムの研究プロジェクトをスタートさせた。このプロジェクトは、ドイツの医療機器メーカーとの共同プロジェクトだった。

オーディオと医療。少し突飛な組み合わせだが、この提携は「次世代オーディオ計画」の発想のユニークさに理由があった。

プロジェクトの提案者となった音響機器メーカーの研究者の考えと企画はこういうものだったのである。

従来のオーディオシステムは、いろいろな技術革新を行ってきたが、基本は「音波」である音自体の記録と、その再生にある。すべての技術革新は、その精度や質の追求、その配信や経済性の工夫である。

しかし、

「音楽の本当の音源《ソース》はどこにあるのだろうか。『音』になってからが音楽なのか」

彼はそこまで遡って考えてしまったのである。

楽器や、声というツールを使って音楽が奏でられる以前に、人間の頭の中に生まれた「こんな音を奏でたい」という音なき音。

ミューズの神々がミュージシャンの心に囁きかけた「音楽」の最初の姿。

作曲家の頭の中にある音響。

演奏家の心に最初に浮かんだ蓮華上のプレイ。

これらこそ、空気の振動に託される前の、本当に純粋な「音楽」ではないか。

もし、このようなアーティストの心の中の音楽を信号化し、媒体《メディア》に記録し、それを聴取者の心の中で再生することができれば……そんなことができれば、それは技術革新などという生易しいものではなく、音楽の享受の仕方そのものを変貌させる、革命と言っていい事件になる。

作曲者の感じた理想の音楽を、歌い手や演奏家の手を経ずに心で聴くことができる。

いや、楽譜が書けなくても、楽器がまったく扱えなくても、うまく歌えなくても、人は心に浮かんだ音楽をそのまま形にして、人に伝えることができるようになるのだ。

彼はこの考えにとり憑かれ、畑違いの脳の研究に没頭し、ついに論文と企画書を書き上げてしまったのである。

企画書に目を通した当時の社長は冒険的性格の持ち主で、この破天荒な企画を面白いと思った。実現性には疑問の声も少なくなかったが、ついに幾人かの役員を説得して、プロジェクトの発足にこぎつけた。

ただし、このプロジェクトは脳医学の専門知識と高度な専門技術が必須となる。餅は餅屋だ。成功には医療機器メーカーの協力が必要となるだろう。そして、このプロジェクトの成果は

「脳内の情報を授受可能な信号として抽出する」という点で、医療機器という分野でもおおいに応用されるべきものになるはずである。

そこで、過去にも提携経験のあったドイツの医療機器メーカーの参加をあおぎ、成果をそれぞれの分野、すなわち音響と医療に各々が応用することの権利保有を条件に共同プロジェクトがスタートしたのである。

研究は順調に進んだとは言えなかった。人間の脳内に生じる信号から目的の情報を特定して抽出すること自体がそう容易《たやす》い話ではない。脳内の「音楽情報」を特定し、それを抽出し、媒体に記録できるように変換しなければならない。さらに、媒体上の記録を逆変換し、脳の特定の部位に送り込み、それが初めと同じ「音楽」として伝わらなければ意味がないのだ。実験には多くの被験者が投入され、彼らの脳からさまざまな信号が抽出され、彼らの脳にさまざまな信号がインプットされた。

二度の世界戦争は、不思議にもこのプロジェクトの進捗《しんちょく》を妨げなかった。いや、こういう言い方が許されるならば、戦争は、むしろプロジェクトに幸いしたといってよいだろう。

日本もドイツも、このふたつの戦争では、外交政策上最低限の関与は避けられなかったものの、直接的な参加は避けられた。そして、何よりも大きかったのは、日本と西欧が戦場にならなかったことである。

日本は結果的に、その都度、大国の後ろにまわって軍事から距離をおく戦略をとった形になった。一見、主体性のない外交が結果的には効を奏したことになる。日本が最後にすり寄ったのは国連だった。行政権を国連に委譲する最初の国家グループに顔を並べることになったのである。元来、軍事や外交といった一般的には国家主権の根幹にかかわると考えられているテーマを、その時々の覇者に事実上委任してきたという経験もあり、国連への行政委任に、それほどの抵抗感はなかったのだろう。

ドイツ、フランス、ベネルクス三国なども、欧州連合内にフランク同盟を結成し、欧州連合はその実質を失った。広がりすぎた欧州連合は、一方でますます域内各国の主権意識が強まり、その矛盾から脱却できないまま、政治、外交面で統一を欠くことになってしまったのである。欧州連合の核だったはずの西欧有力国が、域内に独自のサブ連合を形成したことと、他の各国が覇権国家寄りの外交政策をとったことで、当の欧州連合は規模のメリットと求心力を失ってしまった。一方で、フランク同盟は、多くの国が覇権国家寄りに傾いた欧州内にあって独自の外交戦略をとったため、結果的に救われた。

戦場にならなかったことに加えて、戦争に参加した各国、戦場となった各地域から優秀な技術者や研究者がフランク同盟や日本に流入した。さらに、そこで行われている研究や開発事業に戦争に加わった各国は注目し、投資した。もちろん、その中には軍事利用されたものも多くあったわけで、二十一世紀前半の日本や欧州のいくつかの有力企業があげた利益は、なんらかの形で異国の軍需とかかわっていたと言っていいかもしれない。皮肉なことに戦争から距離をおいていた国々が、戦争の恩恵を受けることになってしまったのである。

二度目の大戦が始まった頃、プロジェクトで興味深い現象が発見された。

被験者として、あらたに一人の少女がプロジェクトに参加した。すると、その少女の脳に送り込んだ信号とまったく同じ信号が、同年輩の別の少女から抽出されたのだ。

初めは、装置の接続ミスか何かで、本来接続されるはずのない実験装置の間でデータの干渉か漏れが起きたのかと思われた。装置はそれぞれ被験者と接続され、個別に脳から信号を読み取ったり、脳に信号を送り込んだりする。微弱な信号を扱うため増幅する機能は持っているが、装置間で通信するようには設定されていない。だから、被験者間でまったく同じ信号がやりとりされることはないはずだった。

詳細なチェックが行われたが装置に問題は発見されなかった。

そこで、プロジェクトは、さまざまなパターンのデータで、この二人の少女の脳を試した。二人の少女の脳の間でデータの共鳴ともいうべき現象が起きていることは明らかだった。研究者たちは、二人の人間の脳の間でデータの授受が行われている可能性を認めざるをえなかったのである。つまり、彼女たちは、実験装置の補助を得て、テレパシー通信か、それに近い能力を身につけたということになる。

彼女たちは、装置なしでは通信できない。したがって、この実験装置が、能力を発揮する上で何らかの助けになっているはずだ。当初、装置で増幅した脳内信号が、電磁波ノイズとして相手の装置に漏れ出しているのではないかという疑問もあったが、どうやら脳内信号を増幅した結果、脳に何らかの刺激を受けた被験者が装置を通して「精神波」を放出したり、放出された「精神波」を感じ取ったりしていることがわかった。次世代オーディオ、あるいは高精度の脳波治療システムを開発するための実験装置が、はからずもテレパシー能力の開発という副産物を生んだことになる。

この結果に、北欧の通信機メーカーが注目し、プロジェクトに接触してきた。彼らは、この成果をオーディオや医療機器ではなく、次世代通信システム、特に飛躍的な進展を見せていた宇宙進出のための通信インフラの構築に結びつけることで、宇宙空間通信という市場を独占できると考えたのである。そして、その考えに日本の音響機器メーカーもドイツの医療機器メーカーも乗った。彼らは、三社共同で宇宙空間通信インフラシステム構築を目標にプロジェクトを改組してしまったのである。

最初にテレパシー通信を行った二人の少女をはじめ、幾人かの子供たちが、実験で同様の

「才能」を開花させた。彼らを被験者として、テレパシー通信のさまざまな実験が繰り返され、ついに実証システムが完成したのは、二十一世紀二度目の世界大戦が終わった翌年のことだった。

実証システムの発表と、公開実験が行われた日、世界は、まったく新しい通信の可能性、つまり光よりも速い、いや、速度というものを考慮しないですむ通信手段の出現に驚愕するとともに、超能力ともいうべき能力の開発を行いうるシステムの出現に不安を抱いた。

大戦後、凋落した「覇者」に代わる世界の新秩序形成の期待を担ったのは、生まれ変わった国際連合である。世界は国連の権威と力を強化することで、覇者の出現を抑制しようとする方向で動き出していたし、国連自体が巧妙にそのような国際世論形成を演出した。

彼らは、この新しい通信インフラと超能力開発の可能性を秘めたシステムが特定の国家や勢力に独占されると、あらたな覇者を生み出す温床になりかねないと考えた。大戦が終わったばかりで、超大国の力が衰えている今のうちに、この新しい人類の財産を国際社会の管理下に移すべきだ。いや、通信インフラを押さえることこそ、国家の暴走を封じ、国連が各国に睨みを利かすための戦略となる。

その結果、この精神波通信とその能力開発システムの実験と開発は、国連の管理下で行われることになったのである。もちろん、このプロジェクトをここまで育ててきた三社は十分な恩恵にあずかった。システムの発明者としての権利は国際社会に保証され、以後の開発も国際連合公認の下で主導権を握ることができた。いわば国連御用達というわけだ。

国連の下で宇宙空間通信市場におけるグローバル独占企業グループが誕生することになり、国家に代わって企業が「覇者」となる懸念もあった。実際、三社のいずれかはわからないが「テレパスを育てるために危険な実験や、脳外科手術まで行ったらしい」というような噂もまことしやかに流布されていたのだ。彼らの周辺には、きな臭い匂い（人間兵器とか死の商人とかいった流言に代表されるような空気）が漂いはじめていた。

国連はシステムのビジョンと運営の主導権を握ることで、その危険を回避することにしたようだ。つまり、システムは世界、すなわち国連のものとし、利益は採用企業に十分に還元する。そして、このシステムの核とも言うべき精神波通信能力適性者の発掘と育成、つまり人材開発を完全に国連管理下で行うという方針を立てたのである。宇宙空間通信インフラを牛耳ってしまえば、復権を狙う元超大国に対しても十分な睨みを利かすことができるに違いない。

国連に専門委員会が設置され、国連主導で精神波通信技能者の教育システムや通信ルール、通信機関の整備が早急に進められた。実証システムで能力開発に成功した十代の少年少女たちを中心に技能者チームが編成され、全員が国連職員とされた。彼らはこのシステムの第一世代の通信技能者となった。

◇　◇　◇

このようにして開発された精神波通信システムは、今日の宇宙空間通信になくてはならないものになっている。つまり、二十一世紀末にさしかかった今日、惑星間や飛行中の宇宙船との交信、データ通信は、人間のテレパシー能力を応用した精神波を使って行われているのである。

これらの精神波通信業務にあたるのが特殊遠隔通信士、通称「スーパー・トランスミッター（トランスと略称されることが多い）」である。最初に実験でテレパシー通信を行った少女たちをはじめ、最初のトランスたちを第一世代とすると、リンやリョウは第三世代のトランスとされる。彼らはすべて国連職員である。この通信システムは、技能者の通称「トランス」にちなんで、一般には「トランス・システム」と呼ばれている。

ところで、目下の問題は、このトランス・システムが、技能者の心、脳をツールとして成立しているため、通信のキャパシティが人間、つまりトランスの数に依存せざるをえない点にある。

きわめて特殊で集中力を要するこの通信業務は、長時間連続して行うことは難しいし、彼らのトランスとしての寿命、つまり、現場で通信業務にあたることのできる期間も短い。普通、トランスは十代前半から実務に就く者が多いが、二十歳になる前にたいていは現役を退いてしまう。通信能力が減退してしまうのである。

そして、何より問題なのは、このような労働集約的システムにおいてトランス適性者の数が少なく、養成も難しいため、システムの拡充が容易でなく、引退してゆくトランスの補充を行って現状のキャパシティを維持するだけで精いっぱいだという点である。

そのため、より効果的なトランス養成プログラムやシステムそのものの改善研究が急がれている。

6 リンの船旅

旅支度がこんなに楽しいものだとは知らなかった。

もしかしたら、旅そのものよりも楽しいかもしれない。

もうじき、といっても十日後だけど、リョウと会える。

それだけじゃなくて、地球に行くのも初めてだし、旅支度しなくちゃならないほどの長旅ってゆうのも初めてだし。

行き帰り含めると一ヶ月だなぁ。着替えとかどのくらい持っていこうか。あまり荷物が大きくなるのも嫌だけど。船ん中はラフでいいけど、地球では少しおしゃれもしたい。

そうだ、お土産《みやげ》は何にしようか。イオは地球と違って他の星の人にあげられるような名産ってゆうのもないしなぁ。だいたい土産ってゆったら「地球土産」だもんね。イオにあるものは地球にもある、ってゆうより地球にあるものをここまで運んだり、作ったりしてるだけだもんね。

あぁ、これから寒くなるんだってリョウが言ってたっけ。だったら、いつか地球に行けたらと思って編みかけてたマフラーがあったなぁ。これ、何とか完成させちまおうか。出航まで二日あるし、そうだ、船ん中でも編めるし、だったら十日あるわけかぁ。寒いってゆうことは、あたしにもマフラーが要るな。いっそ、ふたつ編んじまおうか。
あぁ、旅支度がこんなに楽しいものとは知らなかったなぁ。

リンにとっては初めての長旅である。旅の前に、すっかり旅支度の楽しさにハマってしまったリンは、結局、日曜の朝までの二日間を旅支度に費やした。荷物は大きな旅行鞄三つに何とか詰め込んだ。手荷物は頭陀袋《ずだぶくろ》と小ぶりなスーツケースにまとめた。

旅行鞄といっても、小柄なリンにはとても自ら持ち運びできるような代物ではない。旅行鞄三つは宅配便《デリバリー・サービス》を呼んで地球まで送ってもらうことにした。どうせ、自分と同じ船で運ばれるのだ。

しかし、宅配便を呼んだ後、リンは重要なことに気づいた。送り先である。実は地球で滞在する宿を決めていなかったのである。宿は地球行きの船内のインフォメーションでゆっくり探せばいい、といった程度に軽く考えていたのだ。

「そうだ。とりあえずリョウん家《ち》に送っておこう。場合によってはリョウの家に泊まったらいいし……いいかな」

というわけで、やってきた宅配便のワゴンロボットに荷物を預け、リョウの住居コードを伝えた。

旅支度に加えて、マフラー編みも再開したし、この二日間、あれこれ考えていたらぜんぜん眠れなくて、リンは寝不足気味である。

こんなんで高速船のGに耐えられるだろうか。まぁ心配してもしかたないか。

日曜日の午後、リンはイオの通信センターから小型のシャトルで木星スペースポートに向かった。

「木星スペースポート」と言っても、もちろん木星上にあるわけではない。イオよりもずっと木星から離れた衛星軌道上の巨大なステーションにある。木星ステーション自体、人工惑星と言ってもいい規模を有している。リンは直に見るのは初めてだったが、その星と言っていい規模と迫力に圧倒された。

翌日、月曜日の朝、そこから地球行きの高速大型船で、地球の衛星軌道上にあるテラ・スペースポートに向かう。

五日間の船旅の始まりである。

リンは月曜日の明け方（といっても朝日が昇るわけではないが）まで、マフラー編みに精を出してしまい、寝不足のまま地球行きの大型高速船「ジュピター」に向かった。

乗客は、艀《はしけ》と呼ばれている小さなシャトルでスペースポート沖に浮かぶジュピターに乗船する。巨大な円柱の先に球が載っている。何だか昔話題になった「ツチノコ」みたいな形だ。

船室は、そのツチノコの胴体の外壁にへばりつくように配置されている。エコノミーの個室だったが、リンにとっては十分快適な広さと設備だ。十平方メートル程度の部屋にベッドと引き出し付の机、それに小ぶりなユニットバスが備えられている。室内の装飾もシンプルで、淡いクリーム系の色でまとめられている。窓はない。床面が壁に面しており、ツチノコ、いや、この寸胴《ずんどう》のジュピターは、ゆっくり回転しながら床面に向かって重力を発生させているのだ。

安定飛行に入れば、乗客は各個室に滞在することになるのだが、離着陸時は船体中央のロビーに備えられた、いささか窮屈なシートに座らされる。万一の場合に備えて簡易な密閉スーツを着せられ、ベルトを締め、ヘルメットをかぶる。二時間ほどの間だが、相当に激しい加減速による心身のトラブルに備えて、医療スタッフもロビーに待機する。各シートは実際のところシンプルなロボットであり、乗客の脈拍、血圧、体温、発汗状況などを監視して、問題があれば医療スタッフにアラームを送り、シート自身が簡単な応急処置はできるようになっている。

この状況を見て、緊張のあまり発射前にシートから鎮静剤を投与される乗客も少なくない。

リンにとって不幸だったのは、彼女の楽観的でおおらかな性格と寝不足のためにいささか暢気《のんき》な気分になっていたことと、地球へ行ける、というよりリョウに会えるという喜びのお蔭で、こういった状況でも緊張しなかった点にあった。そのため、彼女は鎮静剤も安定剤も、そして酔い止めも、発射前に投与されなかったのである。

発射のアナウンスがあった直後、船体が大きくうなって振動した。「ジュピター」は、最初はゆっくりとスペースポートを離れてゆく。十五分ほどして、加速飛行に移る旨と加速中の注意をうながすアナウンスがあり、もう一度船体がうなった。猛烈なエネルギーが船尾から放出され、船はいっきに加速を開始する。

リンは寝不足のせいでうたた寝していたのだが、五分も経たないうちに嘔吐感に目覚めさせられ、目をむいた。リンのシートはすでにアラームを医療スタッフに送っている。シートが、密閉スーツからあらかじめリンの腕にさりげなくセットされていた微小な注射針を使って安定剤を注入しはじめた。同時に、ヘルメット内のリンの口もとに嘔吐用のマスクがセットされる。リンは我慢できずに吐いた。体の内部がひどく締め付けられるような感じがする。何かが胃袋を引っ張ったり捻《ねじ》ったりしている。まるで胃が裏返ったみたいだ。一瞬、寒気を感じて身体がぶるっと震える。額から脂汗が出て指先が痺れる。動悸。耳の奥で心臓の鼓動がドクンと大きく一回聞こえた。その途端に目眩がして目の前が暗くなった。

宇宙移民の子が船酔いなんて。それも酷い船酔いだ。

「大丈夫ですか？」

目の前は真っ暗で何も見えないが、声は聞こえるし、意識もはっきりしている。それだけにつらい。大丈夫なわけないじゃんか。いっそ気を失ってしまいたい。

「だ、大丈夫、です」

でも、こう答えるだけの常識はわきまえている。喉がかわく。冷たい水が欲しい。

「お水、いただけます？」

でも、また吐いちゃうかな。

「水をすこし送りますよ。それから、安定剤を投与しますから、このままお眠りなさい」

ヘルメットの嘔吐用マスクが離れ、ストローが口もとに運ばれた。リンはストローをくわえて水をすこしすすった。安定剤のせいか、動悸が治まりすこし落ち着いた。胃の不快感と悪寒は残っていたが、目を閉じてじっとしているとだんだん眠くなった。

「なんか通信前の感じに似てるなぁ」

そう思うと、まだ見たことがないはずのリョウの顔が浮かんだ。

こんな酷い気分の時にリョウの顔が浮かんだことにリンは何だか情けなくなった。

もっといい気分の時に思い浮かべたいのに。

眠り込む前に、医療スタッフとシートに「ありがとう」というのを、何とか忘れずにすんだことがせめてものなぐさめだった。

正直、リンは参ってしまった。これまでも通信センターからイオの地表に行ったり、ガニメデやエウロパに行ったりしたことがあったが、酔ったことはなかった。それらが小型船だったこともあるのだろうが、リンは、自分は船には酔わない性質《たち》だと思っていたのだ。高速船は初めてだったし、寝不足もあったのだろうが、リンは生まれて初めての激しい船酔いを体験したわけである。

安定飛行に入り個室に移されてからも、初日は起き上がれず、部屋にこもったまま食事もとらずに船旅の一日目を過ごすことになってしまった。もちろんマフラー編みも中断、である。

二日目。火曜日の朝。リンは、前日の酷い船酔いが嘘だったかのような晴れ晴れとした朝を迎えた。船室に窓はないが、壁全体が昼間の時間帯はほの明るく感じられ、夜の時間帯は照明を消すと薄暗がりになるように演出されており、さりげなく、乗客の心身が昼夜のメリハリを感じられるようになっている。リンは、まさに早朝の薄明の中、気持ちよく目覚めることができたのである。

気分よく目覚めたリンだったが、鏡に映った自分――何だかやつれて腫れぼったい目をした髪がボサボサの少女――を見て、少しげんなりしてしまった。あの激烈な船酔いを思い出したのである。

しかし気分はよい。お腹も空いた。だから今日は元気なんだ。そう思い直して、猫のように伸びをすると、嫌なものがすぅっと体から抜け落ちたような気がした。

「こんな時にリョウの顔が浮かんだらいいのにな」

リンは、思い切って寝巻きも下着もパッパッと脱いでベッドの上に放ると、意を決したかのごとく、胸を張って大またでバスルームに入り、熱いシャワーを浴びた。

服を着替え、簡単に身づくろいをして、鏡を見る。

いつものリンがいる。

これでよし。

今、日本は秋で、すこし寒いらしいが、船内は適度にエアコンが効いているから、ごくラフで軽い服装でいい。リンは、裾を短く切り、袖も落として、ノースリーブのミニスカートのような感じにアレンジした水色柄の浴衣《ゆかた》風の薄手の着物に、若草色の兵児帯《へこおび》をきゅっと締めて、蝶結びを脇に垂らした。その上から、これも薄手のごく淡い桃色、というより杏色の、羽織の袖を落としたようなベストをひっかけて、素足に赤い鼻緒の下駄を履いた。船に乗っている間はこれでいこうと用意してきたのである。豊かで長めの髪は、真上からやや左側後方でポニーテールのように赤い紐でくくるとバサッと垂らした。

リンは日系ということもあるが、古い日本の服飾に興味があり、普段から日本の古い衣服をかなり大胆にアレンジして楽しんでいる。日本風ではあるが時代不明のいささか奇抜なファッションになってしまうのだが、これが不思議に似合って、確かにどこかの時代にこんな娘がいたかもしれないと思わせるから不思議である。

一重瞼に卵形の顔。黒く豊かで長い髪。きめが細かく白い肌に桜色の頬。小柄で華奢、それでいて闊達な所作。あまりに日本的な身体的特徴と威勢のよさ。バサラで傾《かぶ》いたこんな娘が確かにその昔の日本にいたに違いない。リンという少女の姿にはそんな説得力がある。

衣服をととのえる、服を着るというのは戦闘準備である。鏡の前で服を着け、髪をととのえながらリンは元気と食欲を取り戻した。準備よし。リンは部屋を出ると朝食をとりにカフェラウンジに向かった。

ラウンジは、船の中央部、円筒形の船体の中ほどの壁際にある。このエリアには、カフェラウンジや晩餐用のレストラン、図書室やインフォメーションなどが集められている。この中央エリアをはさんで前方がファーストクラス、後方がエコノミークラスの船室だ。ファーストクラスの一番奥には展望室（円柱の先端にあった球体。ツチノコの頭にあたる部分）がある。エコノミークラスの乗客も料金を払えば船体奥のエレベータを使って展望室に入れる。

まだ早朝だったが、カフェラウンジには早起きして朝食をとっている乗客が何組かいた。レストランはエコノミーとファーストで仕切られていたが、カフェラウンジでは一緒に食事や喫茶を楽しめる。

すいていたので、リンは少し安心した。実は、リンは人ごみが苦手なのだ。

イオの基地にもシティエリアはあるし、大概の市民は好んでシティエリアに出かける。多くの移民たちは、リンと違って「人ごみ」が好きである。

どのように演出されていても、宇宙基地というのは離れ小島か、山奥の寒村と同じようなものだ。閉鎖された空間なのにだだっ広く感じる。実際、宇宙の前線基地というのは、人口に対して十分すぎるほどの広さを有している。潜在的に父祖の地である地球に憧れる宇宙移民は、雑踏や賑やかな都市空間を欲するのである。

しかし、リンは人ごみが嫌いだった。あまり通信センターから外には出ない。出かけるとしたら、シティエリアではなくて、イオの地表に降りて人気のないところをプチ探検してみたり、小さな船でイオ周辺の宇宙空間や、ガニメデあたりを周遊したりするほうが安らぐのだ。

まぁ、一般的なイオ市民とは言えない。少女の趣味としてはちょっと変わっているのかもしれない。しかし、トランス仲間には人ごみが苦手な連中も少なくない。仕事で神経をすり減らしているのかもしれない。彼らは人ごみに出ると、何か得体のしれないプレッシャーを感じるのだと言う。リンはわけても、人ごみの騒音やざわめきが嫌だ。

リンは給仕に案内されて席につき、迷わずジャパニーズ・スタイルのセットを注文した。

隣の席では、老婦人が、リンが注文したのと同じジャパニーズ・スタイルセットを食べていたが、リンのほうを向き、きれいな日本語で声をかけてきた。

「あら、お嬢ちゃん元気になったのね」

ジュピターの乗客の大半は木星周辺で働く技術者や研究者か、このご婦人のような年配の「お墓参り」組だ。リンのような少女は珍しい。加えて、リンは小柄なこともあって子供と見られることが多い。婦人の口調は、明らかに「ひとり旅の子供」に対する気遣いと好奇心に溢れていた。

「本当に、みんな心配してたのよ」

そうなのだ。前日、リンが激しい船酔いで気を失った（実際は安定剤で眠り込んだのだが）上に、安定飛行に移った後、医療スタッフによって担架で船室に運び込まれるところを乗客たちは見ていたのだ。リンが子供のように見えたので、とくに年配の「お墓参り」組の乗客たちは気にかけていた。「わけあり」の旅だと勝手に思い込んでいる乗客たちもいた。船酔いのお蔭で、リンは、乗客たちのちょっとしたアイドルになっていたのである。

「昨日はお騒がせしました。お蔭様で今日はこのとおりです」

リンは立ち上がり、スタンダードな日本語で挨拶を返し、ちょこんとお辞儀をした。

「あら」

リンのもの言いが予想外に大人びていたので婦人はすこし驚いたようだった。

リンの料理が運ばれてきて、食事が始まると、とりとめのない会話が続いた。

こういう状況もリンは得意ではない。

「お仕事？　じゃあないわね。ご両親が地球にいらっしゃるの？　それとも、わたくしたちと同じ『お墓参り』かしら」

「休暇がとれたので。お墓参りみたいなものです」

「休暇？　じゃあ、働いてらっしゃるの？」

「こう見えても十六歳なんですよ」

「まぁ、ごめんなさい。わたくしてっきり……お仕事ってもしかして」

「通信士です。トランスなんです」

あぁ、こういう話題になっちゃったか。せっかく気持ちよく目覚めたのに。

そもそも、リンはこういった年配の人たちと打ち解けて話をしたことがほとんどない。

まだ幼かった頃に、リンは両親を事故で失っているのである。

その頃、リンはすでにトランス候補生としてトレーニング・コースで英才教育を受けていたから、路頭に迷うことはなかった。彼女の能力が抜きん出ていたので、人材開発センターが彼女を手厚く保護し、育ててくれたのである。以来、十年近くの間、リンには家族というものはなく、ひとりで暮らしてきた。センターがリンの家であり、世間だった。

訓練と執務の日々の中で、両親を失った衝撃と悲しみは徐々に薄れていった。でも、寂しさは、時に仕事や遊びでまぎれることはあっても消えることはない。ある日、突然、いつも傍らにいるはずの両親という存在が、すっぱりと掻き消えてしまったのだ。何かが欠落してしまった。そういう喪失感がいつもリンの傍らにあった。

職場の同僚は同年輩の少年少女たちだし、上司や指導教官もせいぜい三十代で兄貴分、姉貴分といったところだ。トランスの特殊な職場環境もあって、リンには、たとえば両親や祖父母のような年配の人たちに接する機会はほとんどなかったのである。

失った両親という存在を、何かで埋め合わせたいと、どこかで飢《かつ》えているに違いないのだが、一方で、奇妙なことに、リンは両親の年代を思わせるような年配者が何だか苦手だった。圧迫感を感じるのである。いつもは闊達《かったつ》な心身が、変に萎えてしまうような、否応なく大人しくさせられるような存在。そばにいるだけで生気を吸い取られるような存在。時に接する「おじさん」や「おばさん」あるいは「おじいさん」や「おばあさん」は、そんなプレッシャーをリンに与える存在だった。

　両親が奪われた当時、リンにとって、「おとうさん」「おかあさん」とはひたすら保護者であり、リンを愛し、守る存在だった。リンにとって彼らは「安心」や「憩い」そのものだったはずだ。そして、両親が対話の相手、議論をたたかわせる人生の先輩となる前に、運命はリンから両親を奪ってしまったのだ。

　それに、世間の、とりわけ年配の人々の中には、トランスという職種にあまりよい感情を持っていない人も多いと聞く。年若いのに高給取りで、国連の庇護《ひご》を受けているから特別扱いで、何より異能者であることがその理由だ。要するに薄気味悪いと思われているのである。

「まぁ。わたくしの甥もトランスだったのよ。数年前に引退して、今は火星にいますけれど」

　この言葉にリンは救われた。

「じゃあ、大先輩ですね」

　リンはにっこり笑って婦人の笑顔を見つめた。

　いいな。こういうおしゃべりも悪くない。

　こんな感じは初めてだ。リンはいつの間にかリラックスしていた。初対面の人と、それも、こんな年配の人とおしゃべりを楽しむ気になるなんて。

「地球のどこに？　日本へいらっしゃるの？」

「日系なので。日本へ行きます」

「じゃあ、わたくしたちと一緒ね」

婦人は目を細め、すこし顎を引いて、リンの全身を見た。

「霞む空に、若草、杏。春の色ね。でも、日本はこれから秋たけなわ。寒いわよ」

「ええ。船内はこれですけど、秋用には、暖かい、ちょっといいのを持って来てるんです。向こうに着いたら着替えます」

「どなたかお迎えにいらっしゃるの？」

リンは、ちょっと茶目っ気を発揮する気になった。

「実は、婚約者《フィアンセ》に会いに行くんです」

「婚約者ですって！」

この一言でリンはこの航海における時の人となったのである。


それからの四日間、リンは、存分に船旅を楽しんだ。

船内は、大型船だけあって、設備や施設も充実しており、図書室やインフォメーションでは、地球の情報もたくさん仕入れることができる。

ロビーに出て行けば乗客や乗務員が声をかけてくれる。婚約者に会いにイオからはるばる地球まで出向くという少女は、ともすれば退屈な船旅を送る彼らに、ちょっとしたドラマを提供したのかもしれない。

何よりも、リンは苦手だったはずの「他人との交流」を平然とこなしている自分に驚いていた。何ということもなく、声をかけられること。挨拶して返すこと。そんな日常的な状況にリンは心楽しく対応できた。

マフラー編みや読書の時間もたっぷりとれた。リンは、休暇中に読むつもりで、自分の蔵書《ライブラリー》から、お気に入りの本や読み返したい本、買ってからまだ読んでない本などを二十冊ほど選んでハンディブックにロードしてきたが、船の図書室で数冊分を追加した。

インフォメーションでは、リアルタイムに地球の情報を仕入れることもできる。リンのハンディブックには、普段から興味のあることや、ふと気になったことなどを、その都度聞かせてある。思いつきのメモみたいなものだ。そのハンディブックをインフォメーションの端末につなげば、気にしていたことがけっこう整理された状態で閲覧できるし、気に入ったものが見つかればロードできる。

リンは、インフォメーションで日本の気候や観光情報、ホテル情報を調べて、どこかに宿を予約しようかと思ったが、ちょっと気が引けてやめた。リアルタイムデータはトランスが中継しているのだ。この船にも数人の航海専任トランスが乗り組んで、交替で通信に当たっているはずだ。地球や木星の管制センターとの交信や、乗客が地球にかける電話、そして、このようなインフォメーションで提供されるリアルタイムデータの通信は、彼らが担っているのだ。リンは、同業者として、その勤務の実際をよく知っているということもあったが、自分の休暇中に同業者の手（実際は脳だが）を煩わせるのにちょっと気が引けた。もちろんトランス通信はインフラとして提供されているものだし、リンが通信を遠慮したからといって彼らの勤務に何の影響もないということはわかっているのだが、結局リンは地球情報の閲覧をやめた。

着いてからリョウにいろいろ聞けばいいし。

リョウん家に泊まることになるんかなぁ。

木曜日には、肉眼で太陽を見ることができるところまで来た。

リンは件《くだん》の老婦人に誘われて展望室で太陽を見た。

肉眼で見えるといっても小さな芥子《けし》粒のようなものだが、その暖かな光は明らかに他の天体とは違っていた。

これがリョウの言ってた太陽の光かぁ。

こんな光があたしから染み出すのかな。

「明後日には、もっと大きな太陽が見られますよ。それに、地球から見えるお日さまはもっと暖かくて優しいのよ」

「暖かくて、優しい」

「そうよ。リンちゃん。あなたみたいにね」

「あたし?」

「あなたは小さなお日さまみたいな娘ね。一昨日《おととい》、ラウンジであなたを見た時にそう思ったのよ」

「太陽の光ってお母さんに似てます? それともお父さん? お母さんはお日さま? お父さんがお日さま?」

「え?」

「太陽の光って、母親の光かな、父親の光かなって思って」

「そうねぇ。お日さまは母でも父でもある、で答えになるかしらねぇ。ならないわね、きっと。お母様もお父様も太陽の光を持っている。でも、おふたりが一緒になってあなたをお産みになったのだから、そう、お母様とお父様は太陽の光の素《もと》をお持ちだったのね。おふたりが結ばれて、あなたが生まれて、それで、おふたりの光の素はお日さまの光になった。このほうが答えになっているわね」

「結ばれて、あたしが生まれて、お日さまの光になった。きっとそうですね。ありがとう。おばさま」

お日さまの光になった。

リンは泣きそうになった。涙で太陽が滲んだ。

お日さまの光になる。

リョウとあたしも、いつか結ばれて、いつかお日さまになれるんだろか。

今度はそんな考えが頭をよぎって、リンは林檎のように真っ赤になった。

「あらあら。そうよ。リンちゃんも、いつかお日さまになれるわ。きっと、とても素敵なお日さまにね」


土曜日、ジュピターはテラ・スペースポートに予定どおり到着した。減速の時、今度はリンも準備万端、寝不足でもなかったから船酔いには見舞われずに済んだ。テラ・スペースポートは地球の衛星軌道上に建設された巨大ステーションであり、各惑星と地球をつなぐ高速宇宙船や、地球にいくつかあるスペースポートとの間を往き来するシャトルが集まる太陽系最大のハブポートである。木星のスペースポートよりもはるかに大きな規模を有し、各方面からの旅客で賑わっている。

地球へ向かう旅客たちは、ここで身体を地球レベルの重力に慣らす。このステーションは、重力も含めて地球に合わせた環境を作り出しており、人によっては、ここで数日かけて身体を慣らすこともある。宇宙船内も、航海中に徐々に船内の重力を地球並に調整してゆくのだが、ここが乗客たちには最終調整の場となる。

リンは、仲良くなった乗客たちに別れを告げ、日本方面エリアのホテルに部屋をとって夕方まで半日あまりを過ごした。このステーションでの滞在までは、ジュピターの乗船料金に含まれている。ホテルの部屋もエコノミークラス向けのさっぱりした設《しつら》えだった。

もうマフラーは編みあがっているし、リンは、旅の疲れをここで十分にとっておくために部屋でゆっくりと読書することにした。

ハンディブックを頭陀袋から取り出して開く。いろいろ迷ったが、船の中で仕入れた日本の服飾史の本に決めて呼び出した。平安期の十二単《ひとえ》、特に襲色目《かさねいろめ》の記述やサンプル画像、室町期から安土、桃山あたりの庶人や職人の服装、風俗絵画、中世から近世の京都市街のシミュレーションなどを楽しみながら、地球に着てゆく服装、コーディネートのことを考える。一応、だいたいのことは決めて服を用意してきたのだが、コーディネートの最終チェックである。旅支度がややもすると旅以上に楽しいのと同じく、アレンジとコーディネートに思いを巡らすのは、実際に服を身に着ける以上に楽しいものだ。

秋かぁ。秋が深まってゆく。
朝晩は寒いくらいだって言ってたなぁ。
霜。霜はまだ早いかな。でも十一月は霜月だよね。
それにもみじ。紅葉もあり黄葉もある。黄色、紅。薄く緑を残したのや枯葉色。錦《にしき》。
それから霜の白。
針葉樹は秋でも深い緑。
刈り取られた田畑やススキの薄茶色。
柿の朱。
けっこうカラフルだなぁ。白秋とか素秋ってゆうのは何かあたってないな。
あぁ、ここに書いてある。空気の色か。どんな空気かはもうじきわかるなぁ。

夕刻、読書を終えると、リンはスーツケースに大事にしまっておいた着物に着替えた。ちょっとした勝負服である。組み合わせは、服飾史の資料を参考にして決めた。
シャトルに乗り換えていよいよ地球へ、日本へ、リョウの待つツクバ・スペースポートに向かう。

「ツクバ」って「月端」と書くんだって。昔は違う字書いたらしいけど、スペースポートを作る時に「月のかたわれ」っていう意味の文字に換えたらしい。宇宙船の図書室で仕入れた知識だけどね。あ、自由落下に移る。もうじきリョウに会える。

シャトルは無事、ツクバ・ポートに到着した。

テラ・スペースポートまでは標準時だったが、ここからは日本時間だ。土曜日の夕刻にテラ・スペースポートを出てから数時間しか経っていないが、今、日本は日曜日の朝だ。

ツクバ・ポートは、日本で唯一のスペースポートである。東アジアに三つ建設されたハブ・ポートのひとつで、アジア各国への中継便も就航しており、規模はかなり大きい。とくに、ジュピターのような大型高速船がテラポートに発着する前後は接続便が集中するので、かなり混雑する。

シャトルを降りて、検疫所で医療チェックを受けてからイミグレーションで入国手続を済ませる。ここまで二時間もかかってしまった。後は、手荷物を受け取って到着ゲートへ向かうだけだが、少々グロッキーだ。

やっぱり人ごみは疲れる。うるさいし苛々する。船の中は例外だったのかなぁ。

ツクバ・ポートの通路からふたつの峰を持つ優美な山が見える。青い秋の空に稜線が、ペイントナイフで描いたようにくっきりと浮かんでいる。その上空に小さな白い雲が流れている。実物の風景を見るのは初めてだ。すこしほっとする。


あれが月端山かな。ツクバ山《さん》でいいのかな。ツキノハ山《やま》かな。

イオの山はずっと険しくて厳しい貌《かお》をしている。それに、おそろしく活動的だ。

あの山は優しいな。地球の第一印象は「優しい星」って感じだな。

でも、何で「月のかたわれ」なんだろ。


「リンちゃん」

「あ、同じシャトルだったんですね」

なじみの老婦人の顔を見て、リンは何だかほっとした。

「秋の装いね。素敵ね」

「ありがとう」

リンは用意してきた服の中から、いくつかをアレンジして少し暖かい「秋の装い」に着替えている。裾は大胆にカットしているが、袖はしっかり残した黄八丈の着物に、鳶八丈の渋い栗皮色の四寸帯。結び目はラフな蝶結びにして前方に持ってきた。足まわりは冷えないように膝から下に朱のレッグウォーマーを穿いているが、赤い鼻緒の黒い下駄は素足に履いている。黄八丈の上には、ごく淡い水色のシルクの長羽織《ながばおり》を袖を通さずにマントのようにひっかけている。長羽織には裾近くに秋の野草や野花がさりげなく描かれている。そして首には船内で編上げた朱の長いマフラーを巻いた。髪は、いつものように左側でポニーテールのように結んでいるが、長めの朱の紐をくるくると巻いて高めに結い上げている。

「リンちゃんの秋は毅《つよ》いのね。わたくしたちの秋とは違う。去り行く季節ではなくて、胸を張って、最高の彩りでその身を包んで、冬の後にちゃんと春を準備して……。名前のとおりね。凛ちゃんの秋ね」

リンは、船内で知り合った老婦人とともに到着ゲートを出た。

やっとリョウに会える。リョウ、リョウはどこだろ。いた。

あれがリョウかな。きっとそうだ。あれがリョウだ。

ホールは人ごみで混雑していたが、リンは、なぜかすぐにわかった。

リョウの姿を見た途端、ホールの人ごみが発するざわめきが感じられなくなった。

あれがリョウだ。

「あの方が婚約者《フィアンセ》？」

「はい」

リンははっきりと答えた。

婦人はホールの向こう側に立っている少年のほうをチラと見た。目が合った。

少年がちょっと戸惑った後、かぶっていた帽子をとってペコリと会釈したのを見て、婦人はリンに囁いた。

「素敵な男の子ね」

リンは、エへと笑った後、婦人のほうを向いた。

「お世話になりました。とても楽しい旅ができました。あたし、大人の人って苦手だったんです。でも、たくさんの人と仲良くなれました。それに、あたし……」

「いい旅をね。それから幸せにね。それから、忘れないで。あなたは毅い娘よ。でも、毅すぎてはだめ。ある日、ぽきりと折れてしまいますよ。弱さもお持ちなさい。誰かにすがることも必要よ。誰かが、あなたを支えてくれます。あなたも誰かを支えることができます」

「ありがとう……ございました」

「そうしたら、きっとお日さまになれますよ。あなたも、その誰かも……ね」

リンはきちんとお辞儀をすると、まっすぐにリョウのほうに歩いていった。

「リンちゃん」「リンちゃーん」

振り返るとジュピターで一緒だった乗客たちがゲートから出てきて婦人と一緒に手を振っている。

リンも手を振って、旅の仲間たちに別れを告げる。

リンの服装はちょっと奇抜で派手だったから、ただでさえ目立っていたのだけれど、この騒ぎでホールにいた人々の目がリンに注がれてしまった。アイドルタレントでもいるのかと勘違いする者もあったが、たしかに、リンはジュピターでの五日間、乗客たちのアイドルだったのである。面食らったのはリョウだったろう。


お日さまかぁ。

リンは走った。

リョウに向かって走った。

からん。ころん。

軽やかな下駄の音がホールに響き渡った。

7 リョウのロッジ

考えてみたら、来客って初めてだな。

いや、正確に言うと、滞在客っていうのは今までなかった。

このロッジに移って最初の頃だったな。近所のロッジ暮らしの人たちが何回か来たっけか。

お茶くらいは出したけど。まだ片付いてなかったし。

今も片付いてないけどね。ええっと。ソファはこの位置でいいな。カーペットはクリーニングしといたほうがいいかな。

挨拶っていうか、まぁ、偵察だな。あれは。

こんな子供がひとりでロッジ暮らしか、っていう感じだったな。トランスだってことも知ってたろうし。近所って言っても、けっこう距離あるしな。煩わしかった。

そうだ、父さんと母さんも一度来た。半年前だ。

あぁ。その頃だ。リンと初めて接続《コネクト》したのは。

やっぱり、ぼくのベッドルームに、っていうのはまずいかな。まずいだろうな。

でも、彼女をリビングのソファに、っていうのもなぁ。

あーあ。リンが泊まるかどうかなんてわかんないのに。

まず、リビングとダイニングをきちんと片付けてしまおう。結局、リビングが寝室になっちまってるし。ベッドはほとんど使ってないし、ベッドルームも着替える時くらいしか入ってないしなぁ。

そうか、だったらぼくのベッドを使ってもらってもいいのかな。

あー。ちっとも捗《はかど》らない。

引っ越し以来だな。けっこう大変だなぁ。

お客様っていうのは初めてだからなぁ。


リョウは、リンが彼のロッジに来てくれるかどうかはもちろん、滞在するかどうかさえわからないのに、ロッジの片付けと掃除に精を出していた。いや、二週間も日本にいるんだから、一度くらいは招待したいし、招待に応じてくれなければ困る。できれば一回くらいは泊まっていってほしい。そして、もし、リンが許してくれるのなら……。

男の子というのは困ったものである。

◇　◇　◇

リンからうれしい知らせを受け取ったリョウは、その日の通信と報告を終えると、人事部に出向き、二週間の休暇を申請してみた。

「二週間ですって？」

人事部の担当がリョウを睨んだ。

だめか、やっぱり。

「何日くらいなら調整つきますか？　ちょっと遠方から大切な友人が来るので……」

「安東クン、あなた運がいいわね」

担当の目が笑った。

「再来週の日曜からね。とれるわよ、偶然にもね。ただし、明日と明後日は出てもらわないと……。それから、二週間のうち一日だけなんだけど……」

「とれるんですか？」

「まず、普通は無理よね。二週間続けてというのが、そもそも法外よ。それに、いきなり『再来週から』なんて輪をかけて図々しいわよ。わかってるでしょ」

「申し訳ありません。その……」

「いい人でも来るの？　あなたも年頃だしね」

「あの。二週間、本当にとれるんですか？」

「赤くなったわね。図星？　まぁ、あんまり子供をいじめちゃかわいそうだから……」

「明日と明後日の土日は出ますよ、もちろん。それから、さっき『一日だけ』って言いましたよね」

「あぁ。ちゃんと説明するわ。あのね、あなた本当に運がいいのよ。昨日付けでね、こっちに研修のためのスケジューリング調整要請が来てるのよ。人材開発センターからね」

「研修、ですか？」

「研修よ、キミのね。安東涼クン」

「研修ってどんな」

「それがね、こっちでは中身はわからないの。本人に直接説明するっていうのね。でね、再来週から二週間、正確にはその前の土曜から十六日間の休暇を支給しますけど、ちょうど十日目になるわね、二週目の月曜は人材開発センターに出頭してもらうことになるわ」

「ありがとうございます。でも、出頭って人材開発センターのどこですか？　それに、土曜からって、日曜からでいいんですよ。土曜は出ますよ。やりくりが大変でしょ」

「『支給』って言ったでしょ。申請受理じゃあないの。研修に備えて、本人を十分休養させる必要があるっていうのよ。で、休暇も支給。昨日からあちこちと調整して、キミの休暇を前提にスケジュール調整を何とか片付けたところなの。ちょうど通達を送ろうと思っていたところなのよ。これが通達書。業務命令なわけ。だから、安東クン、あなたは来週の土曜から休まなければならないの。運がいいっていうのはそういうこと」

「休養って、何だか大変な研修になるのかなぁ。まさか休暇明けに、ぼくのトランス・ルームがなくなってたりしないでしょうね」

「案外いい線いってるかもね。実は運が悪い、なんてね」

「それで、出頭先ですけど」

「あぁ、そうだったわね。月曜、十時にね、人材開発センターの八重垣次長のところよ」

「八重垣次長ですって！」

「大物よ。直に面談するらしいわね。あら、さっきは赤くなったのに、今度は青。信号みたいな子ね。案外、肝が小さいのね。……肝だけ……かな？」

「『子』っていうのはやめてくださいよ。第一、そんなに歳違わないでしょう」

「あら、ありがとう。で、これは噂なんだけどね。『太陽系外通信』の話、聞いたことあるでしょう」

「超遠距離ですね」

「その実証実験のトランス候補を選抜してるのが八重垣次長のところだっていうのよ」

「じゃあ、研修って、その選抜試験のこと……」

「噂よ、噂。あくまで、ウ・ワ・サ。とにかく、休暇をくれるっていうんだから、安心して休んで、しっかり休養しなさい。『休養』するのよ。『大切な友人』と遊びすぎちゃだめよ」


リョウは人事部を出て、バスストップで巡回バスを待ちながら考えた。

太陽系外通信。自分が候補？　偶然？　運がいい？

何だか奇妙だな。本当に偶然かな。リンの休暇とぼくの休暇、太陽系外通信の選抜、研修、八重垣次長、これって符合しているのかな。それとも、やっぱりただの偶然かな。

バスが来た。


国連公文書管理局は、ツクバシティにある。

というより、国連の日本代表部がツクバシティに置かれていると言ったほうがいいかもしれない。

月端市のほぼ中央に林立する巨大な円筒形のビル群、それがツクバシティだ。高さ千二百メートルから千六百メートル、フロア数にして三百階から四百階建ての超高層ビルが五棟。各ビルは、チューブと呼ばれるスパイラル状の通路で結ばれている。各ビルには三十フロアごとにバスストップが設けられており、無人バスがこのチューブを通って移動する。もちろんエレベータなどもあるが、ビル間の移動や多層の移動にはバスが利用される。ビルの高さがあえて不揃いにしてあるのと、チューブの配置は、風によるビルの振動を抑制するための工学的工夫である。

このビル群、シティは、それ自体が名前のとおり都市としての機能をすべて包含《ほうがん》しており、ここには五十万からの人々が暮らしているのである。住居も職場も、そして各種の商店、病院、学校、あらゆる都市の施設が収容されており、日常の生活はこのビル群内で充足できるのである。また、チューブで連結された三十フロアごとに庭園フロアが配置されており、その広さは地上の「公園」と比べてまったく遜色がない。ここには、生活に必要なものだけでなく、潤いも用意されているのである。シティは、まさに、二十一世紀の空中都市であり、空中庭園なのだ。

月端市民の多くは、このシティに暮らしているのだが、一部の市民は地上に住居を構えている。シティの建設と都市計画によって、地上には整備された森林と農地が広がっており、一部は自然保護区として一般市民の立ち入りが規制されているのだが、シティ近くには居住許可区域も設けられており、市の規制に準じた住居が点在している。これらの住居は、基本的には市が建設し、希望する市民に貸与する形をとっている。つまり、あらたな住居を個人のプランで建造することはできない。高層建築はなく、ほとんどは木造で、一部の営業用建物（宿泊施設やレストランなどが認められている）を除けば、住居として利用することが原則である。

この地上の住居は「ロッジ」と呼ばれている。森林の中に点在するロッジは、さながら別荘地の様相である。その貸与料は高額で、それに加えてロッジに住む者は自然保護基金への出資も義務付けられている上に、暮らしの上でもいろいろと規制が多い。ロッジ暮らしができる者は限られているのだ。

超高層ビル群からなるシティと地上の森林。世界各地の中核都市の多くが、今では同じような都市づくりを行っている。月端市はその先駆けになった都市のひとつだ。近くには、日本唯一のスペースポートもあるし、現在では日本の実質上の首都と言っていい。

もちろん、日本の首都は、形式上は今でも東京である。国会も日本国政府も東京にあるし、皇居も残ってはいる。しかし、国連の代表部はツクバシティに置かれているし、行政と統治の実質は国連代表部に移りつつある。皇室にしても、その実質上の住居を那須に移してからすでに久しい。

東京は今でも巨大都市だし、規模に関して言えば月端市よりもはるかに大きい。しかし、都市機能は老朽化しており、快適な暮らしが望める場所でもない。理由はいろいろあるが、大きかったのは二十一世紀中葉の水没だろう。今はだいぶ回復したが、温暖化による海面水位の上昇は、世界中で水辺の大都市を凋落させた。街がまるまる水没したわけではないが、頻繁に起こる浸水や冠水が、東京という街の生命力と活力を徐々に奪っていったのである。老衰都市。それが東京という巨人の今の姿である。

リョウの職場は、ツクバシティの中でももっとも高い北棟の三百七十階にある。そこからは、北方の月端山はもちろん、那須連山も、西に目を転じれば富士山、箱根、八ヶ岳、日本アルプスの峰々も見渡すことができる。

リョウは三百六十階のバスストップで巡回バスに乗り、地下のカーポートに向かった。カーポートには愛車がある。外見は百年前の小型自動車のレプリカだが、実態はスカイウェイも飛べる電気自動車だ。愛車でシティを出て、三十分ほどで自宅に着く。リョウはロッジ暮らしなのだ。

三百七十階の職場からカーポートまで十五分。シティから自宅まで三十分。都合、四十五分の通勤時間である。シティに住む連中の平均的な通勤時間は十五分程度だから、その点では不便ということになるだろう。ちょっと小腹が空いたからといって、近くにコンビニがあるわけでもないし、夜遅く営業しているようなレストランもない。そういう時は、自宅のキッチンで夜食を作るか、そうでなければ、結局シティに戻ることになる。シティの住人に言わせれば「物好き」ということになるのだろうが、リョウは、どうもシティ暮らしが肌に合わない。

シティの人口密度というか、人の多さが嫌なのだ。

休日でも、映画とかショッピングに出かけることはほとんどない。雑踏を歩くのは、リョウにとっては苦行に等しい。たくさんの仕事仲間と狭い部屋で過ごすのは平気だし、会議や、仕事絡みで人の多いところに出向くのはそれほどつらくはないのだが、雑踏が嫌なのだ。

自分とは何の関係もなく、自分に向けられるのではない他人同士の会話やとりとめのない人声、それら全体が発する無秩序なざわめき。音だけではない。そういった雑踏が放つてんでばらばらな視線や気配、人々の流れ。こんなにうるさいのに、そのくせ、酷く無関心で冷淡なエネルギーの放射。

耳を覆っても決して防ぐことのできない、そんな雑踏のエネルギーにリョウは押しつぶされそうになることがある。

ムンクの「叫び」。

あの絵を初めて見た時、周囲を歩く一見平静な人々や街が発する心の叫びに、耳をふさいでも耐えられず壊れてゆく中央の人物に、リョウは、ひどく共感と同情を覚えたものだった。

だから、リョウは休日にはよく山を歩く。森のざわめきや野生動物たちの気配は、リョウを追い込むことはない。

リョウは、普段でもロッジ周辺の雑木林を散策することがある。ここは、シティと違って、夏は暑いし冬は寒い。シティの整備された庭園と違って、木々も花もずっと地味で不揃いだが、彼は、それらをぼんやりと眺めて過ごすのが好きだ。

リョウは笛が好きだ。時折、林の中で笛を吹くこともある。笛の音が木々に木霊《こだま》して柔らかく響くので、何割増でうまくなったような気がすることがある。


休養かぁ。

ロッジとその周りの雑木林は、彼が心底寛げる場所なのである。

リョウは、その雑木林を抜けてロッジに戻ると、着替えもせずにリビングのソファに腰を下ろした。研修のことをあれこれ考えてみたが、結局、出頭すればわかることだと腹をくった。そして、周りを見渡した。

床面に雑然と置かれた登山の用具やザック。うっすらとほこりをかぶった家具。いろいろな笛。ベッド代わりに使っているソファの隅に丸められたシーツと毛布、滅多に使わないスリッパ。テーブルに置かれたコーヒーカップ。ダイニングから持ってきたままリビングに置きっぱなしになっているコーヒーメーカーやトースター。その他、生活の拠点となってしまったリビングに他の部屋から持ってきたまま居座っている数々の道具類が目に入った。

そうだ。片付けなきゃ。リンが来る前に。大変だな。


リョウは休暇のスケジュール調整もあって、土日は休日出勤し、三回の通信を行った。夜は部屋の片付けや掃除に精を出したが、なかなか捗らなかった。

月曜の夜のことである。リョウは、あれこれと考えながら、何とか少しずつリビングの片付けを進めていたのだが、急に気分が悪くなったのである。

背筋がブルッと来たかと思うと、吐き気を催した。

変だな。

何か変なものを食べたかな。おかしなものは食べてないよな。

風邪でもひいたかな。

まずいな。来週はリンに会うっていうのに。

これは、まずいぞ。

リョウは慌ててトイレに飛び込み、たまらず吐いた。

まずいぞ。これはまずい。

血の気が失せてゆく。なんとかリビングに戻ったものの、リョウはソファに倒れ込んでしまった。

こんなこと初めてだぞ。

『ダイジョウブデスカ？』

え？　誰だ？　ここは……ぼくの……ロッジだよな。

リョウはそのまま眠りに落ちた。

夢を見た。


未だ会ったことのないはずのリンが目の前にいた。

リンは眠っていた。

花のようだ。ここは……お花畑だ。

いや、リンが花々を纏《まと》っているのか。

お花畑の傍らに膝をついて野花に手を伸ばす。

いや、リンの手を取ろうとしたのか。

花をすくい取ろう。その下にリンの身体がある。

そうだ。リンは花を纏っているんだ。

両手が野花に触れる。
花畑がリンの呼吸でゆっくりと波をうつ。
ためらう。でも……。
花々の群れに手を差し入れる。すくい取るために。
その時、リンが目を開けた。
風が吹いた。
野花たちが風に舞う。
しまった。
色とりどりの花々が舞う花嵐の向こうに、
リンはもういなかった。
しまった。
何だってぼくは、花を獲ろうとしたんだろう。
何だってぼくは、お花畑に手を差し入れてしまったんだろう。
リンは眠っていたのに。

翌朝。リョウはいつもどおり、朝七時に目覚めた。変な寝込み方をしたので、身体はところどころ突っ張った感じがしたが、気分は悪くない。体調は戻ったようだ。

前夜の、あれは何だったんだろう。風邪でもなかったみたいだし。

あれこれ考えすぎたのかな。腹をくくったつもりでいたんだけどな。

ぼくはこんなに心配性だったかな。

土日の出勤で疲れがたまってたのかな。

でも、こんなのは初めてだな。

それに、あの夢。

リョウは自分の下着の状態に気づいた。汚している。

罪悪感。

ぼくは花を獲ろうとして……リンは眠っていたのに。

夢とはいえ、リョウは何か取り返しのつかない、酷いことをしでかしたような感じに襲われた。

リンの顔も、姿かたちも覚えていない。夢の中だったし、それに、目の前にあったのはリンだったのか花々だったのか、定かでない。ただ、野花に触れた時、いや、花畑に手を差し入れた時に目覚めたリンの目だけを鮮明に記憶していた。

リンの目はリョウを責めてはいなかった。でも、驚いたような、悲しいような……。

それから風が吹いて、リンが。

消えたのか。壊れて散ったのか。

ああ、いやだ。まずい夢だな。

かなうことなら見直したい。そして、やり直したい。

罪悪感。

リョウはバスルームに行き、熱いお湯で、とりあえず身を清めることにした。

シャワーを浴びて少しすっきりしたリョウは、いつもどおりに朝食をとり、通信センターに向かった。


土曜日。休暇初日である。結局、この日、リョウは一日かけてロッジの片付けと掃除を終わらせた。何とか間に合った。ロッジは、見違えるようにさっぱりとした、気持ちのよい住居になった。

これで、いつお客が来ても大丈夫。

リンは、そろそろテラ・スペースポートに到着してる頃だな。

リョウは、リンが、もうすぐそこまで来ているかのような感じがした。

イオからの距離を思えば、テラ・スペースポートまで来ているというのは、たしかに「すぐそこ」まで来ていると言えるかもしれない。

夜、リョウは、早めに寝ることにしたのだが、ベッドルームで寝るか、いつもどおりリビングで寝るか迷ってしまった。ベッドルームは、リンが来た時のために、もしリンが泊まることがあればベッドを彼女に提供するために、自分が使わずにおいたほうがよいような気がした。といってリビングで寝ると、せっかく片付けて掃除した部屋を乱すような気もしたのである。ぼくは案外小心者だな。リョウは、つまらないことで、あれこれ考え込んでいる自分にちょっとがっかりした。

結局、彼はリビングで寝ることにして、ソファに身体を横たえ、毛布をかぶった。


明日はいよいよリンと会える。

あの夢をまた見たいな。

そうしたら、今度は、ぼくは手を出さない。

野花に包まれて眠っているリンの傍らで、ぼくは、いつまでも、飽かずにリンを見つめていよう。飽かずに花々を眺めていよう。

リョウは眠った。

同じ夢はやってこなかった。

日曜日の朝。

熟睡したリョウは、七時に気持ちよく目覚めた。

夢のやり直しはできなかったけれど、きちんとリンを迎えられると感じる。

軽い朝食を済ませ、いつものとおりに雑木林を歩いてから、熱いシャワーをさっと浴びた。

いい天気だ。朝、少し冷え込んだけれど、空気が締まって快適だ。

リョウは、だいたいいつもどおりの服を着た。パンツと靴だけは、少し上等のものに替えたけれど。

自分はあまり服装にこだわらない、と本人は思っている。ただし、周囲から見ると十分に個性的な少年だった。

普段の通勤には、綿のシャツにセーター。ツイードのジャケット。ジーンズにスニーカー。ここまではちょっと昔の田舎風の、さほど珍しくないスタイルなのだが、彼は帽子を好んでかぶった。ウールのハンチング、鳥打帽である。いろいろな色や柄、デザインのハンチングをジャケットに合わせて選ぶのである。子供の頃に観た大昔の映画の影響で、本人は自覚していないかもしれないが、彼は、欧州の田舎風の格好を好んでいた。ロッジ暮らしにマッチしていると言えばそうなのだが、彼がロッジ暮らしを選んだのも、山歩きや雑木林の散策が好きなのも、好んで笛を吹くのも、結局はそのあたりに遠因がありそうだ。

今日の服装は、茶の格子柄のシャツに渋めのグリーンの丸首セーター。少し緑と茶が混じったグレーのツイードのジャケット。チャコールグレーのタック入りパンツ。チョコの革靴。そして、ジャケットに合わせたグレー地に青、茶、緑で控えめなチェックの織柄がはいった八つ接ぎのハンチングである。

リョウはパールイエローの愛車、オースチンミニのレプリカに乗り込むと、ツクバ・スペースポートに向かった。

ツクバ・ポートは木星からの到着客と、次の出航にあわせてテラ・ポートに向かう出発客で混雑していた。

こりゃあ、だいぶかかるな。

シャトルの到着は十時のはずだが、リンが到着ホールに現れるのは早くて十一時、いやたぶん十二時頃になりそうだ。

リョウはその雑踏に少し眩惑されながらも、ポート構内のショッピングモールをまわりながら時間を潰すという、慣れない状況にしばらくは耐えることにした。

そうだ、リンはどこか行きたいところがあるかな。

今の季節なら紅葉狩りかな。

インフォメーションで紅葉情報を検索する。この二、三日は会津あたりが盛りらしい。会津ならここから近い。この一週間はお天気もよさそうだ。

リンはどこに宿をとっただろうか。

紅葉狩りは泊まりがけで行けるかな。

リョウは、ティーラウンジで一服した後、到着ホールに向かった。そろそろだろう。


リョウは、到着ゲートから少し離れた柱の前に立った。

ゲートからは、手続を済ませた到着客が三々五々出てきはじめている。

リンはこのゲートから出てくるはずだ。

どんな娘だろう。

どんな格好で来るのかな。

あっ。

リョウは、大事なことに気づいた。

お互いの服装も、目印も、待ち合わせの場所も決めていなかったのだ。

リョウがリンの姿かたちや服装を知らないのと同じで、リンもリョウの様子はわからないはずだ。いまさら遅いが、せめて「帽子が目印」くらいのことは伝えておくべきだった。

最悪は場内放送で呼び出してもらうことになるな。

しかたがないな。

その時、ゲートから、風変わりな和服風の格好をした少女が、老婦人と連れ立って現れた。

リン？

いや、おばあさんと一緒だ。違うかな。それにあの少女は十二、三歳じゃないかな。

少女がホールを見まわす。

目が合った。

少女が笑った。

リンだ！

間違いない。あれがリンだ。

それにしても、黄色、栗色、朱に野花。秋かぁ。すごいなぁ。錦だ。

リンが老婦人と何か話している。

今度は老婦人と目が合った。

親戚かな？　知り合いかな？

リョウはあわてて帽子を取ると老婦人にお辞儀した。

婦人が笑いながらリンに何か囁いている。

ぼくのことを何か言ってるんだな。

リンは婦人にお辞儀をして、こちらに歩いて来る。

すると、ゲートから出てきた到着客たちが手を振ってリンの名前を呼んだ。

やっぱり、あれがリンだ。

リンが振り返って、彼らに手を振って返す。

ちょっとした騒ぎに、ホールに居た人々がリンに注目した。

まるでアイドルが着いたみたいな騒ぎだ。みんな知り合いかな。

リョウは少し面食らった。こんな感じの出会いになるとは思ってもみなかったのだ。

リンが、頭陀袋を肩にかけ、スーツケースを右手に持って、こっちに駆けてくる。

荷物が大きく見える。重たそうだ。小さいなぁ、リンは。

リョウもリンのほうに早足で歩いた。

からん。ころん。

軽やかな下駄の音がホールに響いた。

色とりどりの紅葉と秋の野花に身を包んだリンが、息をはずませてリョウの前に立った。

8

クシ

ツクバシティ。国連公文書管理局人材開発センター。

次長の八重垣櫛《くし》は人材開発センターを与《あずか》る実質上の責任者である。

センター長はいるにはいるが、事実上クシが決裁した事案に最終確認のサインをするだけの存在だし、センターにいるのは週に二日程度で、他のさまざまな名誉職や大学での講義やらで忙しい。センター長、かつて母国の首相を務めたこともある高名な政治学者、エドヴァルト＝ナンセン氏がそんな執務に不満を漏らすことはない。十分な名誉と報酬もあるが、むしろ彼は、クシたち国連の改革派のシンパで、彼女たちが動きやすいように名誉職に近い肩書きを喜んで引き受けたのである。

クシは、次長室の机に頬杖をついている。


人選は終えた。

イオのセンター長、タスクにも協力を要請した。彼は信頼できる。

あとは、彼らを納得させ、訓練し、イオに送り込む。

あれから、もう二十五年になるのか。

十二歳だった。被験者として、あの実証プロジェクトに参加したのは。

そうか、ちょうど二十五年になるんだわ。

セリと出会ったのも、そう、サラとの出会いもあの時。

思えば、わたしの人生の大きな分岐点、いいえ、第二の出発点だった。

そうか、まだ十二だったんだわ。

わたしはたぶんテレパスだった。秘密にしていたけれど、ごく弱い力だったけれど、たまに人の考えが読めてしまうことがあったり、口に出さないのに考えが伝わってしまったり、そんなことがたびたびあった。

もちろん、はっきりと力としては自覚していなかったし、周囲の人たちや友達もはっきりとは気づいていなかったけれど、妙に勘のいい子だと思われていたわ。

被験者に応募したのは、そんな力とは関係なかった。

被験者。今だから「被験者」と言えるけど、あの時は次世代オーディオのプロトタイプを試験するためのモニター募集だった。

わたしは、モニターがもらえる謝礼の中にあったアイドルグループのコンサート招待券と、ドラマの体験共演権が欲しくて応募したんだわ。

そして、適性試験に見事合格した。

試験に合格したのは「力」のお蔭だったかもしれない。

研究室に行くと、何だかごつい機械があって、ヘルメットみたいな端末をかぶって……。

驚いたわ。頭の中で音楽が響いたり、光がくるくる現れたり。

わたしが見えたものや聞こえたものをスタッフに伝えると、研究者たちがああでもないこうでもないと議論したり、機材を調整したり、コンピュータで計算を始めたり。

けっこう面白かった。

研究室に通うようになって一ヶ月目くらいだったわ。同じ年頃の女の子が実験に加わったのは。

そう、それがセリだった。

彼女とわたしが、それぞれ装置に座って、ヘルメットをかぶって。

その時だわ。忘れもしない。まだ、実験が始まってもいないのに、データを流してもいないのに、突然、わたしの頭の中に何かが映った。

形やイメージは判然としなかった。でも、なぜか酷く悲しくなった。

かわいそう。

なぜかそう感じた。

わたしは泣いてしまった。

そして、傍らの装置に座らされていた彼女も泣き出した。

突然、被験者が泣き出したので、スタッフたちはあわてたわ。装置が何か問題を起こしたのではないかってね。

でも、わたしたちから事情を聞いた彼らは、今度は大騒ぎになった。

あの時、わたしが見たのは、セリの心象だった。

そして、セリもまた、わたしの心を受け止めた。

いきなり人の心を見てしまったのだもの。それで、ふたりとも泣いてしまったのだわ。

でも、研究室のスタッフや研究者たちは、最初はそのことに気づかなかった。彼らは、装置の異常や接続の問題を必死で検証していたわ。

そして、最初にわたしたちのこと、実際に何が起きたのかに気づいたのは、サラだった。

今でもありありと思い出す。

サラが、わたしの傍らに近づいて、そっとこう言った。

「もしかして、あなた、あの子と」

サラは、セリを指差してから、わたしの頭に指をそっとあてた。

「ここで、おしゃべりしちゃったのかしら」

忘れられない。

ぞっとした。

背筋が凍りついた。震えたわ。

優しいお姉さん、といった感じの女性だったし、口調もとても優しかった。

でも、何だか怖かった。

サラは笑ってた。と、思う。

今思うと、あの瞬間、サラは勝利の鍵を手にしたんだわ。そして、そのことを彼女は一瞬のうちに把握し、確信したのね。

そう、自分の武器を見つけた闘士の武者震いみたいなもの。

それを、わたしは感じて怖くなったのかもしれない。

サラは、国連の若い技官のひとりとして、実験に立ち会っていた。

実験は、次世代オーディオの実験であると同時に、脳医療システムの実験でもあった。

だから、国連としても関心があったわけね。兵器という側面もなくはないし、あの頃は世界戦争のただなかだったから、こういう新技術を国連としても押さえておく必要があったのね。

あの頃の国連は、徐々に「意思」を持ちはじめていた。利害調整や国際世論の場というだけでなく、安定的な国際社会建設のための国連そのものの意思。サラはその、改革派の急先鋒のひとりだった。今思うと、サラは国連の意思そのものだったのかもしれない。

その後の実験で、わたしたちが装置を通してテレパシー通信していることが判明した。

そして、ひと月も経たないうちに通信機器メーカーが乗り込んできて、プロジェクトは通信システム開発プロジェクトに改組され、その後、システムの開発は国連の手に委ねられて……今にして思えば、通信機器メーカーに情報を流したのはサラだったのかもしれない。

プロジェクトの改組はあっという間だった。わたしたちは、今度は秘密裏に実験に協力することになった。そして、戦争が終わるのを待っていたようにシステムが公表され、プロジェクトはすぐに国連の管轄下に置かれた。

プロジェクトのマネージャーは、サラだった。

まさに電光石火だったわ。

結局、アイドルコンサートも体験共演もうやむやになってしまった。今でも残念。

それから、幾度か被験者が選抜され、わたしもセリも、最初のトランスとして採用され、訓練を受けることになった。

サラは、わたしを「最初の奇跡」と言うけれど、この呼び名はあまり好きじゃない。

トランス・システム。

あたらしい通信の地平を拓いた、という意味だとしたら、わたしを「奇跡」だなんて大袈裟だし。

でも、たぶん、違う。

サラにとっての奇跡。

新しい時代を拓くための武器。

そういう意味だと思う。

だから、この呼び名は、あまり好きじゃない。


そして、今や、わたしも国連の改革派のひとり。

サラの同志。

次世代トランス・システムの人材開発を担う責任者だ。

たしかに、わたしはトランス・システムの申し子。

わたしとセリの出会いによってこのシステムは発見され、サラによってトランス・システムが産声を上げた。

そして、今、わたしはその未来を担っている。

わたしのようなテレパスを育てることがわたしの使命。


なつかしいわ。セリ、あの頃はなんでも一緒だった。

千家世理《せんげせり》。

精神波通信の発見に立ち会ったもうひとりの少女。


初めて会った頃のセリは少し気難しいところがあった。

無口だったし。

そうね。ちょっと暗かったかな。

その後のセリのことを思うと、あまり想像がつかないわね。

トランスの一期生として、後輩の面倒見も良かったし、人気もあった。

ちょっと、そうね、少女歌劇の男役みたいな感じがあった。

寡黙だったし。恰好良かったわね。

暗いんじゃなくて、考え深かったんだわ、きっと。

何でも生真面目に考えて、滅多に口を開かないけど、何か言うときはドキッとするようなことを言った。

初めはとっつきにくかったけれど、実験の時にお互いの心を覗きあってしまったからかしら、何となく打ち解けるようになった。それで、仲良くなって、いろんなことを話すようになった。

心を覗いたといっても、何か曖昧模糊としたイメージだったけれど、何となく悲しいような、せつないような感じだったけど。

そうそう、セリが言ってた。

「人はおしゃべりする時に言葉を織るのよ。でも、頭の中は言葉や絵なんかじゃない。だから、クシが『悲しい』という模様を織った時に、それはわかりやすくなるけど、もうあたしの心そのものじゃないのよ。クシが織った布切れになっちゃうの。もちろん、あの時、あたしが織ったとしたら、どんな模様になるかは、今はもうわからないわね。あの時、クシが頭の中で感じたそのものだけが、あの時のあたしなのよ」

理屈っぽい子だなって思ったけれど、今は、彼女が言ったことがよくわかる。

被験者に応募したのだって、わたしとは動機もルートも違った。

わたしは、コンサートチケットと、アイドルと一緒にステージに上るチャンスが欲しくって、次世代オーディオのモニターに応募した。そこいらにいるローティーンの女の子のひとりにすぎなかった。新しいオーディオに人より早く触れるというのも楽しみだった。モニターが終わって、守秘義務期間が終わったら友達たちに自慢話のひとつもしてやるつもりだった。

でもセリは違った。

セリは、どこだったかしら、どこかの病院か医療機関から来たんだったわ。

たしか、身体があまり丈夫じゃなくて、通院してた病院にあった募集案内を見てきたんだと言ってた。そうそう、心身症だとか言ってた。子供のくせにいろんな病名を知ってたわ。

ご両親を早くに亡くして、お母様の実家で、おじいさんとおばあさんに育てられたと言ってた。大家族だったと言ってたわ。わたしが遊びに行った時は、もう、おじい様とおばあ様と、幾人かの使用人しかいなかったけれど。そうそう、彼と知り合ったのも、そこだったわ。

「子供の頃から大人に混じって育ったから、どうでもいいようなことをいろいろ知ってるだけ」

彼女はそんな言い方をしたわ。やっぱり変わってる。

セリは、新しい脳の検査システムの「被験者」募集に応募したのよ。

将来は医者になるんだと言ってた。

動機からしてわたしとは違う。

それから長いこと、ふたりはいつも一緒にいた。

一緒に実験に参加し、一緒に訓練を受け、一緒に遊び、喧嘩もし、恋をし、そして、トランスとして一緒に働いた。

セリ。

あなたは、今はイオにいる。

優秀なお医者様として。

いきさつからトランスという仕事を経験して、すこし寄り道になったかもしれないけれど、夢をかなえたあなたは立派だわ。

わたしは。

わたしの夢は何だったのかしら。

気がついたらトランスになって、国連にいて、サラの志に共鳴して、サラたちとともに国連のために働くことになって。

ただ、もう、その時そのときの課題を目いっぱい追いかけていたような気がする。

課題は人がくれた。

トランス・システムが。サラが。

そうだ。わたしが、こうやって「心」を研究しながら、次世代トランス、テレパスの育成に携わることになったのも、もしかしたら、二十五年前のあの日、あの時、セリがくれたテーマに対する答えを探しているのかもしれない。

そうか、わたしは、何かになりたかったんじゃなくて、何かを知りたかった、そうなのかもしれない。

セリ。

もう、ずいぶん会っていない。

今度のことが片付いたら、イオに行こう。

イオに行って、久しぶりにセリに会いたい。

こんなようなことを、あなたとおしゃべりしたり、あなたのドキッとするような言葉を聞いたりしたいわ。


そうそう、彼らは、今日、出会っているはずだ。

若い恋人たち。

幼い恋人たちかしら。

そして、これから、彼らはすこしずつ、自分たちが何者なのかを知ることになるはずだ。

そのためには、時間が要る。ふたりで過ごす時間が。

若いふたり。

そう、あの年頃、セリも私も元気いっぱいだった。

彼らの夢は何だろう。

彼らは、これからどんな人生を送るんだろう。
八日後に、彼らはセンターにやってくる。
楽な任務じゃないけれど、彼らはきっとやってくれる。

9

幼い恋人たち

「リン？」

リョウが尋ねる。

リンがうなずく。

接続《コネクト》の時と同じだ。


「花だ」

「え？」

「いや。えーっと。はじめまして、かな」

「あ。そうだ。はじめまして、だね」

ふたりは向かい合って、ちょこんとお辞儀をした。

「なんか、変」

変な感じ。
直に会ったのは初めてだし、声を聴くのも初めて。
でも、直に会うよりも、もっと近くに居たような気がする。
そういえば、彼らは電話さえしたことがなかった。
月に一度か二度の通信の時に私語を交わすだけ。

私語？
そうだ。私語と言ってたけど、言葉じゃない。
何だろう。
言葉じゃなくて。
イメージでもない。
よくわからないけど、考えてることや、感じていることが直に伝わった。
でも、どういうふうに伝わったかはわからない。説明できない。

「鞄、持つよ」
リョウが手を差し出す。

リンは、ごく自然にリョウに鞄を預ける。

カラン。

ふたりは並んで歩きはじめた。

コロン。

下駄の音が到着ロビーのホールに響く。

リンがチラとリョウの横顔を見た。

リョウも見返す。

「予想どおりだった?」

「予想って」

「あたしは、思っていたとおり。かな。たぶん」

「どんな娘かな、って思ったことはあったけど。予想はしなかったかな。たぶん」

「たぶん。だね。たぶん。だって……」

「そうなんだ」

リョウが足を止めた。

「ずっと前から知り合ってたんだよね。だから、見たことも声を聴いたこともなかったけど
……」

「何か知ってた」

「そう。知ってた」

「だから、すぐわかったわ」

「うん。すぐわかった。ちょっと驚いたけど」

しまった。口がすべった。

「子供みたいだし、小さいし?」

うわぁ、図星だ。

「いや。その、お花畑だなって」

リンが、えへっと笑った。

「似合う?」

似合うも何も……。

「見たんだ。夢を。野花にうずもれてるリンを」

しまった。また口が滑った。

リンの頬が真っ赤になって、また、えへっと笑った。

「あたしも、見たんだよ、リョウの顔。船で」

「え? 夢で?」

「今は内緒。後で」

ふたりは、ツクバ・ポート地下のカーポートに降りた。

初めて自動車を見たリンは珍しがって、おおいにはしゃいだ。

「リョウのはどれ?」

「あれだよ」

「あの黄色いの?」

「そう」

「小さぁい。可愛いなぁ」

それはリンのほうだよ。

「中は意外と広いんだよ」

「へぇえ。これ、クラシックカー?」

「レプリカだよ。『オースチン・ミニ』って、百二十年くらい前の車の」

車の屋根の荷台を見て、思いついたようにリョウが言った。

「そうだ。荷物はこれだけなの?」

「あぁ。他の大きな荷物は宅配便《デリバリー・サービス》で送ったから」

スーツケースを後部座席に置いて、ふたりはオースチン・ミニに乗り込んだ。

リンは頭陀袋を抱えて助手席に座った。

小さなリンは、小さなミニの座席にすっぽりと収まった。

「本当《ほんと》だ。天井も高いし、広いんだね」

「そう。床が低いとも言えるけどね」

「あは。そうかぁ」

「じゃぁ、荷物は午後に届くね。宿はどこにとったの？　先にチェックインする？」

リンがちょっと言いにくそうに声を落とした。

「宿は、まだ、決めてないんだ」

今度はリョウが言いよどむ。

「じゃ、荷物は……」

「あのね。出発の準備でバタバタして、で、とりあえずね、リョウん家に」

「あぁ」

間が空く。

リョウは戸惑った。ただし、困っているわけではない。

年頃の男の子としては、この状況から、どういう流れを導くべきか、戸惑いながら考えているのである。

「ごめんね」

「え？　いや。全然かまわないよ。じゃ、宿のことは、一息入れてからゆっくり決めようか」

「うん」

何とか流れができた。

「お昼は？　まだ？」

「あ、食べてないけど。リョウは？」

「まだ。ロビーに戻ろうか？　どこかでお昼食べて、宿を調べる？」

「まだ、そんなにお腹空いてないんだけど」

「じゃあ、うちの近くで、そうだツクバシティに行こうか」

実のところ、ロビーもシティも、つまり雑踏はふたりとも苦手なのだ。

「リョウん家に台所ある？」

「え？　あるよ」

「野菜とか、置いてある？」

「あるよ。普段、自炊してるし」

「そうなんだぁ。じゃぁ、リョウん家に行こう」

「え？　うちで食べるの？」

「あたし、料理は好きなんだよ。地球の野菜で料理してみたいって思ってたんだ」

「疲れてるんじゃない？」

「大丈夫。荷物置かせてもらうお礼に、何か作る」

「じゃあ、会って早々だけど、遠慮なくリンの手料理をいただきます」

リンが、えへっと笑った。

いい流れ、かな。もしかしたら。

リョウはエンジンをかけ、ギアを入れた。


ふたりを乗せたミニは、カーポートを出ると、晴れわたった秋の関東平野を滑るように走った。エンジン音は響かない。レプリカなので、実際は電気自動車だ。第一、化石燃料や内燃機関は、四半世紀前から許されていない。

「窓、開けていい？」

「寒いよ。平気？」

「あ、そうだ。これ」

リンが頭陀袋からグリーンのマフラーを引っ張り出した。

「お土産」

「お土産？　わぁ、ありがとう。ちょっと待って」

リョウはドライブ設定をオートにすると、マフラーを受け取って首に巻いた。

「柔らかいね」

「あたしのと色違い。へへぇ。手編みなんだよ」

「手編み。すごいや。ありがとう。ずいぶんかかるんだろ？」

「船ん中でね。急いで編んだんだ」

「へぇー。すごいね。グリーンは好きな色なんだよ」

「そう？　うん。知ってた。たぶん」

「たぶん。ね」

ふたりは声をあげて笑った。

リョウは、ドライブ設定を手動に戻して運転を再開した。

ミニは風を切って走る。窓をかすめてゆく風音が鳴る。

「窓、少し開けていい？」

「そうか。風だ」

「いい？」

リョウがにっこりと微笑んだ。

「いいよ」

「えぇっと」

「そこ。窓の下にハンドルがあるだろ。どっちかにまわしてごらん」

「手動なんだ」

「そう」

リンがゆっくりとハンドルをまわす。

少し窓が開いた。

秋の冷たい風が車内に吹き込む。窓の淵をまわって吹き込む風がぱたぱたと鳴る。

「風だ。風」

リンは風を顔の真正面で受けてはしゃいだ。リンの髪が車内になびいた。

「そう。風」

リョウが笑った。


前方、左側に超高層ビル群が見えてきた。そして、右手にはツクバ・ポートからも見えた優美な山の姿が間近に見える。

「あれがツクバシティ。ぼくのロッジはもうすぐだよ。それから、あれが、月端山」

「ねぇ。なんであの山、つくば山を『月』『端』って書くの？　月の片割れってゆう意味だって、船の資料にあったけど」

「リンが帰る前に見せてあげるよ」

「何を？」

「月端山さ」


車はシティの手前で、幹線道路から脇道に入った。すこし速度を落とし、林の中を走る。

ツクバ・ポートから小一時間ほどで、ふたりはリョウのロッジに着いた。

車から降りたリンは、ロッジの前で立ち止まると深呼吸した。

「気持ちいい。冷たいけど、いいなぁ」

「風？」

「そよ風、だよね。これって」

「そうだよ」

車に吹き込む風と違って、林の中を吹き渡ってきた秋風は、ちょっと強くなったり弱くなったり、吹いてくる方向もすこしずつ違っている。

こういう自然な風というものをリンは知らない。

耳を澄ますと、林の中を、あっちで木にぶつかったり、こっちで草をそよがせたりしながら風がやってくるのがわかる。

ロッジ脇の草むらがざわつく。

「あ、来る。……来た。わぁ」

リンが目を閉じる。結い上げた髪が風になびく。着物の袂《たもと》や袖が翻る。

リンは子供のように飛び上がって、くるりとまわった。

着物に描かれた野花たちが舞う。

今日のリンははしゃぎどおしだ。

リンが目を閉じる。

両腕をあげてゆっくりと胸を張る。

ふたたび、ロッジの周りで風が予告する。

来た。

リンは無言のまま、風を纏ってくるりと舞った。

左右の袖が、風を上手に受けて弧を描き、野花の裾が渦を巻いた。

リンが目を開けて、えへと笑う。

「風で舞ってみたかったんだ」

　ふたりはロッジに入った。

　入念に大掃除をしておいてよかった。

　でも、まさか初日にいきなりリンが来訪するとは。さすがにリョウもこの展開は予想していなかった。

「台所はあっち？」

「ひと息入れたら？　疲れてるだろ」

「いいんだ。何か、楽しくって」

「キッチンはイオも同じ？」

「うん。わかるよ。冷蔵庫、いい？」

「いいよ。何でも好きに使って。じゃあ、ぼくはこっちでテーブルをセットしておくから」

　冷蔵庫もちゃんと掃除しておいたし、大丈夫だ。

　リンが冷蔵庫を覗きながら「わぁ」とか「あは」とか歓声を上げているが、あれは地球の食材に感動しているんだな。今日は賑やかになりそうだな。疲れてて、気分がハイになっているってこともあるんだろうけど、リンは元気だなぁ。

はしゃぎながら料理にかかったリンの姿を見てるうちに、リョウはなんだか恋人というよりも妹を見てるような気がしてきた。

恋人。でいいんだよな、ぼくらは。たぶん。

リンが作ったパスタ（ベーコンと蕪、蕪の葉っぱ、それに何種類かの茸をさっと炒めてからませて、醤油で少し味をつけた和風のパスタ）はおいしかった。食事の後、リョウが淹れたコーヒーをロッジ前の庭で飲んでいると、リンの荷物が届いた。

「そうだ。宿、忘れてた。どうする？」

人間は、都合の悪いことはうっかり忘れるという癖がある。

リョウは、実際、リンの宿のことを忘れていたのだが、男の子の潜在的願望というか、期待感が、失念という状況を招いてしまった可能性は否定できないだろう。

しかし思い出した以上、宿を決めて、荷物を転送しなければ。

「とりあえず、シティのホテルをとろうか。近いし、そんなに高くないよ。国連職員だし、かなり安く……」

リンが逡巡しているようだ。

もしかして、とリョウは一瞬思う。

「それとも。今日は……ここで……ゆっくり……」

「いい？」

「え？」

「リョウが困らないんだったら、今日は、リョウん家でゆっくりしたい。もっとおしゃべりしていたいし」

「困るわけないよ。ぼくだって、一緒にいたいのは同じだよ。いいの？」

「やったぁ。じゃ、晩御飯も頑張るよ」

歓声をあげたいのはリョウのほうである。

いずれにせよ、リンはリョウのロッジに泊まることになった。


ふたりは、その日は出かけず、ロッジ周辺で過ごした。

リョウは寝室をリンに提供した。

「好きに使っていいよ。ぼくの着替えやなんかは下に移したから。もともとあんまり使ってなかったし」

「何か、悪いよ。あたしがリビング使うほうがいいんじゃない？」

「実はね、普段からリビングで寝起きしてたんだ」

夕食後、それぞれシャワーを浴びて、リビングでしばらくおしゃべりを楽しんだ後、早めに寝ることにした。

リビングのソファで寝ようとするリョウに、二階の寝室からリンが顔を出して言った。

「せっかく会えたんだし。もう少しおしゃべりしようよ」

「疲れてるんじゃない？」

「何だか、まだ眠れそうにないの」

確かに、まだ宵の口ではある。

リョウは、二階に上がった。

ふたりは、ベッドに腰掛けて、おしゃべりを続けた。

「あたし、酷い船酔いになったんだよ」

「船酔い？」

「ジュピターの離陸の時。ずっと寝不足だったせいもあるんだろうけど」

「船酔いかぁ。ぼくは、何度か火星と地球を往復したことがあるけど、リンは高速船は初めてだったんだよね」

「うん。でね。気持ち悪くなって、気を失って」

「わぁ。酷かったんだね」

「うん。で、気を失う時に、リョウの顔が見えたんだよ。そんな気がしただけだったのかもしれないけど。でも、たぶん……」

リンがリョウの顔をまじまじと見つめて顔を寄せた。

「この顔だった？」

リョウは聞き返すことで衝動を抑える。

リンがうなずく。この顔だった。

「え？」

「でね。シートが『大丈夫ですか』だって。大丈夫なわけないじゃんかって思ったけどね」

「もうすこし他の言葉もありそうなもんじゃない」

「それって、月曜日だ」

「月曜の朝」

「こっちは、そうか、月曜の夜だ」

あの日だ。大掃除を始めた日。突然体調がおかしくなって、リョウも気を失った。

『ダイジョウブデスカ』

あの時、リョウも聞いた。

「どうしたの?」

「月曜の夜。リンが船酔いになったのと、たぶん、同じ頃」

リョウの顔が酷く真剣になった。視線を遠くに送って何かを考え込んでいる。

「どうしたの?」

「掃除してたんだ。で、急に気分が悪くなって、目眩がして、聞こえたんだ」

「何が?」

「『ダイジョウブデスカ』って」

「嫌《や》だ」

「本当だよ。それで気を失って、そのまま眠り込んじまったんだ」

外で風が鳴った。林がざわめいた。ややあって、窓がカタカタ鳴った。

「怖い話なら嫌《やぁ》よ」

「そうじゃないよ。それで、夢を見たんだ」

「何の?」

リョウが視線を戻してリンを見た。

「リンの夢」

「あぁ、よかった。あたしの夢かぁ。ねぇ、どんな夢？」

しまった。どう説明したものか……。

「あまりはっきりとは覚えてないんだけど……」

「あ、そうか。ツクバ・ポートで言ってた。あたしが野花にうずもれてたって」

「あぁ、そうか。その夢だよ」

助かった。どうもリンの前だと口がすべる。

「予知夢かなぁ。あたしの着物を」

「ねぇ、リン。リンがぼくの顔を思い浮かべたのは、思わずぼくを呼んだってことかもしれない」

「通信の時みたいに？」

「うん。それで、ぼくは飛んじゃった。通信の時みたいに」

「それで、あたしが聞いたシートの声をリョウも聞いちゃった？」

「『ダイジョウブデスカ』って。たしかに聞いたんだ」

「増幅器《アンプ》も、システムも何もなしで？」

「それに、その後、リンの夢を見た」

「だとしたら、うれしいな」

「え？」

「だって、増幅器《アンプ》なしでも接続《コネクト》できるってことは、いつでもリョウとおしゃべりできるってゆうことじゃない」

「そうかぁ」

「そうだ。ユラのこと話したっけ」

「ユラって、リンの妹分の？」

「妹分って、あたしが姉御みたいじゃんか」

「違うの？」

「年はあたしのほうが上だけど、トランスとしてはユラのほうが先輩なんだよ」

「へぇえ。すごいんだ」

「すごいんだよ。天才よ。で、今の話でユラのこと思い出したの」

「今の話で？」

「ユラは、耳が聞こえないのに、普通に会話ができるんだよ」

「読唇がすごいの？」

「それもあるよ。けど、時々ね、顔が見えてないはずなのに、何か聞こえてるみたいなんだよね」

「もしかして、ネイティブの傾向があるのかな」

「きっとそう。だから、あたしたちも、もしかしたら」

「そうか。少し、ネイティブの傾向があるのかな」

「でも、リョウ以外でそんなことないよ。リョウの時だけかもしれない」

リンが、また顔を寄せて、リョウを見つめた。

ふわぁ。

リンが欠伸《あくび》をした。いよいよ眠くなってきたらしい。

ふわぁ。

「あぁ、ごめん」

そう言うと、リンの身体がすこしリョウのほうに傾いだ。

リョウはおもわずリンの肩を抱いてしまった。

なんて柔らかい。女の子ってこんなに柔らかいものなのか。

リョウは初めて女の子の身体に触れた。

そのまま抱きしめてベッドに倒れ込む。

リンは驚いたようだった。

抵抗はしなかったが、身体を強張らせた。

そしてリョウを見つめた。

リンの目はリョウを責めてはいない。抗ってもいなかった。

でも、驚いたような、悲しいような目。

リンが震えてる。

抱きしめたリンの身体からリンの鼓動が伝わってくる。

鼓動だけじゃない。怖れ。哀しみ。そして、信頼。

それらが、一緒くたになってリョウに染み込んだ。

リョウは自分で自分を責めた。

風の音。水辺の花。風に乱される水面の花影。たわみながら必死にこらえる野花。

しまった。あの夢の時と同じだ。

リンが……壊れてしまう。消えてしまう。

「リョウ。あたしはリョウが好き。大好き。でも」

リンがリョウの目をまっすぐに見つめた。リンの目が潤んでいる。

「準備が要るの。どんな準備かわからないけど。その時がいつになるのかもわからないけど」

リンの涙は見たくないよ。

「準備が要るの。ごめん。ごめんね」

「謝っちゃだめだよ。リンは、ちっとも悪くないよ。悪いのは……」

悪いのはぼくだ。

あの時、誓ったじゃないか。


いつまでも、飽かずにリンを見つめていよう。飽かずに花々を眺めていよう。


リンが胸元に当てていた両手をゆっくり抜いてリョウの背中にまわした。

強張っていたリンの身体に柔らかさが戻る。

リョウはリンを抱きしめた力をすこし緩めた。

「もうすこし、こうしていていい？」

リンがこっくりうなずいた。

なんて柔らかい。なんてかぼそい。壊れそうなリン。

これ以上、乱暴なことをしたら本当に壊れてしまうに違いない。

不用意に花に触れてはいけない。

リョウは手を離してゆっくり身を起こそうとした。

安心したのか、リンがリョウの胸に顔をうずめて寝息をたてて眠っている。

よかった。

リンをそっと抱きしめたまま、リョウも目を閉じた。

結局、キスさえしなかった。抱きしめただけで踏みとどまった。

あの時の夢のやり直しが、何とかできたかもしれないな。

リンはいる。ここにいる。よかった。


その夜、リョウは夢を見た。


翌朝、目覚めたリョウは、自分の胸に顔をうずめたまま安らかな寝息を立てているリンを見てほっとした。

リンがいる。よかった。

夢の中で、リョウはリンを抱いた、ような気がした。

肝心なところがぼけて覚えていない。

夢ってそうしたものなのかな。

その瞬間、金色の光に包まれたような気がする。何だか通信の時と同じだ。

夢とはそうしたものなのだろう。

今度は罪悪感はなかった。

金色の光という結末がリョウの罪悪感を救ったのかもしれない。

あるいは、夢の中だけで踏みとどまる自信がついたのかもしれない。


それにしても、リンの寝顔を見ながら思う。

昨日、リンが妹のように思えた瞬間があった。

安心しきって自分の胸で寝息をたてているリンを見て、リョウはまたそう思った。

いや、リョウはひとりっ子で、兄弟姉妹はいないから、妹というものがどういうものか、世の兄たちが妹というものにどんな感情を持って接しているのか、本当のところはわからない。

でも、今、この瞬間は、リンは「いもうと」かな。

リョウは思わずリンの頭を撫でる。

リンが目を覚ました。

「あ、おはよう」

「おはよう」

リンが顔を真っ赤にして言った。

「リョウの夢を見ちゃったよ。もしかしてリョウも夢を見た?」

やばい、かな。

「よく、覚えてないいんだけど」

「どんな?」

やっぱり、ぼくらは増幅器《アンプ》なしでも通信できてしまうのかな。


それからの一週間、彼らは、日本の秋を堪能した。

リョウは紅葉を見せるつもりだったし、リンも賛成したので、あちこちの紅葉を楽しみながらドライブ旅行をすることにした。

リョウの好みから言えば、ハイキングや山登りをアレンジするところだが、リンは地球の重力に完全には馴染んでいないはずだし、無理すると旅行中に酷い疲れが出るはずなので、ドライブしながらのんびりした旅を楽しむことにしたのだ。

ふたりを乗せたミニは、ツクバシティのはずれからスカイウェイのインターチェンジに入る。長距離の移動では、スカイウェイを利用したほうが距離を稼げるので楽だし、このあたりはまだ紅葉の季節には早いので、さっさと北上してしまおうというわけだ。

インターチェンジに入ると、いわき方面行きの進入プラットフォームに車を止めて、ドライブ設定を完全オートにする。

平日の昼前で、すいていたので、車はすぐに浮かび上がった。混んでいると安全距離と進入ポイントを確保するために数分待たされることもある。ここから、いわきインターまでは、完全オートドライブになる。

スカイウェイというが「道路」が目に見えるわけではない。いや、厳密に言うと、地上にはスカイウェイエリアを示す標識が要所要所に設けられているし、だいたい五百メートルごとに誘導タワーが建っていて、ちょうど昔の高圧送電の塔のようなものが行儀よく並んで建っているから、スカイウェイがどこを走っているかはわかる。それに、混雑しているときは地上百メートルほどのところをひっきりなしに車が往き来しているわけだから、そんな時はスカイウェイは目に見える、と言えるかもしれない。

日本では、おおむね、かつてのハイウェイがあったポイントに沿ってスカイウェイが整備されている。インターチェンジ間はほとんど直線で、運転は完全オートだ。ちょうど、デジタル通信で信号がフレームに配置されるように、各エアカーは、インターチェンジの進入プラットフォームから、スカイウェイシステムが割り当てた進入ポイントに乗って目的のインターまで運ばれる。

ふたりを乗せた黄色いオースチン・ミニは、つくばインターからいわきインターまで、スカイウェイに運ばれた。百年以上前のクラシックな車が空中を高速で飛んでいるという姿は、大昔の映画みたいで、ちょっと愉快だ。チキチキバンバンとかフラバァとか、確かそんなタイトルのおかしな映画があった。

いわきインターまでは三十分ほどだ。そこからは地上のハイウェイに入り、阿武隈高原のまだ浅い紅葉を眺めながら会津に向かう。

磐梯山と猪苗代湖を車上から眺めて、いったん北上し、裏磐梯、五色沼に車を止めて、近くのレストランで昼食をとった。

リンのはしゃぎようといったらなかった。

本物の紅葉など見たことがない上に、こういう季節の彩りに人一倍あこがれを持っていたのだから当然だ。

阿武隈あたりから、何度も歓声を上げて、窓にかじりつくようにして周囲の景色に見とれている。紅葉だけじゃない。山も谷も、川も里の景色も、空も雲も、すべてが初めてなのだ。磐梯山、そして猪苗代湖が現れた時には文字どおり、息を呑んだ。それからは、歓声を上げることもなくなって、ただただ、窓外に現れては去ってゆくパノラマを食い入るように見ている。

本当に、子供みたいだ。でも、あたりまえだな。

リョウは、物心ついてから、両親に連れられて初めて火星に行った時のことを思い出した。

あの時のぼくも同じようにはしゃいだ。初めて見る火星の風景に感激して、わぁわぁ言っている間にくたびれて眠ってしまったんだ。どこだっけか、それで、肝心な景色を見損なったので悔しい思いをした記憶がある。

昼食をとっている間、リンは無口だった。

疲れちゃったのかな。今日の景色は、ご馳走攻めだったかもしれないな。

「あたしね」

リンが口を開いた。

「今日のこと、一生忘れないよ」

「うん」

「昨日のことも」

「あ、うん」

ちょっと顔が火照る。

「それに、明日のことも、明後日のことも。きっと」

「ぼくも。きっと」

リョウが微笑んだ。

リンがえへっと笑う。

午後は、五色沼をゆっくり散策して、近くのホテルにチェックインした。

夕方、部屋の窓辺でリンが、夕焼け空を飽かずに眺めている。

茜色に染まったリンの横顔を、リョウは心底きれいだと思った。

リョウも、飽かずにリンの横顔を眺めた。

夕食後、おしゃべりしよう、と言ったくせに、リンはベッドに横になった途端に、寝息をたてはじめた。

リョウはリンに毛布をかけてやると、灯りを落として自分のベッドにもぐり込んだ。

翌日は、会津若松に下りてから、市の北側を西に向かう。

このあたりから、尾瀬、日光にかけてはもともと国立公園だったのだが、環境保護区になっている。

会津周辺は住居地区も多いし、山中というよりも里中だが、保護区になっているので、百年くらい前から、ほとんど風景は変わっていない。それほど生活に制限を設けているわけではないが、上下水やさまざまな生活インフラが環境保護区仕様になっているから、住民は保護区であることをあまり意識しなくても済むのである。もちろん最低限のマナーやルールの遵守は必要だ。

昔の国道を西へ向かい、途中で南に道をとり、峠越え。
このあたりの紅葉も見事だが、北側の斜面になるので、少々控えめではある。
峠を越えて、南斜面に移った。
その瞬間、あたりの景色が一変した。
道の両側に見事な黄葉の林が並んでふたりを迎えたのだ。
黄葉のトンネル。
正午近くの太陽の光を一面に受けて、頭上を覆う黄葉は金色の天幕を成している。
金色の天幕が、風に吹かれてざわめく。そのたびに光の粒が降り注ぐ。
リンは深く息を吸って、それから息を吐く。
言葉は出ない。
いや、言葉は要らない。
リンがリョウの手にその手を重ねる。
「あ」
リョウの心に何かが響いた。
リンだ。
金色の光。

リンの心。
リンの手を握った。
リョウの目から涙が溢れた。
この涙は、きっと。
リンの目にも涙が溢れている。
この涙は、リンの涙だ。
目を閉じる。
金色の光の雨。
リンが見ている景色、かな。
きっと。

峠を降りて南会津へ。
里山のもみじがどこまでもどこまでも続く。
深山幽谷というわけではないが、リョウは、こんな里の紅葉のほうが好きだ。
『錦《にしき》』とは、これを言うのか。
初めて南会津の紅葉を見た時に、リョウはそう思った。

それにしても、ぼくらは運がいい。

この季節、好天が続くことは珍しい。だから、紅葉の盛りといい天気が交差することも珍しい。それに、今年は、このところの冷え込みとお天気のお蔭で、何年かぶりの見事な紅葉だとかニュースが言ってた。

ぼくは運がいい。

リョウは傍らのリンのほうを見た。

本当に、ぼくは運がいい。


水曜日には、小雨が降りはじめた。

小雨がそぼ降る中、雨の紅葉を眺めながら、ふたりはリョウのロッジに帰った。

紅葉狩りにも行ったし、温泉につかり、おいしいものもたくさん食べた。

明日は、ロッジで何もせずに過ごそう。

その夜、リョウの寝室（今はリンの寝室だ）で、この前と同じように、リンはリョウの胸にもたれて眠った。

リョウは、リンをそっと抱きしめる。

ここまでは許されている。

リンは安心してリョウの胸で眠っている。

リョウにとってはちょっとした苦行だったかもしれないが、リョウには踏みとどまる自信があったし、リンはすっかりリョウを信頼していた。


いつまででも、飽かずにリンを見つめていよう。飽かずに花々を眺めていよう。


リンの準備が整うまでは、この誓いが言霊だ。

リョウも眠った。

リンの夢を見た。

いや、リンが見ている夢を見たのかな。

金色の光に包まれる夢。

リンは幸せなんだ。

きっと。


ふたりは、少しずつ増幅器《アンプ》を使わなくても「おしゃべり」ができるようになっていった。

その力は、日増しに、はっきりと備わっていく。

彼らは驚き、そして、楽しんだ。

今では、額を合わせたり、手を重ねるだけでもおしゃべりができる。

ふたりのネイティブ・テレパス能力が開花しつつあるのは間違いない。

もっとも、ふたり、リョウとリンの間でだけ通信できるのか、誰の心にでも語りかける力をコントロールできるようになるのかは、彼らにはわからない。

でも、ふたりが心を通わすことができれば十分だ。

時にはリョウは想像の中でリンを抱いてしまう。

そんな時リンはリョウの心にささやく。

「変な想像しないで。でも、男の子ってそういうもんなの？」


夜が明けた。

静かな朝。

雨もあがって、柔らかな朝日がふたりをくるんだ。

ふたりは、ロッジ前の庭で、少し遅めの朝食をとった。

これといって言葉は交わさない。

でも、優しい風や木々のＢＧＭの中で、食器がたてる小さな音がおしゃべりの替わりになる。

時折見合わせる目や笑顔が、今朝は言葉以上に雄弁に思える。

ふと、リンが何かに気づいたように顔を上げた。

林の向こうに気配がする。

嫌だな。いつもはうちの前を通ったりしないくせに。

林の向こうから、犬を連れた初老の紳士がゆっくりと歩いてきた。

犬の散歩。お隣さんだ。


いつもはうちの前を通ったりしないくせに。


「いやぁ、雨があがりましたね。おや、可愛らしいお客さんですね」

紳士がおだやかに会釈しながらリョウに声をかけた。

リョウは無礼かなとは思ったが、食事を続けながら軽く会釈を返すだけにした。

きちんと挨拶を返す気になれない。

いつもはうちの前を通ったりしないくせに。


来客があるらしいことと、三日ほど家を空けていたことで、様子を見に来たんだ。

嫌ぁな感触がリョウの胸の奥に染みる。目を合わせる気にはなれない。

「休暇ですか？」

「ええ。少し休暇をもらったので」

「いいですねぇ」

口調は嫌味なものではないが、冷たい肌触りを感じる。

これは、いいご身分ですな、と言っているのだ。

リンが食器を置き、立ち上がって会釈をする。


そんなに、きちんと挨拶を返すことはないんだ。


リンが戸惑ったようにリョウのほうを見た。

「そちらは……ご同業？」

リンの表情が曇った。

せっかくのいい朝に、最悪だ。

リョウは食事を続けながら、目を合わせずに答える。

「ええ、ぼくと同じ、トランスですよ。イオから来たんです」

「イオって……木星の？」

リョウは少々頭に来た。それで追い払うつもりもあって思わず言った。

「婚約者《フィアンセ》なんです」

一瞬、紳士が戸惑った。

「へぇぇぇ。それはそれは。……じゃあ、お邪魔でしょうから」

そう言うと、紳士は犬を促しながら林の奥に消えた。


何しに来たんだ。

はなっから邪魔だ。

いつもはうちの前を通ったりしないくせに。


きっと、今日のうちにこのあたりのロッジでは噂でもちきりになるだろう。

婚約ですって。まだ子供でしょ。

あの娘なんか、本当に子供みたいだったぞ。

早熟なのね、やっぱりあの手合いは。

挨拶もきちんとできないんだ。連中は。


招かれざる客が退散した後、うつむいていたリンがクスクスと笑いだした。

「婚約者だって……」

「あ、ごめん。あの」

「あたしもね。船ん中でね……婚約者に会いに行くんだって言ったら……」

「え？　ええっ？」

「船でね、話しかけられて」

「リンも苦手？　そういうの」

「うん。本当はね。でも……いい人だったの。とてもいい人」

「あぁ。あの……おばあさんだ」

「そう。あのおばさま」

「リンの親戚とかじゃなかったんだ」

「船で知り合ったの。でね、何だか楽しくなって。あんなこと初めてだった」

「へぇ。ぼくは、どうも苦手なんだ。その……人付き合いってやつが」

「あたしもよ。本当。でも、何だか、ジュピターでは違ったんだ。きっと……最初におしゃべりしたのが、あのおばさまだったからね」

「ふぅん」

「でね。何だか楽しくなって、うれしくなって。どこへ行くのかって聞かれたから……」

「婚約者に会いにって?」

「そう。そう言ったら、もう大評判になっちゃって」

「あ。それで、ツクバ・ポートでみんなが」

「そうなの」

「あはははは……」

ふたりは笑った。

何だか愉快だった。


週末、富士山を見たいというリンの求めに応じて、彼らは富士五湖をまわり、八ヶ岳中腹に滞在することにした。

金曜日の朝、ふたりを乗せたミニは、ふたたび、月端のインターチェンジからスカイウェイに乗り、今度は南に向かった。

「ねぇ。トーキョーは通るの？」

「いや、通らずに行けるけど」

「見てみたい、かなって」

「あまり、その、がらのいいところじゃないっていうか……」

「危ないの？」

「いや、スカイウェイも走ってるから、上から眺めるだけなら大丈夫かな。昼間だし」

「夜は、スカイウェイでも危ないの？」

「そうだね。とくに、ぼくらみたいな……」

「恋人同士？　だと、襲われるの？」

「あはは。そう。襲われたりはしないだろうけど、嫌がらせくらいはされるかな。運が悪いと」

「じゃあ、やめとこうかな」

「いや。昼間だし、スカイウェイから見るだけなら大丈夫だよ。でも、サービスエリアやステーションには止めないいし、街中には降りないよ。降りたら、昼間でも危ないから」

「うん。見るだけ。一度、見ておきたいの。昔は都《みやこ》だったんでしょ」

「今でも『首都』だけどね。一応」

リョウは、ルートを海側ではなく、東京方面にとった。

しばらく走ると、荒れすさんで殺伐とした街並みが眼下に広がった。ほとんどの建物がコンクリート製で、それが密集している。昔風の街並みと言えばそういうことになるのだが、今となっては珍しい光景ということになる。マニア向けの市内観光ツアーなどもあるが、普通の市民は滅多に訪れない。どの建物もくすんでいて、昼間なのに通りの人影はまばらだ。そのため、廃墟ではないのだが、廃墟のように見える。

さらに十分ほど行くと、高層ビル群があちこちに見えるようになった。高層と言ってもせいぜい数十階で、ビルはどれも古く、窓を見ると、灯りのともっていないところがたくさんある。このあたりで活動しているのは、国会議員や役人が大半だ。一般の企業の多くは、拠点を他に移している。

かつて海浜地域に林立していたプラント群は、今は活動していないから空気はずっと清浄なはずなのだが、なぜか、周囲の空気や空の色まで赤茶けたように感じる。人気《ひとけ》のないビル街の通りや路地は瓦礫やごみで覆われていて、その赤茶けた色合いが空や周囲の空気に映っているのだろうか。

南のほうには、そのプラント群だったエリアが広がっている。そこは、もう完全な廃墟だ。残骸と言ってもいい。

「今日はお天気だからまだましだけど、雨の日には来たくないとこだよ。憂鬱になる」

「ショックだよ。トーキョーって……こんなところに、まだ暮らしている人がいるんだね」

「もう少し北西のほうは旧住宅地区で、まだ、ずいぶんといいんだよ。このあたりは、昔はビジネス街やショッピング街だったんだけど、とりわけ酷いんだ。標高の問題もあって、水没の被害が大きくてね」

「今は、どのくらいの人が住んでいるの？」

「トーキョー全体でも百万は切ってるって言ってたなぁ。昔は、その十倍以上も住んでたらしいんだけど」

「すごい、減ったんだね」

「密集してたから、黄死病の時、あっという間に伝染したって聞いたよ。今も、このあたりの衛生状態はあまりよくないんだ。日本全体でも、人口は三分の一に減ったって言うけど、トーキョーは本当に酷かったんだ」

「再開発とか、しないの？」

「計画はあるらしいけど、今は資金が準備できないんだってさ。まだ二十年以上先の話だって、ニュースで言ってたよ」

「地球って、やっぱりダイナミックだよ。あんなきれいなところがあるかと思ったら、こんな陰鬱なところもあるんだね」

「ほら、今日は天気がいいし、昨日まで雨だったから、向こうに……」

リョウが指したほうに、ひときわ優美で気高い円錐形の山が、くっきりと浮かび上がっていた。山頂近くにうっすらと雪をいただいているのも見える。

眼下の瓦礫の街と、かなたの清浄な山影。これが地球であり、今の日本の姿だ。


車中のふたりも何だか陰鬱な気分になってしまった。

「ごめんね。あたしがトーキョー見たいなんて言ったから……」

「いや。ぼくも久しぶりなんで、寄ってみてもいいと思ったんだ。昔は、両親もこの街に住んでいたってゆうし……。何か音楽でもかけようか？」

「うん！　何でもいいよ。リョウが好きなのはどんなの？」

「いろいろ。何か流してみようか？」

リョウがオーディオのスイッチを入れて、選曲プログラムをセットした。

オーケストラが鳴りはじめた。東洋風のメロディーを巧みに織り込んだ賑やかな曲だが、深い情緒とある種の寂寞感がある。日本の作曲家の作品と思われたが、オーケストレイションの密度も高く、この手の曲としては珍しく、音響に十分な厚みがある。一般に、日本の作曲家の手になるオーケストラ曲は、メロディーの情緒性が深い一方で、サウンドには軽みと、ある種の乾燥した味わいがあることが多いのだが、この曲には十九世紀的な湿度と重量がある。

「何?」

「これは……キシだな。たぶん」

プログラムをチェックする。

「やっぱり、キシだ」

「キシ?」

「百五十年位前の、日本人だよ。どう?」

「好きよ。こういうの。キシという人は知らなかったけど……イフクベとタケミツなら知ってる。イフクベは好きよ。よく舞うの」

「舞うって? 舞とか習ってるの?」

「自己流。音楽聴きながら、舞うの。太鼓たたいたり、鈴を鳴らすこともある」

「想像がつかないなぁ。今度見せてよ」

「えへへへ。いいよ、見なくても」

「見せてよ」

リンが、リョウの手をそっと握った。

スカイウェイだから完全自動運転になっている。

リョウは目を閉じた。

秋風に花々がくるくると弧を描きながら舞っている。

その向こうにかすかに舞手の姿が見えた。

リンだ。音楽に合わせて、くるり、くるりと。

鈴の音。音楽に合わせて、しゃりん、しゃりんと。

着物の袂や裾を翻しながら花々と舞っている。

いや、袂から、裾から花々が舞い散っているんだ。

「そうかぁ」

「何？」

「最初にリンがロッジに来た時、風をつかまえて……舞ったんだね」

「えへ」

ふたりは、トーキョーを後に、御殿場でインターチェンジを降り、いったん、箱根を越えて富士五湖方面に向かった。山麓から仰ぎ見る富士山の威容や精進湖畔の絵に描いたような富士山の姿を眺めながら昼食と軽食を摂り、午後は甲州経由で北上し、八ヶ岳中腹の山荘に向かった。

山荘にチェックインした後で、ふたりは山荘裏手の牧場を歩いた。

かなたに、小さく富士山が見える。

小ぶりな富士山だったが、リンは、この富士が一番気に入った。

高原の秋の空気に触れながらリンが言った。

「秋の白って、ミルクの色のことじゃないんだね」

「白秋、素秋のこと?」

「そう。ホワイトじゃない。透明ってことなんだ。やっとわかった」

夜。山荘の奥の暖炉のある部屋で、もはや、いつもの習慣のようになってしまったけれど、ベッドでリンはリョウの胸に頭を寄せて、リョウはリンの肩をそっと抱いて、おしゃべりをしながら眠りにつこうとしていた。

「ねぇ。この間、ユラのこと言ってたよね」

「うん」

「ユラはネイティブなのかな。やっぱり」

「わからないけど。そんな気がする」

「ぼくらは？」

「あたしたち？」

「リンとだけなのかもしれないけど、でも、ぼくらは増幅器《アンプ》なしでも……」

「でも、離れてるとどうなのかな」

「今のところは、どこか触れてないとだめだけどね。こんな風に」

リョウが少しだけ、強く抱きしめる。

柔らかい。

リンの身体も柔らかいけど、柔らかい心の音がリョウに応える。

しゃりん。

鈴の音だ。

リンがゆったりと舞っている。ぼくの中で。

「イオと地球でも、増幅器《アンプ》なしでおしゃべりできたらいいのにね。帰ったら、試してみようか？そっかぁ、もう休暇が半分になっちゃったんだ」

リンが顔をリョウの胸に押し付けて目を閉じた。

「気になることがあるんだ」

「なぁに？」

「月曜日。明後日だけど、休暇中に一日だけ出頭することになってるんだ」

「え？　どこに？」

リンが目を開けた。

「人材開発センター。八重垣次長のところ」

「ええっ？」

今度は、顔を上げる。

「ね。変だろ。研修の面接だっていうんだけど……。噂では太陽系外通信がらみだっていうんだけどね。ぼくらのネイティブ傾向と関係あるんじゃないかな」

現状では増幅器《アンプ》の性能の限界と思われているのだが、地球から遠隔惑星、たとえば、冥王星に通信するためには、イオの通信センターで中継する必要があり、それでも能力ぎりぎりだ。それを打破するには、ネイティブ、つまり増幅器《アンプ》に依存しない能力の開発が必要だという。

ことが脳の能力の問題だけに、やっかいだった。これが、普通の筋肉や身体能力の問題だったら、すでに、いろいろな技術が確立されている。たとえば、宇宙空間や基地での作業では、パワースーツや高分子アクチュエータを応用した人口筋肉のサポートツールがあちこちで使われているし、今は禁じられているが、長時間作業に耐えられるように、ヘモグロビン変異を応用して血中の酸素供給力を向上させるための遺伝子操作術が盛んに活用されたこともあった。

しかし、脳に関しては、さまざまな研究は徐々に進んでいるものの、こういった実際的な脳力の開発技術で確立されたものはまだない。一時期、トランス・システムの開発途上で、脳に関する遺伝子操作術の人体実験が行われたという噂があったが、あくまで噂だ。現に、そういった手術の結果、能力を開発したというトランスの話は聞かない。

強いて言えば、トランス・システム自体が、トランスの能力を開発する上でのトレーニングシステムとしての側面を持っていると言えるかもしれない。現に、リンもリョウもテレパスではなかったはずのに、テレパス傾向を見せはじめている。

「リョウ。内緒にしてたわけじゃないんだけど」

「え？」

「あたしも、月曜日に、八重垣次長んとこに行くことになってるの」

「何だって？」

「十時よ」
「同じだ」
「何だろう」
「何かなぁ」

奇妙なことになった。

10
氷柱

荒涼とした大地。
大地は、ほのかに明るく、淡い金色に輝いている。
昼？
空は、どこまでも黒く、澄みわたっている。
夜？
星々が、降るような星々が頭上から迫ってくる。
夢？
夢かもしれない。
おかあさん。おとうさん。
おかあさんが、わたしを抱きしめる。
あぁ、おかあさんがいる。
じゃあ、夢じゃないのかな。

みんな宇宙服を着ている。
金色の大地を、歩いている。
おかあさん、おとうさん、それから仲間たち。
もうずいぶん、たくさん歩いたよ。
疲れちゃったよ。
おかあさん。おとうさん。
まだ歩くの?
どこへ行くの?
お腹空いちゃったよ。
みんなも疲れてるんでしょう。
ほら、あそこのおじさんなんか、ふらふらだよ。
おかあさんも、おとうさんも、
お腹空かないの?
誰もおしゃべりしない。
お話してくれない。

おかあさんも。おとうさんも。

やっぱり夢なのかな。
ほら、足がこんなに重たい。
歩けないよ。
雪の中を歩いてるみたい。
砂の上を歩いてるみたい。
足が重たくて、
歩いても、歩いても、前に進んでいる気がしなくて、
どこまでも、どこまでも荒れ果てた金色の大地。
どこまでも、どこまでも果てしない真っ黒な空。
どこまでも、どこまでもついてくる意地悪な星。
あれ、お日さまはどこ？
こんなに明るいのに。
やっぱり夢なのかな。

おかあさん。おとうさん。
もう、歩けないよ。
もう、歩きたくないよ。
おかあさんが、振り返る。
おかあさんが、わたしを抱き上げる。
おかあさんが、私を抱きしめる。
おかあさんが、わたしに微笑む。
おかあさんだ。おかあさんが居る。
じゃあ、夢じゃないのかな。
おとうさんが、傍らに来る。
ごめんなさい。もう歩けないの。
おとうさんも、わたしに微笑む。
おとうさんが、おかあさんの肩を抱く。
おとうさんだ。おとうさんもいる。
じゃあ、夢じゃないんだ。

何も聞こえない。
誰もおしゃべりしない。
おかあさんも、おとうさんもお話してくれない。
そうか、みんな宇宙服を着てる。
そうか、だから、誰もお話できないんだ。
わたしは、すこし安心する。
これは、夢じゃないんだ。
でも、疲れちゃったよ。
それに、お腹空いちゃったよ。
みんなも疲れちゃったんでしょう？
誰もお腹空かないの？
おかあさんも、おとうさんも。
ねぇ、少しお休みしようよ。
まだまだ歩くの？
どこへ行くの？
おうちに帰ろうよ。

おかあさん。おとうさん。
おうちに帰りたいよ。

ずっと、ずっと歩きつづけてきた。
もう、ずいぶんと遠くに来たよ。
おかあさんは、わたしを抱いて、ずっとずっと歩きつづけた。
誰も、お話しない。
わたしも、もう、おしゃべりはやめた。
どこへ行くんだろう。
おうちには帰らないんだろうか。
急に暗くなった。
夜?
あぁ、影だ。
影に入ったんだ。
谷。
両側に壁のように切り立った断崖がそそり立っている。

断崖の先っぽが煌《きらめ》いている。
だから、夜じゃない。
今、わたしたちは深い渓谷を歩いているのだ。
断崖に挟まれて、切り取られた真っ黒な空に、星々が冷たく輝いている。
この谷に何かあるのかな?
どこへ向かっているのだろう。
どこまで歩くのだろう。
突然、おかあさんが止まった。そして崩れた。
おかあさんが歩くのをやめて、膝をついたのだ。
おとうさんも、みんなも、うずくまっている。
みんな、疲れているんでしょう?
みんな、お腹が空いたでしょう?
もう、歩きたくないんでしょう?
それに、おうちに帰りたいんでしょう?
おかあさんも、おとうさんも。
ねぇ、おうちに帰ろうよ。

暗い谷に、みんなうずくまったまま。
どれくらい、そのままでいただろう。
もう歩くのはやめたのに、
疲れちゃった。
お腹が空いた。
ねぇ、もう、ここにいるのは嫌だよ。
おかあさんが顔を上げた。
にっこり笑ったよ。
おかあさん。
おとうさんは?
おとうさんは、おかあさんの向こう側にいる。
だけど、おとうさんは、うずくまったまま。
おとうさん。おとうさん。
おかあさんが、わたしの宇宙服に何か差し込んだ。
わたしのヘルメットのチューブから、

あぁ、とてもいい香り。
ミルクだ。
ミルクだよね？
ミルクをくれるの？
お腹空いてたんだ。
ありがとう。
わたしは、ミルクを飲む。
おいしいよ。
おかあさん。
もういいよ。
おかあさんもお腹空いてるんでしょう？
おとうさんもお腹空いてるんでしょう？
もういいよ。
ねぇ、もういいよ。
おかあさんもお飲みよ。
わたしは、もういいから。

おとうさんにもあげてよ。
わたしは、もういいから。
おかあさんがうなずく。
全部お飲み。
あぁ、わたしは全部飲んでしまった。
おかあさん。
おうちに帰ろう。
おとうさん。おとうさん。
おとうさんは動かない。
おかあさん。
もう、ここは嫌だよ。
帰ろうよ。
おかあさんが、私を抱きしめる。
あぁ、おかあさん。重たいよ。
おかあさんが、わたしを抱いたまま寝てしまった。
重たいよ。

帰ろうよ。ねえ、おかあさん。
おかあさんは動かない。
おとうさんも動かない。
誰も、動かない。
おうちに帰りたい。

おかあさんは、わたしを抱いたまま寝てしまった。
誰も、動かない。
おかあさんも、おとうさんも。
わたしは、おかあさんの動かない腕の中で、空を見ていた。
時々、地鳴りがする。
他の音はしない。
静かすぎる。
ここには、風もない。
ここには、木も花もない。
おしゃべりする人もいない。

誰も動かない。
誰もお話しない。
おかあさんも、おとうさんも。
暗い谷間。
そそり立つ断崖。
断崖に切り取られた真っ黒な空。
空から、わたしを見下ろす星々。
いじわるな星たち。
お日さまはいない。
お日さまはどこかな。
おかあさん、おとうさん。
何か言ってよ。
やっぱり夢なのかな。
夢だ。
嫌ぁな夢だ。

おかあさぁん。おとうさぁん。
怖い夢を見た時は、こうすると覚めるんだ。
おかあさぁん。おとうさぁん。
覚めないよ。
嫌な夢。
怖い夢。
おかあ……さん。おとう……さん。
うまくしゃべれない。うまく呼べない。
そんな時は、叫ぶんだ。
いやああああああああ。
ああああああああああ。
覚めないよ。
起こしに来て。
おかあさん、おとうさん。
いつものように起こしに来て。

おやおや、怖い夢を見たんだね。
安心おし。おかあさんはここに居るよ。
もう怖い夢は来ないよ。安心してお眠りよ。

夢だよね。
嫌な、いやな夢。
いやあああああああああ。
あああああああああああ。
覚めなかった。
誰も起こしに来てくれない。
夢の中で、
わたしはあきらめる。
地鳴りがする。

断崖に切り取られた真っ黒な空。
長い、長い夢の中。

おかあさんも。おとうさんも。
ここにいるのに。
おかあさんは、わたしを抱いているのに。
動かない。
お話しない。
たくさんの人たちが、ここにいるのに。
誰もお話しない。
誰も動かない。
嫌な夢。
怖い夢。
わたしは空を見ていた。
星々がわたしを見下ろしている。
そうだ、あの中に、お日さまがいるのかな。
そうか、氷柱だ。
あれは、氷柱だ。

あれは何？
つららだよ。
つらら？
春になると、
昼にお日さまをもらって融けだした水が、
夜にお日さまを奪われて凍り、
それを幾夜も繰り返して
氷柱になるのだ。

あの中に、お日さまが隠れているんだ。
断崖に切り取られた天の氷柱は、どこかに隠れているお日さまを宿しているんだ。
氷柱よ、氷柱。
降りて来い。
お日さまを連れて来い。
おかあさんも、おとうさんも。
もう、ここにはいない。

わたしにだってわかるよ。
私を抱く腕にはもう何の力もない。
ただ重たいだけ。
おかあさんは冷たい。
おとうさんも動かない。
どこかに行ってしまったんだよ。
天の氷柱よ、氷柱たち。
お前たちは知っているんだろう。
だから、早く降りて来い。
お日さまを連れて来い。
それができないのなら、
せめて、私を連れてゆけ。
氷柱よ、天の氷柱たち。
早く、早く降りて来い。
わたしも、もう動けないよ。
わたしを、早く連れてゆけ。

夢？
夢じゃない？
もう、おかあさんも、おとうさんも呼べないよ。
もう、叫ぶこともできないよ。
氷柱よ、氷柱。
早く、早く降りて来い。
早く、わたしを連れてゆけ。
嫌な夢。
もう疲れたよ。
おうちに帰りたい。
帰りたいよ。

氷柱は降りて来なかった。
わたしは、ただ、天の氷柱を眺めながら、
夢が覚めるのを待っていた。
何かが、わたしを連れ出すのを待っていた。

途方もなく長い時が過ぎた。
と、視界の隅、断崖の端に星ではない何かが光った。
氷柱じゃない。
氷柱のようには冷酷でなく、
おかあさんの瞳のようには暖かくない。
それは、断崖の端を滑るように移動し視界から消えた。
そして、どのくらいの時間《とき》が経ったろうか。
背後に地響きを感じた。
振り返った。
氷柱じゃない。
人だ。
その人は、あたりを見まわす。
その人は、わたしに近づく。
わたしを、おかあさんの腕から引き剥がす。
そして、にっこりと笑った。
その人は、わたしを連れ出してくれた。

この嫌な谷から。
でも、おかあさんも、おとうさんも、もういなかった。
おうちにも帰れなかった。
とうとう、嫌な夢は覚めなかった。
長い、長い夢の中。
嫌な、嫌な夢の中。

氷柱よ。天の氷柱たちよ。
早く、はやく降りて来い。
お日さまを連れて来い。
それができないのなら、
せめて、私を連れてゆけ。

おうちに帰りたい。

11
出頭

月曜日。

リョウはリンとともに、いつもの出勤と同じようにロッジを出て、愛車でツクバシティに向かった。地下のカーポートに車を置いて、バスで上層に向かう。

北棟の三百六十階。いつもは、そこからエレベータで三百七十階のトランスエリアに向かうのだが、今日は三百六十階の国連公文書管理センター受付に向かう。

人材開発センターの次長のもとに出頭するといっても、彼らの服装はいつものラフなものだ。このあたりの感覚は、一般の職員とは少しかけはなれているのかもしれない。もっとも、リョウはいつものジャケットでカジュアルな感じはあるものの、そう目立つ服装ではない。しかし、リンの和服のアレンジは、イオでは普通なのかもしれないが、地球《ここ》では目立つ。映画のセットから休憩で抜け出してきたというような姿の少年少女が、国連オフィスにすたすたと入ってゆく。もっとも、それぞれＩＤタグを身に付けているから、誰何《すいか》されることなく受付に立ち、出頭の旨を申し出た。

受付は、もちろん動じない。どんな服装の訪問者が来ようと、普段どおりの適度な愛想と、事務的な冷淡さで応じる。ここは国連なのだ。

「安東涼さん、磯琴凛さん。面接ですね。うかがっています。中央エレベータで三百八十階に上がってください。そこの受付でＩＤチェックしてから、第三検査室へ直接おいでくださいとのことです」

三百八十階！

検査室！

面接というが、いきなり実証試験でもするんだろうか？

そこは、厳重にシールドされたエリア、システムの実証試験や実験を行うエリアだ。リョウも三百八十階には入ったことがない。一般の職員はもちろんだが、トランスや通常のエンジニアたちも、普通は入れない。

ふたりは三百八十階に上がり、フロアの受付でＩＤチェックを受けて、第三検査室と表示された部屋の前に立った。

緊張する。

「安東です」「磯琴です」

ドアが開く。

三十平方メートルほどの小ぶりな部屋。

部屋の中央には楕円のテーブルと椅子。

他にはこれといった設備のない殺風景な部屋。

三人の人物が、すでにふたりを待っていた。


「安東涼さん。それから磯琴凛さんですね。お入りなさい」

テーブルについていた女性が言った。

「時間どおりね。十時だわ」

彼女は、おだやかに微笑んだ。人材開発センター、八重垣次長その人だ。

八重垣次長はかつてトランスの草分け、というより最初のトランスとして活躍した女性で、この分野では珍しく二十代半ばまで現役で執務していた伝説的人物だ。

淡めのワインカラーのスーツに身を包んだ柔らかな感じの大人の女性。背は低くない。髪は短めにカットしている。

「八重垣櫛です。よろしく。それから、こちらは……」

彼女は、テーブルの端に足を組んで腰掛けていた金髪の男性を紹介した。

リョウと同じようなツイードのジャケットにジーンズを穿いている。はっきり言って、服装や物腰はリョウよりもずっとラフな感じだ。

「ヒュー＝オ・キャロラン。セキュリティセンター長です」

彼は、立ち上がると、ぐいと長い腕を伸ばして握手を求めてきた。

リョウとリンと、順番に握手しながら気さくな調子で言った。

「よろしく。君とは気が合いそうだね。なぁに、固くなることはないよ。ヒューと呼んでくれ」

金髪。青い目。背は高い。スリムで所作がきびきびしている。

「それから、あちらが……」

ひとり、テーブルからはなれて壁際に立っている男がいた。淡いサングラス。チャコールグレーのダークスーツ。最近ではむしろ珍しい服装だ。背は高く、一見スリムだが、肩幅が広い。短めに刈り込んでいるが、髭を伸ばしている。きっちりした服装に一見そぐわない感じがする。黒い髪と髭に、すこし白いものが混じっている。

「国連行政局、安全保障担当補佐官。リヒャルト＝レオンハルト」

男は軽く右手を上げて挨拶した。

八重垣次長が柔らかく言った。

「リラックスして。お座りなさい」

ふたりは、椅子が四つあったので、一瞬迷ったが、八重垣次長の正面の席に並んで座った。

リョウは補佐官をニュースか何かで見たことがあるのを思い出した。

補佐官？

閣僚じゃないか。

何だって、ここに国連の閣僚がいるんだ？

酷く緊張した。と同時に、妙な違和感を感じた。

おそらく、誰でも、初対面の人に対する第一印象というものがある。何となくいけすかないとか、いい感じだとか。多分に、自分自身の感じ方という以上に、相手が自分に好意を持っているか、そうでないか、無関心かといったことを直感的に嗅ぎ分けているのかもしれないが。

リョウの場合は、具象的ではないのだが、人と会った時に、印象として音というか響きのようなものを感じる。嫌な響き、快適な響き。あぁ、きれいな和音のような人だ、とか、ノイジーな人とか。ノイジーだといって、嫌な響きとは限らないし、ととのった和音に感じても、それが好ましいとは限らないから、そういう感じ方はいたって主観的な上に、実のところ、はっきりした辻褄はない。音響にかこつけて、その都度、感じ方を整理しているにすぎないのだろう。

たとえば、リンとの場合は、会う以前から、接続の時に何だかよく響き合った。でも、それがどんな響きなのかは、はっきりしない。その都度違っていたのだと思う。ただひとつ言えることは、お互いの響きが、その時その時、いつも調和していたような気がする。

そこが肝心なのだ。

リンは、色で感じると言ってた。あ、青い人だ、とか、緑の人だとか。紅い。朱い。赤黒い。まばゆい。うすぐらい。色や彩りはいろいろだけれども、その青がいつもその青かどうかは、あやふやだ。色で整理しているけれど、結局は、よく感じ合えるかどうかなのだ。

違和感とは、そういう感じ、第一印象を辿った時に、この三人の中で、オ・キャロランにしか、そういう印象を感じなかった点にある。彼には、好ましい響きを感じたし、親しみを覚えた。しかし、残りのふたり、八重垣次長とレオンハルト補佐官からは、何も響かなかったのだ。リョウの側から見ると、人とは何がしかの響きをたてるものである。それが、好ましい響きであるかどうかは別にして。しかし、このふたりは響きをたてなかった。人として、自分に対して、何も放射していないということになる。

リョウは言いようのない不安を感じた。

リンがテーブルの陰で、そっとリョウの手を握った。

リンも同じ違和感と不安を感じているのがわかった。

「だいぶ覚醒したようね。上出来だわ」

とたんに、八重垣次長から響きが伝わってきた。どちらかと言えば好ましい響き。

「今、わたしは意識的にシールドをかけていたのよ。だから、何も感じなかったの」

リョウはちらっと補佐官のほうを見た。

「あぁ、彼は別。能力者じゃないのだけれど、感情を殺す術《すべ》を知っているのよ。癖みたいなものね。そうでしょう？」

「まぁね」

低い声だ。

「俺はただのエンジニアだからね。何が起こっているのか、さっぱり掴めないよ」

セキュリティーセンター長が、肩をすくめた。

「君たちは、今度の任務についてどのくらい……」

任務？　何のことだ？

「待って。まだよ。これから説明するの」

「これから？」

「そう。でも、もう感じているはずだわ」

「感じてる？」

補佐官が割って入った。

「まぁ、ここはクシにまかせようじゃないか。クシはなかなかの策謀家だよ」

八重垣次長が補佐官を睨む。

「失敬。戦術家だよ」

補佐官と対等にわたりあってる。八重垣次長ってどういう人なんだ。

「まず、最初にあなたたちに謝らなければならないことがあります」

謝るって、いきなりわけのわからないことを。

「気づいていると思うけど、あなたがたの休暇は意図的なものです。これから説明する少々やっかいな任務のための。ですから、研修というのは嘘です。超遠距離通信のための実証試験スタッフ選抜という噂も意図的に流しました。これは、計画はありますが、まだ先のことです」

リョウにも、リンにも予感はあった。あったが、こういう風にはっきり言われるとショックだ。

「あなたたちには、ある程度覚醒しておいてもらう必要もあったのよ。そのためには、ふたりが一緒に過ごす時間が必要だったの」

じゃあ、ぼくらがこうやって心を重ねることができるようになったのは?

八重垣次長の計画のうちだった?

じゃあ、リンと過ごしたこの一週間のいろんなできごとも?

いや、まさか、ぼくらの出会いも?

リョウは混乱した。

「先走らないで。順を追って説明しますから。それから、あなたたちの出会いや恋愛には介入していません。これだけは、はっきり言っておきます。信じて」

読まれている。

この人はいったい……。

「心配しないで。実は……」

次長は、すこし間を置いた。

「最近、わたしたちのトランス・システムに問題が発生したのです。それを調査する上で、調査の適任者を選ぶ必要がありました。この数ヶ月、あなたたちふたりは通信をきっかけに交際を続けていました。これは稀有なことなのです。調査の適任者として、あなたたちのような、能力拡張の可能性を持ち、しかも適度にそれをコントロールできるような人材が必要だったのです」

心配するなって？

でも、ぼくらが接続中に私信を交わしていたことも、それだけじゃない、もしかしたら、その中身もトレースされていたっていうことじゃないか。

リンがリョウの手を強く握りしめた。

リンの心が戦慄《わなな》いている。

「落ち着いて。私信を交わしていたことまではトレースされています。あなたたちの場合だけじゃなく、すべての通信についてです。でも、中身は把握できません。トレースのしようがないんですから。そのことは理解できるでしょう。あなたたちの交際は、トランス仲間、とりわけイオでは評判になっていたでしょう？　だから、わたしたちは、あなたたちふたりが、通信時の私信を通じて互いに好意を持ち、交際を始めたという事実を把握しただけなのよ」

リョウとリンの顔が真っ赤になっていた。身体も熱い。胸もとに汗が滲む。恥ずかしさもある。だが、それ以上に怒りに似た感情が湧き上がっていた。

「すこし時間をおきましょう。何か飲み物を……何がいい？」

言葉が出ない。出るわけがない。

「コーヒーにしましょう。いい？」

「ぼくが持ってくるよ」

「わたしも行こう」

セキュリティセンター長と補佐官がコーヒーを取りに出た。

八重垣次長と、リン、リョウが部屋に残った。

「嫌な話は、最初にしてしまわないとね」

八重垣次長がふたりを見て、微笑んだ。

「ごめんね。嫌な思いをさせたわね」

何だか柔らかいものが、リョウとリンの胸に染み込んでいった。

不思議と、怒りがしぼんでゆくのがわかる。

でも、これも八重垣次長の力かもしれない。

ドアが開いた。

ふたりの男が両手にコーヒーを持って戻ってきて、テーブルにそっと並べた。ひとりは通信センターの幹部で、もうひとりは国連の閣僚なのだ。

奇妙な光景だ。

リョウはすこしおかしくなった。その柔らいだ感情がリンにも伝わったのか、リンも少し落ち着いたようだ。

五人はコーヒーを飲みながらしばらく寛いだ。


「一番嫌な話は終ったから、ここからは、もっとラフに議論しましょう。いいわね、ヒュー、リック、それから……リョウ？　リン？　わたしはクシでいいわ」

そう言われても困る。急には無理だ。リョウたちから見れば、彼らは殿上人なのだ。

「サラ式かい」

ヒューが笑いながら茶化す。

サラって……事務総長か？　どういう人たちなんだ、この人たちは。

「これから、事態の説明をするわ。いつでも、疑問や気になるところで口を挟んでけっこうよ」

「わかりました。……クシ」

リョウは居直った。リンは落ち着きを取り戻したものの、口がきける状態ではなさそうだ。

「数ヶ月前、UNAで査察中の査察官があるものを見つけたの。それは、国連が計画をまとめようとしていた、あるプロジェクトの関連データが記録されたカードでした。データと言っても、暗号化されたままだったし、断片ばかりで、たとえ暗号を解いたとしても、それだけでは何のことかわからない。そういったことも含めて、幸い、情報そのものが漏れた形跡はなかったのよ。問題は、そのデータの断片を誰が、どうやって入手したか」

ヒューが補足する。

「データは、送受されるたびに異なった鍵で暗号化されるし、断片もその都度変わる。つまり、同じデータでも毎回違うジグソーパズルになる。そういう風にして、我々は、万一に備えている」

クシがふたたび引き取る。

「そのカードに記録されていたジグソーの断片はね、地球からイオへ送ったデータだったのよ」

クシがいったん言葉を切った。

リョウは血の気が引くのを感じた。

とんでもない話を聞かされた。それだけじゃない、ぼくらが担っているトランス・システムが？

クシの言うところの「嫌な話」と、その後のコーヒーで、すこし霞がかかっていたリョウの頭の中、そしておそらくリンの頭の中も、みるみる透き通ってゆく。とりあえず、感情とか情緒を追いやって事態をクリアに把握しなければならない。

リョウがゆっくりと確かめる。

「つまり……トランス・システムからデータが漏れている？」

ヒューが答えた。

「そういうことだよ。さらに残念なことに、調査の結果、システムのハードやソフトからではなく、トランスの送受信、トランスの接続中にデータが漏れていることがわかった」

「つまり、トランスから……ということですか？」

「意図的にかどうかはわからない。でも、そういうことだ。これが……」

ヒューはジャケットの胸ポケットからカードを取り出した。

「各断片を送信した記録と、その時にそれぞれの断片を送受したトランスのリストだ」

「そんなところに……相変わらずね」

「こういうところが一番安全なんだよ。それに、俺はジャケットを脱がないしね」

クシは溜息をついて続けた。

「漏れた断片はほんの一部です。精査の結果、イオで抜き取られたらしいことまではわかったわ。つまり、受け側ね。受信時に漏れたということ。ただ、後でリストを見てもらえばわかるけど、トランスを特定できないのよ」

「てんでバラバラで、送信側にも受信側にも何の脈絡もない。たまたま抜き取られたというようにしか見えない」

今度はヒューが溜息をついた。

「ぼくらも……」

「あたしのデータも漏れているんですか？」

リョウをさえぎってリンが声を上げた。

クシがリンを見つめながらゆっくりと言った。

「いいえ。それがね、あなたたちが送受したデータは漏れていないのよ。その点について言えば……顕著な特徴があったの」

「そうなんだ。君らは、なぜかデータを漏らしていない……失敬、君らからはデータは漏れていないんだ。そう睨むなよクシ。さっきも言ったとおり、漏れているケースではトランスの関連はてんでバラバラだった。つまり、特定のトランスが意図的にデータを漏らしているとは考えにくい」

「データは抜き取られていたのよ。イオで。……トランスから」

クシが念を押すように言いながら、ふたりを見つめた。

トランスから？　データをトランスの頭の中から抜き取るなんて……そんなことができるんだろうか。

リョウもリンもぞっとした。

でも、だからって、なぜぼくらがここにいるんだ？

だって、ぼくらのデータは漏れていないんだろう？　いや、漏れていないから？

「わたしは、あなたたちを選びました。この事件……事件なのよ。この事件の調査をしてほしいの。イオでね」

「なぜ？　その……ぼくたちが選ばれたのか聞いてもいいですか？」

「ええ、もちろん。さっき言ったわね。あなたたちからデータは漏れていない」

「それだけですか？　それだけなら偶然ということもあるでしょう？」

「偶然じゃないわ。それに……『それだけ』じゃない」

「偶然じゃない……」

リンがなぞるように繰り返した。

「そうね。犯人が……あなたたちからデータを抜き取れなかった理由、それは平たく言うと、あなたたちの絆の強さ……ね」

「絆？」「きずな？」

「別の言い方をすると、あなたたちの接続が固い……深いと言ったほうがいいかしら？　そのため、データが見えなかった。通信の相性みたいなものがあるのね。その相性が抜群にいいのよ」

「クシの話だと、トランス・システムの通信で心を通わす、感情を交換するっていう例はなかったんだそうだ。その……今だから言うが、我々は君らに注目していたんだよ。おいおい、そう恥ずかしがることはないぜ」

「ヒューの言うとおりよ。でも、相性だけではこういうことは起きないわ。わかるわね。そのことは、この一週間でわかったはずよ。あなたたちは、力の面でもずば抜けているのよ」

そう。リョウとリンは、増幅器《アンプ》なしでも心を通わすことができる。そして、それは今のところ、たぶん、ふたりの間だけでのことだ。

「あたしたちの任務って……」

「ぼくらの任務について、もうすこし具体的に説明していただけますか？」

「あなたたちの任務は、イオで、幾人かのトランスの通信、特に受信状態について注意をはらい、調査すること。データが漏れ出しているのはどんなケースか、データを読み出そうとするものがあるのかどうか。それから、あなたたち自身が通信する際に意図的にシールドを緩めれば、何者かがデータを盗み取ろうとするかもしれない。その状況を記録し、報告すること。網を張るのよ、ふたりで。ただし、あくまで調査よ。犯人探しじゃないわ。もし、そんな力……トランスの脳からデータを盗み出すような力を持っている相手だとしたら、近づきすぎては危険です。情報を分析して、犯人を突き止めるのはわたしたちの仕事です」

「でも……ぼくらに力があるとおっしゃいましたけど、ぼくが増幅器《アンプ》なしで交信できるのはリンだけだし、それに……触れていないと……」

「あたしたちに、他のトランスの通信状況を監視するような力は……」

「今はね。ですから……これから一週間かけて訓練します。シールドの仕方。そのコントロール。増幅器《アンプ》なしで他人の心に触れる力。逆に、それを阻む力」

「一週間で……ですか」

「言い方は悪いけど、今回の任務に関しては、あなたたちはワンセットよ。リョウだけでもない、リンだけでもない。ふたり一組で任務に当たってもらいます。ひとりずつでは無理でも、あなたたちふたりで一組と考えれば、一週間あれば調査に十分な力はつきます。すでに、今日までの一週間がそれを証明しているわ。お願いできるわね?」

選択の余地はないだろう。機密事項をここまでオープンにされて「できません」という答えはありえない。

任務については理解できる。自分たちが選ばれた理由も、そして、上層部が自分たちの通信状況や勤務状態をリサーチしていたことも容認はできる。

しかし、釈然としない気持ちが残る。

それでも、自分たちのシステムを守るために期待され、選ばれて、与えられた任務であれば、納得して取り組むしかない。ここから先は、迷うことなく任務に当たるべきだろう。

これまでの経緯や上層部のやり方は別にして、今、生じている事態の深刻さを思うと、それを解決するために力を尽くすことには迷いはない。いや、迷っていてはならない。

「わかりました」

リョウが答え、リンがこくりとうなずいた。

「午後から訓練に入ります。お昼まで時間があるから……ヒュー、それを……このカードの中のリストを頭にたたき込んでおいて。カードもペーパーでもリストは渡せません。この場限りです」

「ほう……」

それまで壁際に立ったまま黙っていた補佐官、リックが小さく声を上げた。

「トランスの知能レベルは高いのよ。この程度のリストはすぐに読んで、記憶してしまうわ」

リョウとリンは、ヒューの端末にカードを挿入して、画面上のリストを猛烈なスピードで読みはじめた。はたから見たら画面をスクロールしているようにしか見えないだろう。

額を寄せ合って、小さな画面を真剣に見つめながら、時々小首を傾げたり、顔を見合わせて目配せしたりしているふたりの様子を見て、ヒューがにやりと笑う。

「いい景色だねぇ」

クシはヒューを無視してふたりに言った。

「質問や、気づいたことがあれば、何でも言ってください」

「あの……いいですか?」

声を出したのはリョウだが、ふたり揃ってクシのほうを向く。

「どうぞ」

「このリストは、その……平面的にすぎると思います」

「どういうこと？」

「断片っておっしゃいましたよね。その……データの内容とか、各断片の相関関係とかがわかる資料は……見られませんか？」

「ほう……」

また、リックがうなって、今度は彼がリョウに訊き返した。

「どうして、それが必要だと思うのかね」

「その……たとえば、犯人がもし、あらかじめ断片の相関とか、目的の断片がいつ送信されるかとか、ある程度把握していたら、関連のあるものを選択的に抜き取るとかしますよね。たぶん……」

「たいしたものだ。そのとおりだよ。結論から言うと、その傾向は見られなかった。その点は調査済みなんだ。したがって、当該資料を見る必要はないし、見せられない」

「リック。何か他のヒントが見つけられるかもしれないわ。資料を見せられない？　この点は、あなたの判断がすべてだけれど……」

「クシ。万一、問題が起きた時の覚悟を確認しておく必要があるね」

「覚悟……ね」

「そう。この時点では、彼らは調査の協力者だ。これから訓練をほどこすにしても、彼らが見た情報が漏れてしまった場合、彼らが機密を知っているということ自体が何者かに知れてしまった場合、この場合は彼らに危険が及ぶ可能性が高まる。それらのリスクにどう対処するか。最悪の場合、彼ら自身にどう責任をとってもらうか。今の時点で、彼らに明かしたのは『機密がトランスから盗まれている』ということと『イオでその調査を行う』ということだ。だが、資料を見れば機密そのものに触れることになる。状況はまったく異なる」

「わかったわ。わたしが軽率だったわ。資料は見せられません」

「脅してしまったかな？　念を押しただけだ。資料を見せる必要はないよ。そういった分析は、こちらがプロだ」

リョウもリンも一瞬背筋が凍りついた。そして、安全保障担当補佐官がこの会議に同席している理由がすこしわかった。それから、彼の心がまったく響いてこない理由もおぼろげながらわかった。

「ふう」

ヒューが苦しそうに息を吐いた。

「リック。あなたが話すと、息が詰まる」

「すまんね。今度から、あまり長く話さないようにするよ。君に窒息死されては困る」

「リストは頭に入った？」

「ええ」「はい」

「イオのトランス全員をフォローする必要はないわ。逆に……とくに重点的にフォローしてもらいたいトランスがいるのだけれど……」

「……ユラ……」

リンがつぶやく。

「ほう……」

「なぜ、そう思うの？」

「リョウとも話してたんです……ユラはすごいって……」

「ユラの力は……さっき、力っておっしゃいましたけど……ユラの力は、ぼくたちより、ずっと強いと思います。それだけ……危険なはずです。もしかしたら……犯人から見ると干渉しやすい。それに、ユラから見ると、誰かが干渉したことに気づきやすい。このリストでも、ユラが受信したデータが盗まれてるケースが他より多いですよね。脈絡や法則性がないっていうことでしたけど……傾向はありますよね。フォローするだけじゃなくて……ユラを危険から守る必要があるんじゃないですか？」

「イオの白川センター長が、あなたたちの指揮をとります。彼は、本件をすでに知っています。ユラを守ることも考えているはずよ。彼の指示に従ってください」

「タスク……いえ、白川センター長が……」

リンがほっとしたような顔をした。

イオの通信センターを与る白川祐《しらかわたすく》センター長は、クシと同期の元トランスで、現在は精神波通信の研究者として知られている。イオのトランスたちからも信頼されている。

「ほう……たいしたものだ。うちのスタッフに欲しいくらいだよ。君らは」

「冗談はやめて。第一、無理よ」

「なぜだね」

「トランスの知的能力は一般的に言ってかなり高い。とりわけ直観力に優れているわ。まぁ、天才肌が多いと言っていいかもしれないわね」

「それがなぜ、安全保障委員会のオペレーションに向かないのかね」

「闘争力、克服力に欠けるのよ。複雑な資料でもすぐに読解する。難しいことでもすぐに理解する。積み上げて理解するんじゃないのよ。直感的にわかってしまう……と言ったほうがいいわね。その分、わからないとなるとわからない。苦手な分野や、苦手なものがあると、すぐに投げ出してしまうの。何かしようとすると、とっつきにくいものや嫌なこと、面倒なことってあるわよね。いつもそういうものにぶち当たっている人は、何とか、できる限りのことはしようとする。でも、彼らはだめね。そういうことが滅多にないし、その気になれば避けて進む方法も思いつく。だから、困難に全力で立ち向かうってことができない。逃げちゃうのよ。逃げても何とかなるから。対人関係でもそう。だから、二十歳《はたち》そこそこで退職して、本当にリタイアしてしまう者が圧倒的に多いわ」

「君を見てると、とてもそうは思えないがね」

「リョウ、リン。あなたたちにも、その弱点はあるわ。きついことを言うようだけど、あなたたちひとりずつでは、どんなに力があっても今回の任務は無理です。ふたり一組というのは、そういう意味もあるのよ。これは人材開発センター次長としてのアドバイスよ。肝に銘じておいてね」

ふたりでどうにか一人前。そういうことだ。うつむいて「はい」と言うしかない。こんな時に、にっこり笑って「はぁい！」と言える連中がうらやましい。

「さて、お昼にしましょう。申し訳ないけれど、今日のランチはここでとってもらいます。午後はシールドの訓練をやります。シールドできるようになるまでは、このフロアからは出られませんからね。そのつもりで」

ふたりの食欲はとうに失せている。

「あなたたちは何にする？」

そう聞かれても、食欲がないと、食べたいものが思いつかない。何を思い描いても胸のあたりが詰まった感じになる。サラダかサンドウィッチで済まそうと思ったが、

「だめよ。ちゃんと食べておきなさい。午後のトレーニングで体がもたないわよ」

ますます、食欲が失せる。

「じゃあ、わたしと同じでいい？　何か……魚と野菜のものにするつもりだけれど」

おまかせするしかなさそうだ。

「買ってくるわね。あなたたちはここにいなさい。しばらく……ふたりだけにしてあげるわ。気疲れしたでしょう」

お偉いさんたちが部屋を出た。リョウとリンのランチボックスを買ってきてくれるというのだ。そして、彼らが戻ってくれば、五人で昼食ということになるのだろう。国連の閣僚と、全太陽系の通信インフラを与えるセンターの幹部たちと一介の通信技能者が、ランチボックスを買ってきて、検査室のテーブルで会食。こんな景色は誰も信じないだろう。

「あ……」

リョウはリンがむくれているのに気づいた。

「どうしたの？」

リンがうつむいて言った。

「リョウったら……リョウがしゃべってばっかり……」

「あ……」

そうか。

確かに八割方はリョウがしゃべっていた。でも、そのうち、かなりの発言は、リンの言葉でもある。リンの言おうとしたことをリョウが代弁してしまったとも言える。

「あたしが話そうとすると……リョウが先に言っちゃう。あたしが言おうとしてたこと、そのまま。ううん、『あたしたち』が言おうとしたこと……なのかもしれないけど……」

ふたりは手を握りっぱなしだった。だから、リンが思いついたことはリョウにもわかったし、リョウが考えたことはリンにも伝わった。疑問に思ったことも、質問しようとしたことも、どちらが思いついたのか、と言われると何とも言えない。ふたりで考えて、ふたりで質問しようと思った。心象の中ではそれでいい。どちらが考えたとか、どちらが思いついたとか、そんなことは、ふたりにとってどうでもいいことになろうとしている。リンも、そんなことを問題にしているわけではない。

「あたしたちが同じことを考えてて、それをリョウが話す。そんな風に見えちゃう。クシが……八重垣次長が言ってたみたいに、ふたりでワンセット。リョウもあたしも、それぞれに考えて、聞こえないところで……本当はふたりで話し合ってて、なのに」

あとは、早押しゲームみたいなものだ。リョウの口が先に開いてしまったのだ。

「ごめん」

「くやしいの。あたしとリョウと、それぞれ、ひとりずつが合わさってふたり組なのに、ふたりでワンセットなんて……」

リョウが額をリンの額に寄せた。

ごめん。

いいの。ちょっとくやしかっただけ。

ドアが開いた。

そうだ。部屋がシールドされているから、気配も何も感じない。唐突にドアが開く。

「おっと……すまん。声をかけるのを忘れた」

ヒューが笑いながら頭を掻いた。


クシが選んだランチは、鯖の塩焼きに野菜の煮物、茸飯に焼き栗、そして暖かいお茶。

リンもリョウもほっとした。季節感もあるし、彼らの好みに合っている。あまり重たいものは入っていないし、味のアクセントもちょうどいい。食べ物の好みや趣味が合っていると、親しみがわくというものだ。それに心遣いが加わっていれば、失せていた食欲も少しは回復する。

ヒューは、ハギスとマッシュポテトにキュウリのサンドウィッチ。よくも、これだけ入るものだ。リョウもハギスは好物のひとつだったから、食欲旺盛ならハギスという手もあったが、今日は無理だ。

リックは、どうやら野菜のパスタらしいが、ずいぶん控えめな量だ。すこし意外な感じがする。

「彼はね、ベジタリアンなのよ。そうは見えないでしょう」

「ニンジャみたいな人だよ。たいして食べないのに、野菜と穀類だけで、あの身体だ。スーツだからわからないかもしれないけど、まるでアクションスターだよ。武道万能なんだぜ。そのくせ、普段は猫みたいにおとなしいんだ。今日もそうだったろう」

「わたしのような仕事では、怪力は不要だ。必要なのは、根気と粘り、それに……平常心と、常に頭を明晰にしておくこと。胃袋は満たしすぎないようにしている」

「量はともかく、好き嫌いはよくないですよ。たまには、肉も食べたらいかがですか。ハギスとはいいませんがね」

「食べ物の話題は……あまり好まない」

ヒューがちょっと肩をすくめる。

一瞬、何の感情も放射していなかったリックから、ほんのわずかだが、暗い、やりきれない響きがリョウに聞こえた。ホールの扉が一瞬、すこしだけ開いてすぐ閉じたような。その向こうから、ほんの一瞬、オーケストラが漏れ響いたような。それは、悲しいというよりは、おぞましい、カタストロフィを感じさせる音だった気がする。


たとえば、マーラーの十番？

天国と地獄の喇叭が、全部同時に吹き鳴らされたら、どんな響きになるのだろう。

すべての天使と堕天使が、一度に喇叭を吹き鳴らしたら、どんな音がするのだろう。


リンの箸がちょっとだけ止まり、眉をひそめた。何か、酷く嫌な色彩が見えてしまったのかもしれない。

リックはつぶやくと、静かに食事を続けた。

ずいぶんと端正な食べ方だな、とリョウは感じた。そうだ、禅のお坊さんがあんな感じだ。リックはフォークとスプーンでパスタだし、禅の修行僧は小さな木の匙と箸で粥だから、食器や作法は全然違うけれど、雰囲気はよく似ている。彼は、どこかストイックな生き方を自らに強いているのかもしれない。あのダークスーツは、袈裟衣《けさごろも》？　いや、喪服かもしれない。

「食事をしながらでいいから、聞いてちょうだい。トランス・システムの重要性、いいえ、わたしたちにとっての戦略性について、話をしておくわ。今度の任務の重要性もわかると思うから」

リンもリョウも、こういう状況《シチュエイション》には、もう慣れはじめていた。

もう、何でも来いだ。この人たちの頭の中は、のべつ、こういう重たい課題で埋め尽くされているのだろう。そういうことなら、こっちも彼らに付き合うしかないじゃないか。

「二十五年前だったわ。トランス・システムの原型とも言うべき現象の発見があった。その時、発見に立ち会ったのは、わたしと千家世理、そしてサラ＝アルディン、今の事務総長ね」

「セリはよく知っています。イオでは、みんなお世話になってるし」

雑談のように、思い出話のように始まったので、リンも自然に応じることができた。

「そうね。彼女は、今は医師としてイオにいるわね。センターの医療アドバイザーとして、時々顔を出しているでしょう」

「事務総長もその時、一緒だったんですね」

この前、リョウたちが中継したニュースショーでも事務総長が言っていた。

クシの序奏は巧みだ。

「そう。そして、それが今の国連、世界の行政府としての国連の足がかりになったのよ。宇宙空間の通信インフラを国連が押さえることができたからこそ、サラをはじめ、国連の改革派は次々に布石を打つことができた。国連に依存することなしに、宇宙空間での情報世界に参加することは不可能になった。今、人類は太陽系全体に視点をズームアウトすることで、未来を見ようとしているのよ」

「二度の大戦で、地球が荒廃してしまったからですね」

「大戦だけじゃありませんね。二十世紀から二十一世紀にかけて、環境面でもいろいろなことがあって……地球の中だけでは手詰まりになってきた」

リンが応じて、リョウが続ける。さっきよりもコンビネーションがよくなった。

「人類の共有財産とすべきあらゆるものを国連が統轄する。それが、わたしたちのビジョンなのよ。宇宙開拓、地球環境の回復と維持、資源の管理と分配。そういったモノだけじゃないわ」

「伝染病とか、災害の救援とか……貧困……教育……」

「そうか。医療や福祉、文教って……政策、政治だ。政治や行政自体が共有財産だっておっしゃってるんですね」

「そう。そのとおりよ。でもね、そういうビジョンに抵抗する力はまだまだ少なくないのよ。つい四半世紀前までは『国』がそれらをそれぞれ統轄していたのだから。『愛国心』というような言葉が、まだまだ強い力を持って生きていたのよ」

ヒューがフォークを動かしながら口を開く。

「ヨーロッパの統合は見事に瓦解したしね。『国』ってやつを乗り越えるのは難しい。それが、経済や地域全体の同じ悩みを解消するための部分的なテーマに限られている間はよかったが、参加する『国』が増えて、利害関係が複雑になって……とくに外交政策での不統一は最後まで解消しなかった。あの頃は超大国が、覇者が海の向こうや草原のかなたにいたからね。統合前のヨーロッパの力では到底太刀打ちできなかった。だから、対覇者政策をまとめられなかった。結局、フランク同盟ができて、欧州統合は雲散霧消したってわけだ。覇者という競争者の存在が、覇者志望の一部のヨーロッパ諸国の『愛国心』を膨らませた一方で、その覇者志望諸国と競り合いたい他の国々の愛国心は『覇者につけ』と囁いたんだ。そうだなぁ、合従派と連衡派に分裂してしまった、というわけだな」

ヒューは、マッシュポテトをハギスのソースに浸して、フォークを左右に動かしながら、まるで歴史の授業のおさらいをするように語った。

「国なんてくだらんよ。こう言っちゃなんだが、俺たちは、どこの国にいようと、どこの星で暮らそうと、英語でしゃべろうとゲール語を使おうと、俺みたいに日本語で話していたって、アイリッシュさ。ハープとダンスとギネス、それから……こいつだ」

そう言ってハギスをほおばる。

「こいつらをどこにでも持ってゆく。持ってゆけば、そこが俺のアイレさ」

「リン。あなたは、どこからどうみても『日本人《ニホンジン》』ね。その服、素敵よ。でも、あなたが日本人なのは、この列島に住んでいるからでも、日本国政府の行政圏に所属しているからでもないわね。あなたも、あなたの幾人かのお友達も、イオ生まれ、イオ育ち。国連行政府統治下の市民。でも『国連人』なんてものはないわ。あなたは『日本人』でしょう」

「はい。なに人か、なんて考えたこともなかったけど……日本人ですよね。先祖から受け継いできた血とか、文化みたいなものが、そのよりどころになっていると思います。言われてみれば『国』というものは意識したことはありません」

「リョウ。君は、もしかしたら我が同胞かな。聞いてるよ。君はパイパーなんだって？」

「そんなことまで……そうか。『趣味』の欄に『笛を吹く』って登録したかもしれませんね。みなさんは、ぼくの上司でしたよね。忘れてました」

　ずいぶんと打ち解けてきたものだ。みんなが笑った。

「でも、そんな風に考えられない人たちもいる。その人たちに、私たちの考え方を押し付けるつもりはないわ。でも、世界の多くの人たちが、もう、ヒューやあなたや、わたしたちのように考えているの。議論は拒むつもりはないけれど、世界をかつての混乱に引き戻すわけにはいかないのよ」

「ＵＮＡとかＵＨＸの保守層、それに……金星」

リンがつぶやくように言う。

「そう。特に金星政府。彼らは、国連と同じスタートラインに並ぶためにトランス・システムを欲している一方で、トランス・システムをぶち壊してスタートラインをいっきに引き戻そうともしている。『国家の主権』を守るために、国連に参加することを拒みながら」

「今度の事件は、金星政府が動いている……？」

リョウが尋ねるように言った。

昼食会の雑談が核心に突入しようとしている。

「はっきりとはわからないわ。でも、盗まれたデータはＵＮＡで見つかった。金星の指導層は、旧ＵＮＡからの亡命者たち」

「彼らから、トランス・システムを守る……」

リンがつぶやく。

「だめよ。あなたたちの任務は、調査。敵を突き止めて、システムを守るための対策をたてるのは私たちの仕事です。だから、背景を知っておいてもらいたいの。犯人の後ろにいる敵の大きさをね」

「我々は守るべきものが多い。彼らが攻め取るべきものはほんのすこしで済む。我々のほうがハンディキャップを背負っている」

リックが食事を終え、おもむろに口を開いた。

「どういう意味ですか？」

リョウの問いにはクシが答えた。

「敵にとってはね、トランス・システムをぶち壊せなくても、信頼性に傷をつけるだけでも成功と言えるのよ」

「たとえば……データが漏れている、というような……」

リンがリックのほうを向いて言った。

「そのとおりだよ。データは取り返したが、盗まれたという事実だけは残る。証拠は回収したが、彼らは、最低限の目標に関しては、半ばまで成功したのだよ。我々はすでに一敗しているんだ。二度と盗ませるわけにはいかない。もう一歩も引けない。その認識だけは持っておいてもらいたい」

リックがすべてを締めくくった形になった。閣僚の貫禄というものだろう。


午後。

リックとヒューは部屋を出た。

部屋には、リンとリョウ、そしてクシの三人だけだ。

「これから行う訓練は、任務を遂行する上で、そして、あなたたちの身を守る上で、もっとも重要な能力を身につけてもらうためのものです」

「シールド、ですね」

リョウが確認する。

「そう。このフロアも、この部屋も、機械的にシールドされています。シールドといっても、実際に何かで覆っているわけではありません。人工的に微弱な精神波ノイズを生成して、部屋やフロアの周囲に放射しているだけ。だから、もし、あなたたちの能力がすごく強ければ、何か雑音か、ちらちらしたスノーノイズみたいなものか、人によるけれど、何かが始終まとわりついているように感じるはずです」

「とくに……感じないです」

リンが小首を傾げる。

「感じるくらいだと、聞き取れないまでも、他の部屋の誰かの精神波をつかまえることができてしまうわ。よほど強い力を持ったテレパスでもない限り、ノイズをノイズとして感じることはできないでしょう。そういうテレパスはいないわ。少なくとも、今のところはね」

「あたしたちが身につけるシールドも、そういう方法をとるんですか？」

「そうよ。その前に、まず、今のあなたたちの力の程度と、傾向を把握してもらいましょう。リョウ。リンをサポートしてあげて」

「サポート？　……って」

「リンに触れて。彼女に何か異変があったら、あなたが語りかけてあげて。強くね」

リョウはリンの手を握る。

「いいわ。そうよ。じゃあ、いくわよ」

「え？　え？」

リョウたちが戸惑った、その瞬間。何かが強く彼らに放射された。

あたりが真っ暗になった。

クシだ。

クシの響きが近づいてきた。

リョウはクシの存在感を脳に感じながらも、そちらへ「飛ぶ」ことをしなかった。

間近まで来てる。でも、近づいてはいけない。恐怖に近い感覚だった。

クシの響き、クシの気配はすぐ近くまで来てる。

でも、ぼくが飛ばなければ、飛びさえしなければ……。

リン。リンはどこだ。

すぐ横に座っているはずのリンが遠い。
手を握っているはずのリンが遠い。
手は？
手はここにたしかにある。感触はたしかにここにある。でもリンは遠い。
リョウはクシの気配を無視してリンを探す。
リン、リン。
リョウは必死で自分を保ちながら、リンの手をゆっくり引いた。
リンの肩。リンの背中。
真っ暗闇の中でリンを辿りながら抱きしめる。
リン、リン。
いた。リンだ。
リンの気配を見つけた。
飛んだ。
リン！
たしかにリンだったのに、そこにクシがいた。
「うわああああああ！」

ガタン！　ドスン！

すぅっとクシが消える。

闇が晴れた。

椅子がふたつとも倒れている。

リョウはリンを抱きしめたまま床にひっくり返っていた。

リンはリョウの腕の中で、放心したように手足を放り出して、口を半開きにして天井をぼおっと見つめている。顔が真っ青だ。リョウの額にも脂汗が吹き出ている。

ふと見ると、クシは、先ほどと同じようにテーブルの向こう側に座ってこちらを見つめている。

「何がいい？　コーヒーにしましょうか」

リョウは熱いコーヒーを飲んで、すこし落ち着いた。

でも、リンは放心状態から覚めると、ぽろぽろと涙を流して泣き出した。今も、コーヒーをすすりながら、うつむいたまま、ひくっひくっと泣いている。リョウの手をぎゅっと握ったり、肘のところを掴んでひっぱったり。怖かったこともあるが、くやしいのだ。

かわいそうに……。

「リン。そうじゃないのよ。あなたは……強すぎるの、力が。それをコントロールできないのよ」

「どういう意味ですか?」

リョウが代わって聞き返す。

「あなたの受信能力、人の精神波を受け取る力が強いのよ。だから、このまま力が向上していったらどうなると思う?」

そうか。誰かがリンの心に入り込もうとしたら……リンは受け入れてしまう。

「誰かが、強い力を持った誰かが意図的にあなたの心に入ろうとしたら、入ることができてしまう。あなたはいつでも人の精神波を受け取れる状態にあるのよ」

リンが泣くのをやめた。そしてしばらく考えてから、うつむいたまま言った。

「でも……リョウが来てくれたのに、あたしはわからなかった」

「あなたは、リョウを受け入れたのよ。だけど、その前にわたしが入り込んでいたから、そうね……リンの家のドアを開けたら、リンじゃなくてわたしがいた。リンは奥の部屋から出られなかった。そういうことね」

不愉快だ、不愉快な喩えだ、とリンの心が軋んだ。うわぁ。

「リョウは受ける力に関して言えばリンほどじゃないわ。その点では、侵入者に対してはより安全ね。あなたは、飛びさえしなければ、侵入者から身を守れる。でも、今みたいに、リンの中で待ち伏せされたら、どうなるかわからないわね」

　不愉快だ。リョウもそう思った。

「相手が来る前に、つまり常時、外に向かって力を放射しつづける。ただし、あまり強くなりすぎないように。押し返すのが目的じゃなくて、誰かが近づいてきたことを早く知ることと、相手に自分の所在をはっきりわからないようにすることが目的」

「そんな。どうやるんですか？　そんな説明じゃ……」

　抽象的すぎる。リョウが不服そうに言った。

「マニュアルなんかないのよ。口では説明できないわ。でも、あなたたちにはできるはずよ」

「飛ぶんじゃないんですよね」

「飛ぶんじゃないの。リンもできるのよ。そうね……家を外に向かってすこし押し広げる感じ。家の周りに、もうひとつ家……壁を広げて作るの。ノイズ……意味のない漠然とした精神波でね」

「結界……ですか」

　リョウはすこしあきれた。まるでオカルトじゃないか。

「やってみる」

リンがむくれたまま言って、握りしめていたリョウの手を離した。

目を閉じて集中する。

しばらくすると、何か、ざわっとしたものがリンのほうから来たような気がした。

「あら。できるじゃない。そんな感じよ。あ、強すぎる。あ、違う違う……消えた。また、あぁ、強い……」

リョウには何が何だかわからない。何かが放射されているらしいことはわかるが、リンに触れていないから、どういうものが放射されているかはわからないのだ。

リンが目を開けて、はぁーっと溜息をついたと思ったら、テーブルに突っ伏してしまった。

「頑張ったわね。リン。今の要領でいいんだけど、強さをコントロールして、めまぐるしく揺らしつづけるのよ。そうじゃないと『わたしはここにいます』って言ってるだけになってしまいますからね。わかる?」

リンが突っ伏したまま、自分の腕の中でこくりとうなずいた。

「さて……今度はリョウの番ね」

リョウは目眩がした。

その日は結局、夕食も検査室で摂った。何とかシールドの恰好がついてふたりが解放されたのは深夜だった。

それからの四日間、金曜日の午後にクシから修了を言いわたされるまで、彼らは訓練に明け暮れた。最後に、調査のスケジュールと、報告の段取り等について会議があり、これで訓練週間がやっと終わったことになる。

リンは日曜日のジュピターでイオに帰る。リョウは、一週間後の便でイオに着任する。ふたりの表向きの辞令は、超遠距離通信実証試験要員の候補として、イオでの実証準備プロジェクトに参加すること。あたらしい肩書きは、イオの遠隔惑星通信センター通信部のサブ・チーフだ。昇進であり、直属の上司は通信センター長、白川祐となる。


金曜日の夕方、シティのカーポートに向かうバスの中で、リンはシネマスクエアの看板と長い行列を見つけた。

「何の映画やってるの?」

「ああ……今日が公開初日だね。金曜日だし……並んでるんだなぁ。前評判は高いからね」

「どんな映画?」

「招待券もらって……試写を観に行ったんだけど……嫌な映画だよ。『頚木《くびき》』っていうタイトルだけど……」

それは、こういう映画だ。

前評判の高いSF映画である。UNAのハリウッドは今でも娯楽映画製作のメッカだ。

テレパス能力の開発が進んで、スペースポートのイミグレーションや検疫、施設のエントリーチェック、その他もろもろの監視やチェックをテレパスたちが特殊能力で担当する。それがエスカレートして、警察や治安維持、裁判と進み、一般市民がテレパス特権階級たちによって監視される全体主義国家の話。恐怖政治だ。結局、一般市民のヒーローと、特権階級内の造反派のヒロインが協力して、恐怖政治を瓦解させる。

陳腐な上に、嫌みな映画。最近のハリウッドはこういう映画ばかり量産している。

でも、ヒットしているのだ。

リョウの説明を聞いて、リンが溜息をついた。

うんざりだ。

ふたりは、ロッジにまっすぐ帰ると爆睡した。

土曜日、午前中はふたりでリンの荷物をまとめて、宅配便《デリバリー・サービス》に手配した。

午後は、ロッジでのんびり過ごすことにした。

昼食を終えて、ロッジ前の林を散歩する。

「戦争になったりするのかなぁ。金星と……」

リンが木々を眺めながら溜息をついた。

「何で、人間はこんなに戦争するのかなぁ。喧嘩もするし……動物は戦っちゃうんだね。植物は、木や花は戦争なんかしないのにね」

「そんなことはないよ。植物も闘争するんだ」

「え？」

リョウは散歩道をそれて林の中に入った。

「こっちに来てごらんよ。ここ。ここにこうやって……」

リョウが林の一角に寝そべった。

「寝そべって、上を見てごらんよ」

リンもリョウの横にならんで寝そべった。

上を見ると、晴れわたった秋の空に木々が枝を張っているのが見えた。

林の中で寝そべって空を眺めてごらん。

木々が、すこしでもたくさんの日光を受けようと枝葉を精いっぱいのばして、縄張りを争っているのがわかる。

優勢な木もあれば、劣勢な木もある。

木々は種を振りまいて、子孫を残そうとするくせに、運よく芽生えて育ちはじめた若木があると、その成長の邪魔をする。

たいていの若木は古株の木々の日陰に追いやられて育つことができない。

若木には陽だまりが必要だ。

でも、大人の木には根元に差し込む日差しは迷惑だ。足元は暗く、湿っていたほうがいいんだ。

大きな老木が命尽きて倒れると予期しない陽だまりができる。

運よく、そんな場所に生まれた若木は成長のチャンスを得る。

他の大人の木々が、老木が占めていた縄張りをすっかりものにして、日差しを隠してしまわないうちに、若木は大急ぎで成長するんだ。

植物だって闘争するんだ。戦争するんだよ。

頭上には枝葉の闘いが見えるけど、同じ闘いは地面の下でも繰り広げられているんだ。

根を張るんだ。すこしでも深く、広く。

闘いさ。

だいたいは、頭上で勝っている木は地下でも勝っている。

負けた木は枯れる。

面白いことにね、あたりに睨みを利かせる親分みたいな木もあるんだ。顔役かな。

こいつに気に入られないと、新しい木は、そのあたりに根を張ることができないんだ。


「なぜ、生き物は戦うんだろ」

リンが設問を代えて、溜息をついた。

答えは、見つからなかった。

夕刻の冷たい風が木々の枝を揺らした。

真っ青だった空が、いつの間にか茜色に染まりかけている。

煌いていた木々の枝々が、今は、淡い茜色の空を背景に黒い影の群れを成していた。


夕食を終えると、リョウがリンを夜のドライブに誘った。

「月端山を見せるって、約束したろ」

ロッジからシティの脇を抜けて、北へ向かう。

林を抜けたところに、小高い丘陵が現れた。

リョウは車を止め、リンを誘って丘の上に向かって歩いた。

「明かりがなくても歩けるだろ？　今日は月夜なんだ」

「本当。明るい。お日さまの光もいいけど、お月さまの明かりも優しいんだね」

「ほら。あそこ」

リョウの指差した先に、月端山の稜線が浮かび上がった。

男体山と女体山、ふたつの峰に挟まれた稜線が弧を描いている。

稜線に満月の光が映って三日月のように輝いている。

「月だ。三日月だぁ」

ふたりは飽かず、地上の月を眺めた。


その夜、リンはリョウの腕の中で眠ろうとしたが、なかなか寝つかれない。

「明日から、一週間、お別れだね。しばらくはこんな風にして眠れないんだね」

「イオでも、こんな風には眠れないだろ？　一緒に住むわけにはいかないよね」

「そっかぁ」

そう言って、リンがリョウの胸に顔をうずめる。

しばらくして、リンが言った。

「一緒に住もうか」

「え？　だって、イオの人たちが……」

「ねぇ。あたしたち、婚約者《フィアンセ》じゃん」

たしかに、人にはそう言った。

「だったら、一緒に住めるじゃない？」

「そうか。そうだね」

「そうだよ。向こうに帰ったらタスクに頼んでみるよ。そうだよ」

「そしたら……一週間後には、また、こんな風に」

「こんな風に、リョウの腕の中で眠れるよ。ね」

そうだ。ぼくらは婚約者どうしなんだ。

リンが寝息をたてはじめた。

リョウも目を閉じた。

12

女神と傭兵隊長

入口のほうですさまじい爆発音がした。

同時に、激しい風圧がドアを突き破って、彼女を壁にたたきつけた。

火薬の匂い。

煙と砂塵、吹き飛ばされたさまざまなものの破片が室内に渦巻いて、一瞬、室内が闇に覆われた。

彼女は身を起こして、壁を背にして闇が晴れるのを待った。

窓から差し込む夕陽が、薄くなった闇を押しのけて部屋の様子を照らし出す。

さっきまで、彼女に現状を説明していた医師が反対側の壁際で血にまみれて転がっている。

医療器具や、書類、寝台だったものの残骸などが床一面に撒き散らされていた。

隣室、患者数名が寝かされていた隣の部屋からは、泣き声も叫び声も聞こえない。みんなやられたのだろう。生きているのはどうやら自分だけだ。

その時、ドアがあったはずの穴から何者かが飛び込んできた。

「誰です」

「生存者か？」

兵士だった。

「へええ。女か」

「ここは診療所ですよ。なぜ攻撃したのですか」

「診療所？」

兵士は周囲を見まわした。

「そうかな。おれには、そうは見えないがね」

そう言うと、兵士はいきなり彼女に飛びかかって壁に押し付け、彼女のシャツを下着もろとも乱暴に剥ぎ取った。

「なんだ。小娘じゃないか。えらそうに」

そう悪態をつくと、下着だったわずかな布切れの下で露わになった小さな乳房を掴み、その小柄な少女を押し倒した。

「やめなさい。あなたは傭兵ですね。略奪や虐待は禁じられているはずです。雇い主の戦果に傷をつけることになりますよ」

少女は動じることなく兵士を睨みつける。

「お前。立場がわかってないな。目撃者も証言者もいないいんだぜ。え?」

兵士は、かまわず、今度は少女のバミューダに銃床を押し入れると、そのまま力まかせに引き下ろした。爆風で傷んでいたバミューダショーツが剥ぎ取られ、下着も破られた。

「何をしてる。カール!」

いつのまにか部屋に入ってきた一団の先頭の男が、低い声で兵士を制した。

「こういうことは禁じているはずだ。やめておけ」

「チーフか。ここは診療所なんだとよ。だとしたら、消しておかなきゃな。だから……かまわんだろう」

「だめだ。俺たちはそこらの兵卒じゃない。ビジネスなんだ。不要な虐待は契約違反だ」

「命がけでやってるんだ。このくらいはいいだろうが! どうせわかりゃしない」

兵士はかまわず、少女の足を掴んだ。

「やめろと言ってるんだ。カール。ベースに帰ったら思う存分遊べばいいだろう。サラリーも使い切れないほどあるんだ。こんなところでくだらん時間を費やすな。移動するぞ」

「サラリーだと。あんな、はした金で……」

「カール。お前の腕を買っているんだ。これ以上、俺を困らせるなよ」

「チーフ。いや、リック。あんたの、そういうところが気に入らんね。ここは戦場で、俺たちは兵隊なんだぞ。きれいごとを言うなよ」

兵士は、自分のベルトを解きはじめた。

バキン！

銃声。

カールと呼ばれた兵士が、少女の上にかぶさったまま痙攣した。

「俺が秩序を重んじていることは知ってただろうが。おい、行くぞ」

一団が踵を返そうとした。

「待ちなさい」

頭から血を噴出《ふきだ》しながらまだ痙攣している死骸を、ぐいと押しのけて、薄明かりの中を真っ白な身体が立ち上がった。

「あなたが指揮官ですね。わたしを連れてゆきなさい」

少女は、ほとんど全裸と言っていい姿になっていたが、白い裸身を怖じけることなく曝《さら》し、胸を張って指揮官を睨みつけている。

「あんたには悪いことをしたよ、お嬢ちゃん。あいにく俺たちの車には空席がないんだ。ここは戦場のまっただなかだ。早くどこかに逃げるんだな」

「この姿でここを出れば、また同じめにあいます。それに……」

少女は、足元に横たわる兵士だった男の屍に一瞥をくれて言った。

「空席はできた……はずですね」

「そいつの服でも何でも剥がして着てくれ。銃もある」

「同じことです。そんな恰好で動きまわれば『どこかで誰かに犯《や》られた小娘だ。俺もいただこう』ということになります。この暴漢が言っていたとおり、ここは戦場で、狂った兵士たちが走りまわっているのです」

「変わったお嬢さんだな、あんたは」

「わたしを保護しなさい。わたしは国連の技官で、査察団の要員です。わたしを近くの国連キャンプまで連れてゆきなさい。悪いようにはしません」

「証拠は？」

「その暴漢が、わたしの服と一緒に引きちぎりました。どこか、そのあたりに、わたしの認識票があるはずです」

「おい」

周りで様子を見守っていた兵士たちが、周囲を探した。窓から差し込む夕陽にきらりと光るものが、兵士だったむくろの脇に落ちていた。

「なるほど。ほら、あんたのだ」

指揮官は認識票を確認すると、少女に投げて返した。

「保護しよう。ついて来い」

「服を……服を用意できますか？」

少女は視線を落し、身体にわずかにまとわりついている衣服の切れ端を胸元に引き寄せ、初めて娘らしい恥じらいをみせた。

「ああ。そうだな。レイチェル！」

「はい」

「着替えがあるか？」

「はい」

女兵士が外に駆け出し、カーキ色のシャツとパンツを持ってきた。

すこし大きかったが、少女はそれを身に着けた。

「ありがとう。感謝します」

「行くぞ」

兵士の一団と少女は、小屋の外に出た。

数台のジープと装甲車が小屋の外に並んでいる。

指揮官が、先頭の一台のドアを開けた。

「さぁ。殿下、どうぞ」

指揮官と少女が後部座席に並んで座る、と同時に車は砂塵を上げて走り出した。

「小屋はそのままでよいのですか？」

「あんたに言われるまでもない」

背後で爆発音がした。

「これで、跡形もなくなりましたね。診療所があったことなど、わからないでしょう。ここに診療所があったことを知っている住民がいたとしても、占領軍にそのことを告げる者も、国連に告発する者もいないはずです」

「あんたは？」

「わたしも証言しません。悪いようにはしない、と言ったはずです」

「ほう……平気なのか？」

「平気なはずはありません。みな、死んでしまいました。医師も患者も。あっという間でした。でも……ここは戦場です。戦争が始まった以上……民間人に犠牲のない戦争などありません。戦場では、爆弾に吹き飛ばされても、銃弾に打ち抜かれても、それは不運でしかありません。なぜ生き残ったか、なぜ死んだか、答えはありません。神にも答えられないでしょう。なぜ殺してしまったか。その問いに答えられるものもいません」

「ほう……。名前を聞いてもいいかな？　殿下」

「わたしは王族ではありません よ。先ほど認識票を見たでしょう」

「あんたの口から聞きたいんだよ。お嬢さん」

「アルディン。サラ＝アルディン。国連職員です。あなたの名前も聞いておきましょう」

「聞いてどうする」

「いつか恩返しができるかもしれません。あなたは、そこいらの兵士や軍人とは違うような気がします。あなたは、わたしの命と、それから……」

「あんたこそ、普通のお嬢さんじゃないな。うちに就職する気はないか？　そこらの荒くれよりも、よほどできそうだ。俺の秘書《セクレタリー》にでもなってくれんか」

「わたしは国連職員だと言ったはずです。傭兵企業への就職は無理です。でも、将来のパートナーシップなら考えてもいいかもしれませんね。名前を」

「はははは。たいしたものだ。レオンハルト。リヒャルト＝レオンハルトだ。リックと呼んでくれればいい」

「リック。いつか恩返しをすることがあるかもしれません。何か困ったことがあれば、いつでもいらしてください」

「こりゃいい。あんたみたいなのは初めてだよ。サラ。あんたはセクレタリーはセクレタリーでも、とんでもないセクレタリーになるかもしれんな。はははは。いつか食い扶持《ぶち》に困ったら、あんたに雇ってもらうことにするよ。はははは」

砂漠を吹き渡る風に、笑い声が流れた。
かなたで爆音が聞こえた。
夕闇が迫る砂塵の向こうに、おびただしい何かが煌いた。
星ではない。
かなたの地平が朱《あけ》に染まった。
夕映えではない。

ここは、戦場なのだ。

◇　◇　◇

どこかで爆撃が行われているのだろう。

時折、かすかに地響きがする。

薄暗がりに、低い声が這った。

「レイチェル」

「はい」

「生きているか」

「はい」

薄暗い部屋の片隅に、ふたりの人間が横たわっている。

「すまんな。……俺のミスだ」

「いいえ」

「もう、俺たちだけだな。……ずいぶんと部下を……いや、社員を死なせちまった」

「チーフの責任ではありません。彼らが我々の提案を受け入れなかったから……」

「あの時点で契約を破棄することもできたんだ。だが……そうしなかった。俺の判断ミスだ」

「でも、チーフ……」

「もう、よそう。腹が減るぞ……」

「作戦どおりなら、あと……五日、持ちこたえれば救援が」

「無理だな」

「チーフらしくありません」

「皮肉なものだな……辿りついたのが厨房だったとは。だが……ここには何もなかった」

「火はあります」

「まだ、ジョークを飛ばす余裕があるんなら……お前は生きのびるかもな」

「火があります」

「煮炊きする食材がない。……はは」

「チーフ」

「なんだ」

「リック……と呼んでいいですか」

「ああ。ここに生き残っているのは上官でも部下でも、社長でも社員でもない。レイチェル……君の、本名を聞かせてくれないか。たしか、君の一族は、家族以外には本名は明かさない、と言ってたな。名前に命が……」

「名前には命が込めてある。だから、他人に名前を明かすことは命を渡すこと」

「そうだった。だが……いや、もしよかったら、せめて最後は本名で呼びたい」

「ヴェッレ」

「ヴェッレ？」

「ヴェッレです」

「そうか。ヴェッレ。意味は？　……謂《いわ》れ……かな」

「意味は、わかりません。受け継ぐんです」

「代々、受け継ぐのか？　同じ名前を」

「ええ。わたしも母からもらいました。結婚すれば夫に名を明かします。そして、娘が生まれたら、最初の娘にわたしの名前を、息子が生まれたら、最初の息子に夫の名前を……」

「名前は永遠に継がれるのか」

「名前に命があるんです。人間は……容れものみたいなものです」

「結婚して……か。ヴェッレ。もし、生きのびたら、故郷《くに》に帰って、誰かに名を明かして、娘に名を継がせて……」

「リック。生きのびたら、どうしますか？」

「俺は、無理だ。お前のほうが可能性はある。女は強いからな」

「サラに……会いますか？」

「サラ……よくその名前を覚えてたな。……そうだな、もう、この稼業は辞めて、サラに雇ってもらうか……。お前も、そうしたらいい」

「サラは、あなたの腕を買うでしょう。稼業は辞められないかもしれませんよ」

「もう、よそう。お前はまだ若いし、俺よりはもつだろう。最後に、お前の名前が聞けてよかったよ。ヴェッレ。こうして、静かに朽ちてゆくのも……いいもんだ」

「最後ではありません。……リック」

「なん……だ」

「お願いがあります」

「なんだ」

「わたし……名前を明かしました」

「ああ?」

「家族にならなければなりません。リック……わたしを、抱いてください」

「ヴェッレ……」

ふたりは、激しい飢えと闘いながら、体力を消耗しないように、というよりも、もう動く気力も体力もなかったから、ただじっと横たわり、天井を向いて、声だけで語らっていたのだ。

しかし、レイチェル、いやヴェッレの気配が動いた。

リックが身を起こした。

カチリ。

何かにスイッチが入り、パン焼き釜に火が入った。

室内がすこし明るくなり、寒々とした空気に暖かさとゆらぎが生じた。

釜の炎に照らされたヴェッレは、裸だった。

琥珀のようにつややかな淡い褐色の肌に、炎が朱く映っている。

美しく神々しい裸身が、リックの傍らに座ってリックを見つめている。

女神が言う。

「厨房ですから。火は、あります」

「ヴェッレ?」

「わたしを抱いてください。わたしの名を問い、その名前でわたしを呼んだのだから」

「ヴェッレ」

リックは女神の腕を取り、肩を抱いた。女神は男の背に腕をまわし、仰向けになり、男をいざなう。男は、残った体力のすべてをかけて、名を問うた者の務めを果たした。男の命も、また、女神に注ぎ込まれた。

リックはヴェッレを抱きしめたまま、肩で息をしながら言った。

「やはり、君は生きのびそうだな。……俺は、もうだめだよ」

ヴェッレがゆっくりと身を起こし、立ち上がる。

「俺には……立ち上がる気力もない」

「リック、ありがとう。もうひとつお願いがあるの」

ヴェッレがよろよろと釜のほうへ行き、火を落とした。

「火があります」

部屋が、また薄暗くなったが、暖気とそのために生じた湿気が、部屋の空気を柔らかいものにしている。

「生きのびて」

「ヴェッレ?」

「わたしの命は、あなたに預けたわ。だから、あなたが生きのびればいいの」

「ヴェッレ。何を……」

「サラに会いなさい。生きのびて。そして、もし娘が生まれたら……わたしの名を」

突然、釜の扉が開いた。釜に貯えられていた熱気が部屋の空気を揺らす。

「ヴェッレ!」

「だから、そうすれば、わたしも生きることになる」

ヴェッレの影がゆらりと傾いだ。

釜から激しく湯気と煙が立ち上る。

「ヴェッレ！」

リックは立ち上がり、釜のほうに突進した。釜から噴出す熱気と、供物を焼く煙が彼を阻む。暗がりと煙で前が見えない。リックは、釜に手を突っ込んだ。

足だ。彼女の。

「ヴェッレ！　ばかやろう。ちくしょう」

足を掴んで引き出す。肉がこげる匂い。釜にへばりついたヴェッレの皮膚が裂ける音。

「ばかやろう。ちくしょう。こんな。こんな」

何とかヴェッレを引き出して、熱気を噴き出すパン焼き釜の扉を閉める。

「ヴェッレ！　おい。ヴェッレ！」

ヴェッレ。お前の美しい顔、しなやかな腕、形のよい肩、琥珀の肌……どこだ。

お前は、どこだ。

彼の目の前にあるもの。それは、足先を除けば、それが何だったのか、もはや想像することもできないほど焼かれ、くずれた、肉の塊。

「ヴェッレ。ヴェッレ。おい。ヴェッ……お……お」

彼の記憶だけが、彼の身体だけが、それがさっきまで人間だったことを、それが、若く、美しく、小鹿のようにしなやかな女だったことを知っていた。

「お……お……うおおおお。お……おおおおおお…………」

男はいつまでも、いつまでも叫びつづけた。


そして、男は、生きのびた。

◇　◇　◇

「リック？　あなた……本当に、あのリックなの？」

国連、次世代通信システム設置準備室長室。

室長は、まだ二十代のサラ＝アルディンだ。

サラは室長の執務机から、来客用のソファに腰を下ろしている男を見つめている。

男は、ソファから窓の景色を所在なく眺めているように見える。

かつて、覇者の時代にあって、覇者を覇者たらしてめていたもの。それは戦勝である。

ただ、勝てばいいというものではない。世論に訴え、世論を味方につけ、戦争の大義を明らかにし、正義の戦争を仕掛け、予算と費用対効果に見合った有効な戦果を収めなければ、覇者の戦争にはならない。

その男は、かつて、覇者を覇者たらしめる、そういった戦争をプロデュースし、マスコミを抱き込み、メディアを操作し、戦略を立案し、適切な戦果を生み出すことにかけて、もっとも頼りになる男だった。彼がついたほうが正義の側に立ち、勝利した。戦争請負人、世界一優秀な傭兵企業の代表であり、現場、すなわち戦線にあっては、もっとも勇敢で頼りになる部隊の指揮官だった男。

しかし、スーツこそ着ているが、どこか緩んだ着こなしと無精髭、所在なく窓の外を眺めている姿からは、そんな彼の経歴を想像することはできない。

「俺は……たしかに俺だよ、サラ」

「リック。もう、あれから十年になりますね。よく訪ねてきてくれましたね。恩返しの機会を与えてくれるのかしら？」

「雇ってもらえるかな？」

「そうですね。今のわたしのポジションでは、戦争のプロデュースというわけにはいかないけれど、いろいろと考えていることがあるので、相談にのってくれると助かります」

「そうか。……俺でも、こんな俺でも、まだ役にたてる……か」

「こんな……って。でも、終戦後、どこにいたのですか？　探したんですよ。西域戦線に出向いたらしいけど……酷い闘いだったんでしょう」

「ああ」

「あなたに限って、とは思っていましたけれど、もしかして……」

「見た目は、あの頃のままだが……大人になったんだな、サラも。俺は……俺も、変わった」

リックは、窓のほうを向いたまま話す。サングラスをかけているから視線は見えないはずだが、それでも、サラと目を合わせようとしない。

「突然、ミスター・レオンハルトという人が面会を求めていると、受付から連絡があったときはびっくりしましたよ。でも、生きていることがわかって安心しました。うれしかった」

「うれしかった……か。俺でも待たれることがあるんだな」

「リック？　どうしたのですか？」

「何も……」

サラは戸惑っていた。

リックは憔悴しているように見えた。だが、それ以上に、酷く近寄りがたい感じがする。それは、威厳とか威圧感ではない。何か、人と接触することを頑なに拒んでいる、そんな感じだ。

それが厚い壁を形成して、サラは近づくことができないでいる。

だから、受付から連絡があり、彼を部屋に招じ入れた時も、握手さえできなかった。そして、今も、本来ならソファに向かい合って座るべきなのに、執務机から声をかけることしかできないでいる。

だめだわ、こんなことでは。わたしらしくもない。

サラは意を決した。席を立ち、ゆっくりとリックのほうに歩いてゆき、傍らに立って、そっと声をかけた。

「リック。何があったのですか?」

「あんたは言ったな。なぜ生き残ったか、なぜ死んだか、答えはない。神にも……答えられない、と。答えは……要らない。だが……俺は……」

この男は、何もかも失ってここに来たのか。

自分自身さえも。

いや、失ったものだけではない。失った以上に、重い何かを背負っている。

呪縛。いや、それ以上のものだ。

この男に、今、必要なもの。それは神かもしれない。

でも、わたしは神ではない。神にはなれない。

わたしに、今、何ができるだろうか。
わたしは、今、何を与えられるだろうか。
サラは、そっと、リックの肩に手を置いた。
リックの肩が震えた。
サラの手も震えている。
サラは怯えていた。
リックに、ではない。
自分の心に。
しかし、今、この男を救わなければならないのかもしれない。
「恩返しする前に……目を見せて」
サラはゆっくりとリックの正面にまわった。
小柄なサラの顔と座っているリックの顔は、同じくらいの高さで向かい合う。
サラは、ゆっくりと手を伸ばし、そっとリックのサングラスをはずした。
リックの目がサラを見つめる。
なんて晦《くら》い目。なんて深い闇。
この男は、すでに死んでいる。死んだも同然ではないか。

ここにいるのは、あのリックではない。

あの、秩序を乱す者であれば部下であっても冷厳に葬り去った男ではない。

あらゆる可能性を検証し、最良の策を導き出し、幾重にも戦略を張り巡らし、冷徹に実行し、確実に目標に到達する、あのリヒャルト＝レオンハルトではない。

あらゆる意欲と野心を、いや気力を失った生ける屍。

こんなリックに働く場所はない。

このままでは、恩返しはできない。

この男を生き返らせなければ、わたしにとって必要な男になってもらわねば、わたしの傍らで力強く生きてもらわねば、恩返しはできない。

サラの目から涙がこぼれた。

「あいつは……言った。生きのびて……サラに……会え。そうして……生きる……と……」

リックがソファから滑り落ちた。そして、膝をついて、サラの両腕にすがる。

「俺が生きることが……生きることだと……俺は……俺は……死ねない……」

リックは顔をサラの胸にうずめて嗚咽した。

「お、お、おお……おおお……う……うっ……おおお」

生まれて初めて、誰かにすがった。

生まれて初めて、誰かの胸で泣いた。

サラが、両手をそっとリックの背中にまわした。

リックはサラを抱きしめ、床に倒れ込んだ。

サラは決めた。

この男を救う。

この男に取り憑いた死の影を剥ぎ取り、あの日、砂漠の戦場で初めて出会った時の、いや、それ以上の男として生き返らせてやる。わたしにとって、なくてはならぬ男になってもらう。

サラはリックを包み、受け入れた。

この男に取り憑いた底知れぬ深い闇を払うために。


闇が男から溢れ出し、サラの身に吸い込まれてゆく。

男は、長いながい闇の時から解放された。

男にかけられた女神の呪いは、別の女神に注がれ、浄化された。

浄化された呪いは、名を変え、女神のうちに宿った。


翌年、サラは女の子を産んだ。

父親の名を、誰も知らなかった。サラも、それを明かさなかった。

生まれた子供は、ヴェッレと名づけられた。

サラが男に体を開いたのは、この一度きりだ。リックも、その後はサラに触れることもしなかった。

リヒャルト＝レオンハルト。元傭兵企業の代表。彼は、国連次世代通信システム準備室長の戦略企画アドバイザーとして契約を結び、この画期的な通信インフラストラクチャを足がかりにして世界を制するシナリオを書き上げた。

以後は、サラの腹心として活動することになる。

ヴェッレ。その名に意味があることをリックは知らない。

ヴェッレ。それは『未来』である。

13
妖精と吟遊詩人

フィオナ。わたしたちの息子が特待生だとさ。

突然変異だな。まだ小学校《エレメンタリ・スクール》を出たばかりだっていうのに、大学へ行くんだ。

俺も親父も警官で、じいさんは消防士。それが、あいつは特待生だとさ。

お前の血筋かな。そうに違いない。

今日、あいつは西へ発つよ。

今、隣の部屋で荷造りしているんだ。

もう十年になるんだな。早いものだ。あいつの目はお前にそっくりだよ。ハンサムなんだ。歳のわりに背も高い。いい男になるぜ。

あいつにはいい話だよ。こんな、薄汚れちまった街に住まわせとく手はない。

西海岸の、太陽が気持ちよく照りつける、広々とした街で、他の秀才連中と一緒に勉強して、いい友達をたくさんつくって……そうさ、ここじゃできないことが山ほどできるんだ。

もう十年になるんだな。早いものだ。

「父さん。準備できたよ」

「ヒュー。こっちへ来な。見送りには行かないからな」

「うん」

「特待生ってのはすごいが、お前は、まだ子供だ。頭は誰にも負けないかもしれんが、他人から学ぶべきものは山ほどあるんだ。傲慢になるなよ。謙虚でなけりゃ立派な人間とは言えん。忘れるな」

「うん」

「だめだ。いつも言ってるだろう」

「はい」

「いいぞ。俺が言ってやれるのはこの程度だ。フィオナ……母さんなら、もすこしましな言葉をかけてやれるのかもしれんが……母さんは頭がよかったからな。お前の頭のできがいいのは、母さん似だな」

「母さんからもらったんだよ。きっと」

「これを持っていきな」

「母さんの……これ、でも、父さんが」

「俺には必要ない。写真なんかなくったって、忘れるもんか。お前は、母さんの顔、知らんだろ?」

燃えるような赤い髪と深い碧の瞳。少女が微笑んでいる。

母さんの写真。

といったって、これは母さんが母さんになるずっと前の写真だろう。

父さんの机の上に置いてあったその写真を、幾度も眺めたものだった。

ぼくが、まだ、小さい頃に、病気で死んだと聞かされた。

母さんの顔を覚える前に、母さんは逝ってしまった。

ぼくの知っている母さんは、

父さんは、もっともっとたくさんの母さんを、知っているだろう。覚えているだろう。

「俺の写真はないぞ」

「いいさ。ぼくだって、父さんを忘れたりするもんか。それに、大学を出て、仕事に就いたら、父さんを呼ぶよ。また、一緒に暮らせるんだよ。だから、写真は要らない」

「一緒にか。いいだろうなぁ、カリフォルニアは。まぁ、いつになることかはわからんが、期待して待ってるよ。ただ、俺に気を遣うんじゃないぞ。上に進みたければそれでもいいんだ。俺だって、まだまだ若いんだからな」

「カリフォルニアとは限らないけどね」

「ああ？　大学はカリフォルニアだろう」

「大学はね。でも、その後は、どこで暮らすかはわからないだろ」

「そりゃあ、そうだが。戻ってくるのか？」

「わからないよ。ただ、この国はもうジリ貧だよ。研究するにしても、仕事に就くにしても、この国よりいいところはいくらでもあるんだ」

「そうかもしれんな。お前なら、いくらでも選べる。俺やじいさんたちは、この街で、身体を張って生きてゆく、そんな仕事しか考えつかなかったし、できなかった。でも、お前は違う」

「警官も消防士も立派な仕事だよ」

「そうさ。俺だって誇りを持って務めてる。俺が言ってるのは……そう、選んで仕事に就くってのは、そういうチャンスが誰にでもつかまえられるものじゃないってことだ。お前には、そのチャンスがあるんだ。それに、俺たちの先祖は、故国《くに》を出て、大西洋を越えてここに辿り着いた。お前が、また、この国を出て、どこかに住処を定めるとしたら、それもいいさ。俺に気遣うこともないし、この国に気遣うこともない」

「うん。あ……はい。頑張るよ。そして、誇りを持って生きてゆける男になれ。だろ？」

「上出来だ。時間だ。行きな」

「はい。行ってきます」

「おう。着いたら、電話入れろよ」


ヒューは、シートにすっぽり収まって、ヘッドホーンで機内放送のトラッドを聴きながら、母の写真を眺めていた。

「あら？　ガールフレンド？　ニューヨークに残してきたの？」

乗務員が声をかけた。子供の一人旅だったから、乗務員たちも何かと気遣ってくれる。

「父さんの。つまり……母です」

乗務員が微笑んだ。

ニューヨークを飛び立ってから二時間ほど経ったろうか。故郷は、もう二千キロほども後方だ。

乗務員たちの動きが急に慌しくなった。

軽食のサービス時間なんかじゃないはずだが。

突然、音楽が途切れた。

「乗客のみなさま。これより……機長からメッセージがございます。上映中の映画、ならびに

音楽放送を中断いたします。しばらく……お待ちくださいˮ
声が乱れている。

何か、緊急のことでもあったんだろうか？

乗客がざわつきはじめた。

前方のスクリーンの映像が消えた。

「乗客のみなさま。機長です。ただ今、臨時ニュースが入りました。これより放送いたします。

前方の画面を……ごらんください」

しばらく、スクリーンは何も映し出さない。ヘッドホーンも沈黙したままだ。

何があったというのだろう。

突然、スクリーンが真っ赤に燃え上がった。

いや、これは。

ヒューは息を呑んだ。

マンハッタン！

マンハッタン島が……燃えている！

一面の炎と黒煙。夜のマンハッタンが、燃えている。

真っ赤な炎の中に、いくつもの黒い高層ビルの影が墓標のように浮かび上がった。

あ、ああ、崩れてゆく。

炎を吹き上げる都会の上空に、いくつもの流星が煌きながら舞っている。

いや、あれは星じゃない。

攻撃されているのだ。

空襲されているのだ。

「神よ《オ・マイガッ》！」

突然ヘッドホーンに叫び声が響いた。

「みなさん、こちらは対岸のブロンクスから中継でお伝えしています。これは、映画でも特撮でもありません。空襲です。突然、降り注いだミサイルの大群が、わたしたちの、わたしたちの……」

轟音とともに画面が乱れ、消えた。アナウンスも切れた。

何も映し出さないスクリーン。

エンジン音しか聞こえない。静まり返った機内。

ニュース画面がふたたび現れた。

今度は別のアナウンスの声。

「ブロンクス？　ブロンクス！　くそっ！　ブロンクス！　ちくしょう！　ブロンクス！」

　水平線に並んだ炎の列。空中に舞う煌く偽の星々。夕焼けのように、あざやかな朱に染まった海面と、かなたの空。

　しかし、これが惨事でなければ、何と美しい。

「ニューヨーク沖からお伝えしています。ブロンクスが……出ません。わたしたちは、建国以来初めての事態に直面しています。わたしたちの国土が、攻撃されています。空襲です。この国が、ついに戦場になったのです。わたしたちは、わたしたちは……」


　ヒューは立ち上がろうとした。が、シートベルトに突き戻されてシートに落ちた。

　声が、声が出ない。

　息が、息ができない。

　父さん。父さん。父さん。

「ぼうや、ぼうや。大丈夫？　大変！　お医者さまを！」

　乗客たちがはじけた。

　叫ぶ者。泣く者。席を立つ者。

　幾人かが、席を立って後部に殺到した。窓から後方を、何とか後方を見ようと。

見えるはずがない。ニューヨークははるか二千キロかなたなのだ。

でも、彼らは窓にすがった。

「返せ。引き返すんだ！」

「どうか、落ち着いて。お席にお戻りください。お客さま！」

「どうして……こんな。神よ」

「あなた！　あなた！　戻って。お願い。戻ってよぉ」

「お席にお戻りください」

息が、息ができない。

「ぼうや、ぼうや。お医者さまを！　早く」

「こっちもだ。医者を」

機内のあちこちで、気絶する者や発作を起こす者が出て、乗り合わせた医師や看護師たちが走りまわる。

ようやく、ひとりの医師がヒューのもとに駆けつけた。

「こりゃいかん。酸素ボンベを。早く！」

酸素ボンベと吸入器が来た。

「さ、吸って。君、息を吸うんだ」

ヒューが目を見開いて首を振る。

息が、息ができない。

「まずいぞ。君！　しっかりしたまえ！」

医師がヒューの背中をたたいた。

「がぁはぁああああああ」

突然、息を吸い込めた。吸って、吸って……極限に達した。

「さ、吐いて」

涙が噴き出した。

「きゃああああああああああ」

甲高い叫びが、息と一緒に放たれた。

「あああ……あ……あ…………あ」

眼前のスクリーンには、もう何も映っていない。何も聞こえない。

ヒューは気を失った。

機は、戻らなかった。戻れるわけがない。機長は西へ進路を取りつづけた。

幸い、ロサンゼルスは無事だった。

その後も、東海岸主要都市への攻撃はつづき、東海岸北部の十三州は壊滅的な状況に陥った。

難を逃れて西海岸へ移動する者たちが続いた。

彼らを、西海岸の市民たちは「難民」と呼んだ。

ヒューが乗ったニューヨーク発ロサンゼルス行きに、商用や観光、その他のさまざまな理由で乗り合わせた人々は、機上で突然、難民となったのである。

後に、マスコミは、この便を「最初の難民船」と命名した。

◇　◇　◇

父さん。

あれから四年だね。

まだ四年しか経ってないんだ。

けど、この国が、こんな風になってしまうなんて、四年前には想像もつかなかった。

父さんのあこがれの地、カリフォルニアは、東からの難民で溢れ返っているよ。

ぼくも、そのひとりだけどね。

ロッキーの向こう側は、無法地帯同然。その向こうは廃墟と瓦礫の街だ。

ぼくは、父さんのお蔭で予定どおり大学に行けた。

もう卒業だけど、ここに留まっても何もできそうにないよ。

父さん。

この丘からは、太平洋を見渡すことができる。

この大海原だけは、四年前と同じようにきれいだよ。

この夕陽も変わらず美しい。

こんな夕陽を見るたびに、あの時、スクリーンいっぱいに映し出されたニューヨークを思い出す。

父さん。

ぼくは、この海を渡るよ。

渡って、西へ行くよ。

父さん。

ぼくたちの先祖が、昔、
大西洋の向こうから、海を渡ってこの国に来たって言ったよね。
勇躍、新天地を目指した者。
故郷に未来を見出せず、やむなく恐ろしい海に漕ぎ出した者。
故郷を追われて、どこにも住むところがなくて、やっとここに、辿り着いた者。
みんな、それぞれに、いろんなものに背中を押され、ある者は背中を突かれて。
父さん。
僕の背中を押してくれるかい？
カリフォルニアにも、これから訪れるだろうまだ知らない土地にも、
もう、父さんを呼ぶことはできないけれど。
もう、父さんと一緒には暮らせないけれど。
そうか、父さんの写真、もらっとけばよかったかなぁ。
父さんを忘れるもんか、なんて言っちゃったなぁ。
忘れるもんか。でも、時には父さんの面影に向かって話をしてみたい。
ぼくが持っているのはこれ、この母さんの写真。
父さんがくれた。

母さんの写真を見ながら、
この写真を撮った父さんを、
この写真をくれた父さんを、
思うんだ。
父さん。
明日、ぼくは西へ発つよ。

太陽が水平線をまたいだ。
誰かが、ヒューの肩に手を置いた、ような気がした。
そっと彼の肩を押した。
振り返ると、忘れっこない笑顔が言った。

おう。着いたら、電話入れろよ。

風が海に向かって吹きぬけた。

◇　　◇　　◇

「すみません。小泉八雲の旧居はこの道でいいんですか？」

前を歩いているふたりの少女に声をかけた。

こういう時は、ふたり連れか三人連れに声をかけるに限る。相手がひとりだと警戒されるか、無視される可能性が高い。ただでさえ、自分はこの土地では目立つ「ガイジンさん」な上に、バックパッカーもどきの姿とこの風貌じゃ、ＵＮＡから来たとわかってしまう。この時節、ＵＮＡの臭いは、あまり歓迎されない。とくに年配の人には。

だから、同じ年頃、ティーンエイジャーと思われるふたり連れが前を歩いていたので、声をかけた。

ふたりが振り返った。

振り返ったふたりの少女を見て、ヒューはちょっと驚いた。ひとりの面差しが、大切に持ち歩いている写真の少女に似ているような感じを受けたからだ。もちろん、気のせいだろう。振り返った彼女たちはたぶん、日本人。写真の少女、母はアイリッシュだ。

ふたりは、ヒューを見て、しばらく佇んでいた。いきなり声をかけられて戸惑ったのかと思ったが、ちょっと違うようだ。ふたりは、何かをはかるようにヒューを見つめている。ちょとの間だったが、ヒューはすこし眩惑されたような感じがした。松江の古い街並みや歩いてきた山陰路、神おわします八雲立つ出雲の国の空気のせいかもしれない。

ややあって、ふたりが顔を見合わせる。口はきいていないが、何か話し合っているような不思議な表情。それから、揃ってヒューのほうを見てにっこりと笑った。

人間と思ったが……違ったかな。

ヒューは、その血筋のせいもあるけれど、こういう不思議な感触が嫌いではない。旅先を決めるにあたって、この山陰の出雲周辺を選んだのも、ここが神々の国であり、小泉八雲――『怪談』の作者であり、ギリシア系アイリッシュのラフカディオ＝ハーン――が住んだ土地だったからだ。

すこし背が高いほうは、短めにカットした黒いストレートヘア。長めのスカートを颯爽と穿きこなしている闊達な印象の少女。

低いほうの少女は、長い髪を三つ編みにしてひっつめている。デニムのパンツを穿いているが、静謐な印象がある。

ふたりは、姿かたちはかなり違う、というよりも対照的と言っていいくらいだったけれど、雰囲気に通い合うものがある。

姉妹かな。

ヒューが母の面影をみとめたのは背の高いほうだが、よく見ると、母とは顔つきもずいぶん違う。

あたりまえだな。

ヒューも笑顔で彼女たちに近づいた。

「日本語、お上手ですね。どこかで勉強なさったの?」

ショートヘアの少女が訊いた。

「くにの大学で」

「大学?」

この娘《こ》に、なぜ母の面差しを見たのだろう。

そう思いながら彼女の顔を見つめた。

ああ、この目だ。きっと。

少女が小首を傾げた。

「天才少年なんだ」

ウインクしてみせた。

少女たちが笑った。

「小泉八雲の旧居はこの道ですよ。記念館もあります」

ひっつめ編みの少女が教えてくれた。

「ありがとう」

「わたしたちも行くところです。ご一緒にいかがですか？」

「本当？　ありがとう。地元の人かと思ってました」

「休暇で遊びに来たんです。あなたと同じ、旅行者なんですよ」

今度は、ショートヘアが答える。

「休暇？」

高校生じゃないんだ。

「仕事してるの。これでも社会人」

今度はひっつめ。交替でしゃべっている。

「この娘の実家が、この近くなの。だから、この娘は地元の人」

「姉妹かと思った」

少女たちが、顔を見合わせて、くすくすと笑った。

「よく言われるの」

こんどは同時だ。

「よろしく。ぼくはヒュー」

背の高いほうの少女が先に名のった。

「わたしはクシ」

「わたし、セリ」

「わたしたち同僚なのよ。ね」

少女たちが声を揃えて笑った。

人間かな。何かの妖精かな。そのほうがいいかな。


三人は、小泉八雲記念館と八雲の旧居を訪れた後、月照寺や普門院観月庵など、怪談ゆかりの場所をまわった。

「大社には行きました？」

クシが訊いた。

「いや。まだだよ」

「じゃあ、お昼を食べたら行きませんか」

「いいね。見ておきたかったんだ」

「でも……大荷物ね」

セリがヒューの背中を見て感心したように言う。

「ぼくの全財産さ。たいしたものはないけど」

「先にチェックインしておいたほうがいいんじゃない？　バスに乗るし、帰りは夕方になるわ」

「宿は、まだ決まってないんだ。どこかに、ひとり旅の外国人でも泊めてくれるところはないかなぁ」

ガイジンのひとり旅、それもバックパッカーもどきの若者を泊めてくれるような宿は少ない。終戦間もない時期に、一目見てUNAからの旅行者だと見える彼のような手合いに対しては、どこのホテルも警戒心が強い。難民である可能性もある。昔はユースホステルなどもあったが、そういった施設は徐々に寂れてしまった。こういった地方の街ではなおさらだ。

「お金がないわけじゃないんだ」

ヒューは卒業するまでの間に、カリフォルニアで、あちこちの企業のシステム構築を手伝ったり、研究所から実験を委託されたりして、けっこうな金額をもらっていたから、お金には困っていない。一番お金になったのは論文の代作だった。依頼主は特許でもっと儲けるはずだ。

セリとクシが顔を見合わせる。セリがうなずいた。

「わたしたち、セリの実家に泊まってるの」

「よかったら、うちに泊まったら？」

「いいの？」

「いいわよ。広いし、空いてる部屋はたくさんあるから」

「おうちの人は……だいじょうぶかなぁ」

「祖父も祖母も何も言わないわよ」

「よかったじゃない。行きましょう」

「セリの家はどこ？　この近くって言ったよね」

「大社よ。出雲大社の近く。行きましょう。お昼は、向こうで食べたらいいわ」

神様のお社の近くに住んでるんだ、この妖精たちは。

「ありがとう。助かった。ぼくって怪しいのかなぁ。なかなか宿が見つからなくて」

「今だけよ。そのうち……よくなるわ。きっと」

クシが悲しそうに言ってから、話題を変えた。

「卒業旅行なの？」

「いや……職探し……かな」

「仕事？　向こうにはいい仕事がなかったの？」

「ＵＮＡ……あの国にはいたくなかったんだ」

クシがヒューを見つめた。そして一瞬、眉をしかめた。

「ごめんなさい。変なこと訊いてしまった」

クシが悲しそうな顔で言う。

一瞬、クシの顔が、あの写真の母の面差しと重なった。

まただ。

でも、おかしいな。母さんの顔は微笑んでいたのに。

ヒューは、妄念を払おうと思って訊いた。

「君たち、仕事してるって言ってたよね。どんな仕事？」

ふたりが顔を見合わせて、それから笑いながら言った。

「スーパー・トランスミッター。知ってる？」

「すごいや。君たち、トランスなのか。じゃ、国連に勤めてるんだ」

「そうよ」

「ねえ。こんなお願い、突然だけど」

「なあに」

「ぼくは、通信システムの勉強もしたんだ。トランス・システムも調べたことがある。エンジニアなんだ。国連で仕事ができるんなら、日本で仕事ができるんなら願ってもないことなんだ。誰か、紹介してくれないかな。紹介さえしてくれれば、面接でも試験でも、自信はあるんだ」

セリもクシもちょっと驚いて、顔を見合わせた。

「どうする。サラに訊いてみようか」

クシが言う。

「そうね。サラに言うだけ言ってみて……」

セリが同意した。

「月端に帰ったら、わたしたちの上司に言ってみるわ」

「ありがとう。やったぁ。後で、履歴書とか学歴証明とか、渡すから。ここに来て、君たちに会えてよかった。誰かが引き合わせてくれたのかな」

「お母……さん？」

クシが小首を傾げてヒューのほうを見た。

「え？」

不思議な娘だな。

ヒューもクシを見つめる。

「行きましょう。バスが出てしまうわ」

セリが促した。

三人はバス乗り場に向かって歩きはじめた。

セリがヒューの背中の荷物を見て不思議そうに尋ねた。

「その、一番大きなバッグは何？　変わった形してるわね」

ヒューがウインクして言った。

「ハープ」

「ハープ？　楽器のハープ？」

セリが驚いて言う。

「そう。楽器のハープだよ。持ち歩いてるんだ」

「ハープってもっと大きいのしか知らないわ」

「あれはグランドハープ。これは伝統的《トラディショナル》なハープ」

「聴きたい」

セリがつぶやいた。

「いいよ。お世話になるお礼に、今夜、君のうちでホームコンサートしよう」

クシが微笑みながら言った。

「吟遊詩人ね。ヒューは」

あ、まただ。

クシの顔に母の顔が重なる。今度は微笑んでいる。

そういえば、旅人の、思い出の中の人と同じ顔になって現れる妖精がいたっけ。

いや、死別した人の顔だっけか。

ヒューはクシを見つめた。

でも、悪い妖精じゃないよな。旅人の心を慰めるんだから。

「早く行きましょう。バスが、出てしまうわ」

セリが、すこし悲しそうな顔をして言った。

◇　◇　◇

「だめよ。だめなの。わかって、ヒュー」

「どうして？　ぼくの気持ち、わかってるよね。クシ」

「時間をちょうだい。お願い」

「時間って。これまでも待ったよ。理由があるなら言ってよ。待つよ、いつまでだって。でも、君は、はっきり言わないじゃないか」

「うまく言えないのよ。時間をちょうだい」

「君、ぼくのことを、まだ……」

「違う。私を困らせないでよ。わたし、わたしは……」

クシがヒューのシャツを掴んで、ヒューの顔を見上げた。

あ。

もう、だいぶ慣れっこになってしまったが、クシの感情が揺れ動くと、母の顔が重なる。

母さんが泣いてる。

母さんを泣かせちまった。

「ごめんよ、クシ。でも、ぼくだって、こんなままじゃ……」

「ごめんなさい。ごめんなさい。ごめんなさい」

「いいよ。もう。待つよ。待つからさ。無理言って悪かったよ。泣くなよ……」

「何してるの？」

セリが、いつの間にか部屋の隅に立っていた。

「あ、セリ」

クシが涙をぬぐってセリのほうを向いた。

「ちょうどよかった。三人で晩御飯でも……」

セリがクシに歩み寄ったかと思うと、突然クシの頬をひっぱたいた。

「セリ！　何をするんだ」

ヒューがクシを抱きとめた。

「クシ。気を遣いすぎ！」

「セリ……」

「あなた何よ。いつまでも……クシ、あなた、自分のために頑張ったことある？」

セリが、まっすぐにクシのほうを見て言う。

「え？」

「あなたは、いつも人の心を抱きとめる。その心が悲しい糸を紡いでいたら、他の糸と織りあわせてやろうする。そうやって、いつも誰かのために頑張ってるの」

「そんな。わたしは、ただのわがままな女だわ。今だって、わたし……」

「そうね。別に、あなたが自己犠牲タイプだとは言ってないわ。あなたは、人の悲しい色を見たくないだけかもね。だから、見心地のいい布に織り直したい。そういうことなのかもね。わたしにも幸せでいて欲しい。ヒューの望みもかなえてあげたい。でもね……」

「違うわ。セリ。わたしは……」

「違ってない。でもね、そうやって気を遣って、誰も彼もいいようになってほしいって思っても、どうにもならないことってあるの。そんな時に、自分が身を引いたって、結局誰の救いにもならないわ。あなたは、どこかで、自分が望みを果たすことで、誰かが傷つくという因果関係から逃げているだけなのよ」

「おい。酷いこと……」

ヒューがたまりかねて口を挟んだ。

「ヒューはクシが好き。クシもヒューが好き。それでいいじゃない。何よ」

セリがヒューを見つめて、静かに答えた。

「ごめんなさい」

「謝らないでったら。何を謝ることがあるのよ。いつまでも、そんな風に逃げないで……言い方がきついかな。自分が引くことでまるく収めようとしないで」

やおら、セリはクシを抱きしめた。

「謝るのはわたし。言いすぎたよね。ごめん。寂しかった……わたし。あの日のわたしを受け止めてくれたのはクシ、あなただった。あなたをお姉さんのように思って、頼りにしてきたのはわたしのほうだわ。だから、これ以上、気を遣わないで。わたしのために、クシがつらい思いをするなんて、そのほうが耐えられないの。だから……」

「セリ？　セリ、そんな……」

「離ればなれになっても、だから、わたしは大丈夫。近くにいなくても、クシがわたしのことを思ってくれていることがわかるから」

「離ればなれ？」

セリが腕を解いて言った。

「お別れを言いにきたの」

「お別れ？」

「セリ。お別れって、どこへ行くんだ」

「この仕事、クシと違って、わたしにはもう限界なのよ。最近は、通信の後の疲労ったら、もう酷いの。限界なのよ」

「トランスを辞めるの？」

「そう。さっき、サラのところに行ってきた」

「辞めて、どこへ行くの？」

「イオよ」

「イオですって」

「イオって、イオで何をするんだ？」

「わたしの夢。医者になるのよ」

「医者になる……そうね。あなたの夢は、お医者さまになることだって」

「夢をかなえるのよ。これから勉強しても十分間に合うわ」

「でも、なぜイオなんだ」

「宇宙基地や植民地の医療は遅れてるのよ。地球と環境も違うし、そういうところでは、地球と違った治療や研究が必要なの。でも、それができる医者の数は不足してるわ。だから、地球じゃなくて、外に出るの。それに、イオだったら、惑星通信の基地ができるでしょ。そこで、トランスたちのためにも働けるわ」

「セリ。あなたって、すごいわ」

「そうじゃない。わたしは、クシのようには、ここで頑張れないから」

「いつ発つの？」

「今日明日ってわけじゃないわ。今月いっぱいは、ここでトランスの仕事を続けて、それから、一年は受験勉強ね。どこかで医学を学んで、イオに発つのはもっと後。でも、一緒に仕事できるのは今月いっぱい」

「セリ……寂しくなる」

「それより、だから、心残りは嫌なの。ヒューと……ね。思い切り自分の望みをかなえて、一緒になってよ。ね」

「気を遣わせてたのは、わたしのほうだわ。セリがわたしを見守っていてくれたんだわ」

「そんなことないわ。ねえ、それより、壮行会してよ。これから、晩御飯に行きましょうよ。お祝いして」

「ドクター・センゲの未来を祝して、かい。いいね」

「ヒューとクシの幸せもね」

三人は外に出た。

澄み切った冬の夜空に星々がまたたいている。

粉雪？

屋根や木々の枝に積もっていた雪が、風に吹かれて舞っているのだ。

「あれ。木星《ジュピター》だ」

「イオに行くのね」

クシがセリのほうを見た。

セリが夜空を眺めて、寂しそうに微笑んだ。

◇　◇　◇

「お疲れさま。しかし、ずいぶんと鍛えたんだろう？　彼らも今夜はくたくただろうな」

「そうね。でも、あの子たちは若いから」

「優秀だった？」

「期待以上にね。五日間でよくマスターしたものだわ」

「君に続くネイティブが育ったわけだ。プログラムを試したのかい？」

「いいえ。今回のは付け焼き刃。強引に彼らの力を押し開いただけ。任務が終わったら、トレーニングしなおさなきゃだめね」

「厳しいんだな」

「本当は、もっといいかげんな人間なのよ、わたしは。セリのように、頑張り屋さんじゃないの」

「セリか。あの子たちを見てたら昔を思い出したよ」

「セリともあれから会ってないわ」

「今度の始末が終わったら、イオへ行こうか」

「そうね」

「タローも呼ぼうか」

「太郎なんて、よくつけたものだわ。いまどき、そんな名前つける親はいないわ」

「命名したときは君も納得したじゃないか」

「そうね。あなたの苗字ならおかしくないと思ったから」

「タローを火星から呼んで、三人でイオへ行こう。セリと昔話に花を咲かせるのも悪くない。二十歳のタローを見たら、セリも驚くぞ」

「何だか、わたしたちずいぶんと歳をとったみたいだわ、そんな言い方すると。第一、セリはまだ独身よ」

「君はまだまだ若いよ」

「あら。ありがとう、吟遊詩人《トロバドーレ》さん」

「どういたしまして。ぼくの妖精《フェアリー》さん」

クシが笑った。

あ。

「君が心をひらくと……」

「何？」

「いや、なんでもない」

言わぬが花、ということもある。

妖精と結ばれた吟遊詩人は目を閉じた。

14

所謂「八百万状況」に関する論考

戦後の社会状況を表すのに、さまざまな角度からさまざまな言葉が使われているが、ここで採り上げるのは、所謂「八百万状況」についてである。

すでに先の論考で採り上げたとおり、二十一世紀初頭から二十一世紀中葉にかけて、人類は世界宗教がからんだ形で大きな戦争を二度にわたり経験した。実質的に仕掛けたのはそれぞれの時期の覇権国家であり、本質は覇権国家と被抑圧国家や民族の利害対立だったとはいえ、戦争遂行の大義にそれらの宗教が使われ、あたかも宗教対立や宗教の持つ文明観の対立の様相を呈したことは否めなかった。

より正確に言うと、まず、覇権国家の抑圧に対する反抗勢力が民族的同朋愛を謳う上で、宗教は恰好の看板を提供した。その反抗勢力に対抗するために、不幸なことに覇権国家側も、対立概念としての宗教観を持ち出すことになった（今日、一部の政治学、宗教学の研究者が「近代デモクラシズム」を宗教として議論することを主張しているが、本稿ではこの点についてはあえて議論しない。二十世紀から今世紀初頭にかけて隆盛を見せた近代デモクラシズムを、宗教とみなす立場をとっても、政治論とみなす立場をとっても、本稿を読む上で問題は生じないであろう)。

彼らの宗教に対する態度は極化せざるをえなかった。

わけても、被抑圧側の極化傾向が顕著である。理由は、覇権国家だけでなく、自国内、あるいは民族内の特権階級も彼らの敵視の対象となっていたからである。こうした特権階級（当時の政府や経済の主導権を握っていた階層）は、経済上のバランス感覚から、覇権国家に妥協することも多かったのである。彼らは、民衆の敵、神の律法に背く背信者とみなされたのである。

覇権国家側も、これらの動きに対抗する上で、宗教的対立を煽った形跡がある。信教や信条の自由は次第に実質を失い、世論は操作された。「敵」が信奉する神を信じる者は悪魔の味方であり、正義に組するものは「正しい神」に誓うことが事実上強要された。

これらの「正しい神」の「布教」にマスメディアが大きな役割を果たし、同時に自らの存在意義を喪失していった。崩壊した「マードック帝国」は記憶に新しい。

戦後、これらの「神」に対する一般的な信仰、より適切に言うならば、それらの宗教権威、教会やモスク、教団や聖書、コーランに対するア・プリオリとしての信頼感が徐々に後退していったのが、その信仰を煽り、強要した結果だということは皮肉であるが、明白である。

元来、民族的な対立を超える人類共通の概念、神の前の、あるいは法の前の平等という、あたらしいア・プリオリとして登場したはずのこれらの世界宗教は、民族や、利害対立勢力間の敵対の情緒的根拠を支えるものとして利用され、宗教の側もそれに乗じてしまったのである。

こういった政治的な状況に加えて、大戦で使われた細菌兵器や兵器としての伝染病（その最たるものは黄死病である）で大量の死者が出たことで、人々は「生死」に対する既存の答えに飽き足らなくなってしまった。世界の人口は半減どころか、二十一世紀初頭の三分の一にまで減少してしまった。かつて、人口増加による食糧の危機が危惧されていたことが、現在では信じられないであろう。

政治的状況による宗教権威の失墜だけであれば、宗教自体がその力を失い、別のものが取って代わるだけの話である。しかし、人々は、人の命というものがどこから来て、どこへ行くのか、新しい答えを欲したのである。

結果として、二十世紀末から二十一世紀にかけて生じた「イデオロギー」に対する懐疑と同じように、戦後の二十一世紀中葉には、世界中に世界宗教に対する懐疑と嫌気が広がった。入れ替わりに、より原初的な信仰や個人的な精神救済のよりどころとしての「古宗教」ブームが起こり、さまざまな民族の神話の掘り起こしや、体系化された神話以前の信仰への回帰運動があちこちで発生した。

雑多な伝説レベルだった古い信仰が、いろいろな形で体系化、論理化され、たくさんの民族色豊かな古宗教が出現、というより再構築されたのである。千年以上の時をかけて、整理され、統合された宗教界は、ふたたび雑多な宗教の坩堝《るつぼ》となった。

これらと逆の位相をなすものとして、前世紀末から今世紀初頭にかけて、あちこちで生じたカルト教団の動きが興味深い。彼らは、各世界宗教と民族神話を統合してひとつの真理に近付けるという錯覚に陥り、ある種の教団は、覇者たちと同様の「世界をある原理の元で統一できる」という幻想にとらわれたのである。

では、なぜ、これらの古宗教が、各民族や集団のアイデンティティ（帰属意識）を再生し、民族の対立を煽る要素とならなかったか。はるかな過去の状況に、なぜ歴史を引き戻さなかったか。

それは、もうひとつの政治的状況によって説明されよう。

二度にわたる大戦と宇宙への移民が現実化していったことも背景となり、さまざまな民族が雑居する状況が各地で常態化していったこと、宇宙開拓が国際プロジェクトとして推進され国家の存在感が薄れていったこと、各国家の財政問題や軍縮傾向の中で、戦争の準備段階から実施に至るまで「傭兵」と呼ばれる民間軍事企業がその遂行に占める割合が飛躍的に高まったことなどにより、大戦前から、すでに多くの国々で国家意識が希薄となっていたのである。

つまり、世界は、広がると同時に、おおいにかき混ぜられたと言える。

大戦後、国連の再構築によって国家自体が一種の行政単位という意味しか持たないようになったことが背景となり、これらの古宗教は国家を指向する民族のよりどころとはならずに、知識層が自己の所属する民族性のアイデンティティを噛みしめるという一種の知的素養として広まっていったのである。

現在（二十一世紀末）でも各地に教会やモスク、寺院があり、世界宗教には多くの「信者」がいることになっているが、実質としての信者数は激減している。

特に、知識層の多くは個人的な宗教観を持ち、古宗教に傾倒しているのが現実である。世界中で、古代神話や伝承の神々を、二十世紀人のような「物語／伝説」としてではなく自己の原初を知るてがかりとして、さまざまな秘儀や祀りを復興（の形をとって）させながら信仰しているのである。

その結果、興味深いことに、これらが二十一世紀国家の枠組みや、現在の国連主導の世界行政構想とはまったく関係なく、それぞれが自分の民族や、極端な場合は「家系」の古層に向かって「信仰のルーツ」を辿るという様相を呈している。そのため、これらの信仰は、大規模な組織化をともなわず、組織的な対立もほとんど生まなかったのである。言わば、各家・血筋の信仰が一種の個性、個の問題として受け取られるようになってしまったのだ。

この状況を『ヤオヨロズ』と呼んでいるのである。

もともと『ヤオヨロズのカミガミ』とは、日本の神話世界（記紀などで体系づけられる以前の、あるいは、その後の民間信仰などのほうがヤオヨロズに相応しい）における、一種のアニミズムであり、人々の生活をとり囲む、ありとあらゆるものに神性が宿るという考え方である。それぞれのモノや現象に、具象に近い形で神々があり、神同士が抽象的な対立概念にはならない。

たとえば、ゾロアスター教では光と闇は対立概念であり、それらは正義や悪という位相に置き換えられる。しかし『ヤオヨロズ』では、そのような対立概念は生じにくい。いわば、個々の神が同じ資格で垂直に立っているのであり、対極の関係にはならないのである。その点が、現在の宗教状況、すなわち、個の問題として、各家に連なる神々が並立しており、神同士が対立しないという奇妙な状況に似ていると考えられ「ヤオヨロズ状況」と表現される所以である。

現在、政治において「国」というシステムは凋落し、再構築された国際連合が行政府としての実質を高めつつある。民間軍事企業「傭兵」の一部は国連の安全保障活動に組み込まれ、乗り遅れた「傭兵」は、有力な顧客を見出せず解体してしまった。

そして、個人の文化的アイデンティティは「血」に根ざす古くて新しい宗教観がよりどころになろうとしており、普遍的世界宗教は古びた伝統的遺産として形骸化し、ヤオヨロズ状態が定着した感がある。

当然のことながら「愛国心」というようなものは廃れ、それにかわって、血や祖に対する共感が「神々」の名前を得て、新たな世代の文化的連帯の根拠となりつつある。

ところで、この「血や祖を希求する風潮」は「ヤオヨロズ状況」から生じた社会現象のひとつであるが、その表象の仕方としては、以下のふたつの傾向に分かれているように思われる。ひとつは、体外受精の普及に対する反作用としての、実際の「血」の追求である。遺伝子上の親や先祖を知りたいという風潮、自分が体外受精児かどうか知りたいという欲求である。それらの欲求は、今では法的にも保証されている。知りたいと思えば、自分の遺伝上の親や先祖を、ある程度は確かめることができるのである。

一方で「襲名」という考え方も一部で広まっている。つまり、継承の本質は、遺伝子にあるのではなく、文化的形象にあるという考え方である。遺伝子ではなく、名前、名前に象徴される「継承の事実」こそが血だというのである。すこしわかり難いかもしれないが、襲名派は、先祖や神々を否定しているのではない。むしろ、遺伝子によらない文化的継承、たとえば、儀式とか名づけとか、そういったもので、先祖や神々の系譜を辿ろうとしているのである。

これらの傾向は、いずれも「血」と「祖」の希求であり、それを実際の血によるか、形象によるかという違いでしかない。わたくしの感想で言うと、後者、襲名派のほうが、いささか宗教的、あるいは呪術的な傾向が強いと感じる。

いずれにせよ、大戦後、覇者だった超大国の威信の低下（というよりも崩壊と言ったほうがよかろう）によって、今日、覇者と言える超大国はなく、再編された国連の権威は実際上の国際行政府として機能するまでに高められている。個々の国家がその政治的権威と行政の実質を低下させつつある、つまり政治の容れものとしての機能を失いつつあるということと、有力な世界宗教が、人々の信仰の容れ物としての権威と機能を失いつつあるということが、時を同じくして生じているということは興味深い。

宗教と政治の状況というものが、このように同調するものだとしたら、現在の政治状況を、この「ヤオヨロズ状況」から読みとろうとする試みがあってもよい。テーマとしては、おおいに興味をそそられるものであるが、本論考としては、いったんここで筆を置くことにしたい。

（ツクバシティの自室にて　菅原真）

15 イオ ——「歌」が聴こえる——

イオの基地は、地表に設置されているわけではない。イオ上空に建設された巨大なステーションというのが実体だ。そういう意味では基地自体が木星の人工衛星のようなものとも言える。

木星の第五衛星イオは、月よりすこし大きいくらいの地球型天体である。

しかし、地質活動が活発で、地表の状況はかなり流動的だ。ガニメデ、エウロパの影響による潮汐効果も激しい。地表温度も低くはなく、エネルギーは豊富だが、たとえば水はないからエウロパから輸送してくるしかない。また、軌道が木星の磁気圏を通過するため磁気が強く、保護環境がなければ生物は生きられない。そういう点で、他のガリレオ衛星と比べてとりわけ基地建設に向いているわけではない。

当初、木星付近の研究ステーションはイオだけでなく、エウロパやガニメデにもあって、各国が主管するさまざまなプロジェクトが推進されていた。その中で、イオには日本の研究プロジェクトがステーションを建設し、活発なイオの地質活動を研究していた。イオの基地は、もともと、天体の地質活動研究を目的として設けられていたのである。

二度の世界大戦は、各国のプロジェクトの推進にもさまざまな影響を与えずにはおかなかったが、日本は大戦の直接的影響を受けずに済んだこともあり、イオのプロジェクトはほぼそのままのレベルで維持された。加えて、精神波通信技術の開拓の中心に日本企業がいたこと、トランス適性者として日本人が多く初期実験に参加したことなどにより、結果的に遠隔惑星通信の拠点がイオのステーションに置かれることになったのである。

イオに日系移民が多いのは、かつてイオのプロジェクトを日本が主管していた事情もある。トランスだけでなく、イオで働く研究者や技術者、管理職の大半が日系である。もちろん、今は各基地を特定の国が主管することはなく、国連が直接管轄しているが、過去の経緯から基地によって民族カラーのようなものは残っているわけだ。

そういう意味では、イオは日系社会ベースと言えるかもしれない。


表向きは休暇明け、リンは一足先にイオに帰った。

一週間の間を置いて、リョウもイオに向かった。こちらは、新しい職場への着任ということになる。

リョウは、イオへ向かう船「ヘラ」上で、先にイオに帰ったリンからの報告を受けた。正確に言うと、リンの報告を整理した形で、タスクが発信したレーザー通信による状況報告を受け取った。

イオでは、リンが「休暇」に出ている間に妙な現象が起きていたらしい。幾人かのトランスが、「歌」が聴こえるといって騒ぎ出しているらしいのだ。

リンも、イオに帰還したとたんに、その妙な「歌」に悩まされたという。「歌」とは何か、どのようなものなのか。何かが始まっている。リョウは不安と緊張を胸に、イオに着任した。

「君たちの人材開発センターへの出頭や今回の異動は、自然に受け止められているよ」

イオの通信センター長、白川祐が、センター長室に挨拶に出向いたリョウに言った。

「超遠距離通信プロジェクトの実証試験が始まる、という噂は実にうまく流されていたからね。その候補ということになれば、ここではリンが最有力だということを、みなが感じていたし、君が候補だということも、まぁ、自然に受け止められている」

「ぼくが候補だっていうこともですか？」

「そうさ。リンと君は、通信中の私信で交際しはじめた。接続で感情を交換するというのは、他のトランスからは想像もできないことなんだよ」

「でも、ぼくは、リンとじゃなければ……」

「だとしてもさ。リンにしてもそうだろう。リンが一種の天才だということは、みなが感じていることだったんだ。そのリンと通信でデートできる君も、彼らからしたら天才に違いない、ってことさ。上層部もそう思ってる。だから……」

「ぼくたちに白羽の矢が……」

「そう。古い言葉を知っているね。それよりも、報告は見たろう」

「はい。『歌』の件ですね」

「詳しい、というか、具体的な状況は、あとでリンからじっくり聞いてくれ。そうそう、リンから要望が出てたこともあるので、君らの部屋は同じにしといたから、ふたりでじっくり調査を進められる」

「あ、ありがとうございます」

「君らは休暇中に愛を確かめて婚約した。そういうことになってるが……事実、そうなんだろ?」

タスクがウィンクして、いたずらっぽく笑った。

リョウは真っ赤になった。

それにしても、気さくな人物だな。

ここのセンター長という役職から言えば、イオだけじゃなく、イオを拠点に遠隔惑星への通信システムを一手に統轄して管理する立場だから、大変な責任と権限を持っているわけだし、超遠距離通信の実証が本当に行われることになれば、その責任者でもある。

背格好はどちらかというと小柄なほうだろう。眼鏡をかけて、どこか研究者風だ。地球のクシなんかは、見た目もやり手の管理職然としていたけれど、タスクはずいぶん違う。セキュリティセンターのヒューに通じる雰囲気がある。

ただ、ヒューと大きく違っていることがある。ヒューの心は、リョウに自然に放射されていたように思う。でも、タスクの場合は、どこか壁のようなものがある。放射されているというよりも、タスクの内部で運動している心が壁から漏れ出して聞こえる。そんな風に感じる。タスクがトランス出身者だということもあるのかもしれないが、だったら、多くのトランスに向き合った時に同じ感触を持つはずだ。たぶん、性格的な、あるいは、思考や感情の動き方に、どこか自分の内側に向けて心を練り込むような傾向があるのかもしれない。外に表れる現象としては、たとえば、タスクのもの言いには、噛んで含めるようなじっくりした感じがあって、口調にもヒューのようなメリハリがない。

「みんなが歓迎会をするそうだよ。いろいろ聞かれると思うが、主だった関係者を知るのにはいい機会だよ」

「いろいろ聞かれるって……」

「リンとのことさ。どうやってリンを好きになったかとか、地球でどんな風に過ごしたかとかね。君らの昇進や、実証試験の話よりも、君らのトランス交際と婚約のほうがビッグニュースなんだよ」

「磯琴です」

インタフォンから懐かしい、といっても二週間ぶりだが、懐かしい声がした。

「ほら。迎えに来たよ。行こう」

ドアが開き、リンが飛び込んできた。

「リョウ！　会いたかったよお」

いきなり抱きついた。

「センター長室だよ。ここは」

「いいんだよ。タスクは気にしないから」

「ここじゃ、みんな兄弟姉妹みたいなもんでね。地球とは感じが違うだろうけど、すぐに慣れるさ」

「行こう。みんな待ってるよ」

リョウは、リンに引っ張られるようにして、リラクゼーション・ルームに向かった。

リラクゼーション・ルームに入って驚いた。

まるで、仮装パーティだ。よく見ると、いずれも日本や東アジアの民族衣装のアレンジだ。どうやら、イオのトランスたちは、普段からこんな恰好をしているらしい。リンも、地球ではひどく目立ったけれど、ここでは普通なんだ。たぶん。

「きゃあ、リン。あんたの婚約者《フィアンセ》って、ずいぶんと渋い趣味なのね」

ここでは、リョウのほうが目立つようだ。

「いい体格してるな」

「かっこいいじゃない」

リョウは地球ではすこし背が高いくらいで、別段、逞しくはないのだが、ここでは、偉丈夫なのだろう。幾人かの女の子たちがまぶしそうな目でリョウを見た。

順番に自己紹介する。幾人かは、リョウも通信したことがある。

「ぼくとも私信を交わしたよなぁ。けど、こんな感じの奴だってことはわからなかったよ」

「あたしも。リョウと通信したよね。でも……残念。ねえねえ、どんな感じなの」

「どんなって？」

「だから、接続した時『いい娘だ』とか『かわいい』って思ったんでしょ」

「それが……うまく言えないんだ」

「リンに聞いても同じこと言うのよ」

「まぁ、まぁ。リンがこっちを睨んでるぜ。まず、乾杯しようや」

歓迎会が始まった。

いろんな時代の、いろんな民族の衣服を纏った少年少女たちが、わいわい言いながら飲んだり（もちろんソフトドリンクだが）食べたりして、部屋の中を往き来している。

やはり、どう見ても仮装パーティだ。

リョウはリンの傍らに立って、そっと囁いた。

「すごいね。ぼくも、こんな服装じゃまずいのかな」

「リョウはそれでリョウなんだからいいの。でも……」

「でも？」

「ちょっと、着せてみたい服はあるよ」

リンがエへと笑って、リョウの手を握った。

リョウの視界に一瞬、狩衣のような衣装を纏った自分が見えた。

「似合うと思うよ」

「おいおい、君たち。今夜はふたりきりでゆっくりできるんだろう。こっちへ来いよ」

半透明の不思議な生地の上着を羽織った少年が声をかけた。

「アンドウって『ヤスフジ』？　それとも『ヤスヒガシ』？」

「ヤスヒガシだよ」

「なるほど。じゃあ、津軽安東氏の末《すえ》か？」

「いやぁ。あまり、ルーツって気にしてないから……」

「そりゃいかんよ。ちゃんと調べたらいい。そうしたら守護神もわかるから。ちなみに、ぼくはね……」

「それより、その上着、変わってるね」

「いいだろ。ご先祖のを参考にしたんだ。何だと思う？」

「わからないなぁ。何かの革のようだけど」

「魚だよ。鱒の皮なんだ。よく見ろよ、鱗の跡が見えるだろ」

「初めて見たよ。どうしたの、それ」

「手に入れるのに苦労したんだぜ。いろいろ調べて、自分で仕立てたんだ。つまり、ぼくのルーツっていうのがさ……」

イオのトランスの半数は日系で、それ以外も、おおむね東アジア系が多い。

なかでも、イオの日系トランスや日系基地住民の一部の間では新古神道が盛んだ。

新古神道というのは、大戦後、つまり、この四半世紀ほどの間に徐々に流行って、現在は定着した感のある、神道のあたらしい潮流だ。神道といっても、記紀に登場する神々だけでなく、各地に残された習俗や神事から再発見された神々、いわゆる神道の系列に属さないものも含めて、そう呼ばれている。多くは、家系のルーツ探求の課程で、先祖の信仰や、場合によっては、先祖そのものの伝承をベースに再発見されたもので「ヤオヨロズ状況」の典型とも言える状況を呈しているのである。新古神道という奇妙な命名は、十九世紀から二十世紀初頭のナショナリズム運動と同調《シンクロ》して興った「古神道」と区別するために編み出された。

理論家などもいて、イオの日系社会は、ちょっとした考古学、古文献学のマニア集団の様相を呈している。とくにトランスたちには、実践、つまり鎮魂（瞑想）や帰神に凝っている者たちもすくなくない。二十世紀に欧米の若い知識層に「ZEN」や「ヨガ」が知的メディテーションとして流行ったのにすこし似ているかもしれない。

「だめだめ、そんな話。この子、ちょっと凝りすぎなのよ。気にしないで。それより、こっちこっち」

今度は、チマチョゴリ風の服を着たお下げ髪の少女がリョウを引っ張っていった。

「ねぇねぇ。あたしを覚えてる？　接続《コネクト》したことあったでしょ」

「あ、あたしも。覚えてる？　ねぇ。リンとどう違ったのかなぁ」

リョウは、数名の女の子たちに囲まれてたじろいだ。

その時、ドアが開いた。

「リン姉《ねえ》！」

「ユラ！」

電動車椅子に座った小さな少女が部屋に入ってきた。

「ユラ、大丈夫なの？　起き出して」

「うん、大丈夫。今日は、すこし具合がいいから。それに……」

少女がリョウのほうを向いた。

「リン姉の大切な人に会いたかったの」

リンよりも、もうすこし小柄で、幼い面差しの少女。黒い前髪を切り揃えて、長めのおかっぱ頭。淡い桜柄の着物に袴。これで白い着物に朱袴だったら巫女さんだ。顔立ちは、リンとよく似ている。たしかに姉妹のようにも見える。前髪のせいか、目差しはリンよりもちょっときついように感じる。

「あとで、ユラの部屋に連れてくつもりだったのよ」

「うん。それはわかってたけど……早く会いたかったの」

ユラが車椅子の向きをリョウのほうに向けて、リョウを見つめた。

「君がユラ？　よろしく」

　ユラは、しばらくリョウを見つめていたが、やがて微笑んだ。

「リン姉をよろしくね。リョウ兄《にい》って呼んでいいかしら」

「いいよ」

「リン姉のお婿さんなんだから、あたしのお兄さん。あたしは妹」

　リンが言っていたとおりだ。耳が聞こえないとは思えない。不思議な娘だな。

「やだぁ。ユラ。恥ずかしいじゃない」

　リンが顔を真っ赤にして言った。ユラが笑った。

　ところが、次の瞬間、ユラが顔をしかめて耳を覆った。

「聴こえるの？」

　リンがあわてる。

「うん。また……頭が……痛い」

「部屋に戻ったほうがいいよ」

「そうする」

　ユラがリラクゼーション・ルームを出た。リンが付き添った。

「『歌』だ」

鱒の上着が言った。

「あたしも、時々聴こえるんだよ」

「おれは、聴こえないんだ。なぁ、どんな感じなんだ?」

「ごく弱くて、うまく言えないけど。ごにょごにょって……つぶやくみたいな」

「読経みたいな感じなのか?」

「嫌だぁ。気味悪い」

「違うのか?」

「かすかなのよ。うまく言えないんだってば」

リョウがみんなに聞いた。

「その『歌』って、どんな感じなの?」

「君も聴こえないのか?」

「ああ。聴こえない」

「おれも聴こえないんだけど……何人かのトランスが『歌』みたいな音が聴こえるって言うんだ」

「いつから?」

「いつ頃からだっけか。なあ、おい」

「この一ヶ月くらいだよね」

「一ヶ月かぁ。その間に何人かが、その『歌』を聴くようになったんだね」

「とくにユラがひどいんだ。先週からは、とうとう休んで、入院だよ」

「何人くらいが聴こえるの？」

リンが戻ってきた。

「今は、あたしも含めて八人。でも、だんだん増えてきてるの。症状はまちまちだけど」

「おれは、システムに何か問題があるんじゃないかって思うんだけど」

袴を穿いた少年が言った。

「でも、システムはもう二十年も続いているんだぜ。ここへ来て急にってのがおかしいよ。システムの問題だったら、以前にもこういうことがあったっていいだろ」

今度は刺し子を羽織った少年が言う。

「とにかく、このままじゃまずいよ」

「そりゃそうだ。症状が酷くなって仕事ができなくなったら、まずいもんな。変な流行り病とかじゃなければいいんだけど」

「セリがいろいろと調べてくれてるから。病気だったらセリが何とかしてくれるよ」

「セリ？」

リョウが訊いた。

リンが答える。

「センターの医療アドバイザよ。すごく優秀なお医者さんなの。第一世代のトランスだったのよ。トランスの執務にも詳しくて、今もユラを診てくれているの」

ああ、あの時クシが言ってたトランス・システム発見の時の、もうひとり。

「明日、タスクに相談して、できたらセリの意見も聞いてみよう。『歌』について」

リョウがリンの耳元で囁いた。

リンがこくりとうなずく。

「またまたぁ。今夜ゆっくりできるんだろ。ここで、見せつけるなよ」

みんなが笑った。


パーティがはねた後、リョウとリンは、自分たちの部屋に帰って、床に着いた。

リョウは、久しぶりにリンの肩を抱きながら訊いた。

「ねえ。ぼくも『歌』が聴こえないんだ。どんな歌なの？」

「あたしは、シールドで助かってる。シールドをはずしたら……けっこう酷いんだ」

「じゃあ、無理は言えないいな」

「ちょっとだけなら。……ちょっとだけ」

リンがリョウの胸にすがりついてから、呼吸を整えた。

「いいい。いくよ」

「いいよ」

その瞬間、リョウの耳を何ともいえない気味の悪い音響が襲った。

「うわぁ」

思わずうめいた。

「おしまい！」

リンが小さく叫んで、ふたたびシールドを張った。

「ふぅ」

リョウが溜息をつく。

「たしかに酷いや。こんなのが、のべつ聴こえてるとしたら、ユラは……」

「ユラはもっと酷いと思うよ」

「早く、なんとかしなきゃ」

リョウがまた、溜息をついた。

それは、たしかに声のようにも聴こえたが、はたして声なのかどうか、リョウにも判断はつかない。うなりのようにも聴こえる。ちょうど、幾人もの密教僧の声明がわんわんと響いて、低い音や、甲高い倍音が重なってうなりつづけているような、何とも威圧感のある音響だった。ノイジーとも言えるし、そうでないとも言える。少なくとも快適な音ではない。

「ねえ。データの漏洩と関係あるのかな?」

リンが訊いた。

「わからない。でも、時期的には関連があってもおかしくないよ。関連、あるような気がする」

「そうね。このままじゃ、イオのトランスが次々に病気になっちゃうかもしれないし」

「とにかく、明日、タスクと話し合って、状況を整理してみよう。それに、セリの意見も聞きたいし」

リンがうなずいた。

「整理すると、こういうことだな。症状が出ている八人は、今のところだが、どういうわけか、日系で女性だ。同時に症状が出たわけじゃなくて、ユラが最初だ。それから、順次症状を訴えはじめて、今は八人。リンの場合は、この間、地球にいた。こっちに戻って来てから、すぐに『歌』に気づいた」

タスクが机を指でたたきながら確認するように言った。

「そうすると、システム側に何か変動があったというよりも、トランス側に何かあるっていうことですか？」

リョウが質問する。

「両方かもしれないね」

タスクは、首をゆっくり左右に振りながら、つぶやいた。

「あたしの場合は、地球でネイティブのトレーニングを受けた。だから、ネイティブの能力がついたことで『歌』が聴こえるようになった可能性があるわ」

リンの意見をタスクが受け取る。

「ユラが最初に『歌』を聴いた。彼女は、イオでは一番強いネイティブ傾向を持っていたことがわかっている。だから『歌』は、はじめからあって、ネイティブ傾向の強い者が、徐々にそれに気づいた、という解釈はありえる」

「でも、そうだとしたら、なぜ、今まで二十年間も、こういった現象が起きなかったんでしょうか」

リョウの疑問はもっともだ。

「今回のデータ漏洩は、誰かがトランスの脳に外から働きかけたのだとすると……それが何らかの刺激になったのかもしれない。ただ『歌』の正体が知れないと、何とも言えないよ。『歌』が、妨害のために意図的に流されているのだとすると、データ漏洩と同じ『敵』の仕業だと思っていいだろう」

「セリに、医学的な見地から『歌』の正体についての見解を訊いてみたいんですが」

「そうだね。ところで、君は、この『歌』とデータの漏洩は関係あると思うかい?」

「わかりません。でも……関係あるような気がします」

「リンは?」

「わからないけど……関係あるとかないとか、そういうことよりも『歌』のことを、どうしても解決しておかなきゃならないって、そんな気がして……」

「根拠は?」

「わかりません」「わかんない」

「整理したら、そう思った? それとも、カンかな」

「カンですね、たぶん。考えて、そう思うっていうのとは違います。『歌』のことを放っておいちゃいけないって何かが……」

「リンもそうだね」

「はい」

「リョウ。カンがはずれたことは？」

「うーん。……ない、ような気がします。でも、いちいち照合したことはないし、厳密に言うと……カンって、たとえば『こっちに行ったほうがよさそうだ』って、そっちに行って、ちゃんと辿り着けたら、それで『思ったとおりだった』ってことになっちゃいますよね。だから、検証したことはないです」

「ははは。君は正直な上に、いちいち律儀だなぁ。直感で視《み》えたことは、たいてい真実のほうを向いてるんだ。ただし、辿り着くためには思考を積みあげる必要がある。逆は、たいていうまくゆかない。そういうことさ。だから……」

「データ漏洩と『歌』は関係……」

「『ありそうだ』だよ。とことん調べてみようじゃないか。ユラを見舞おう」

「ユラのところ？」

　リンが不安げに言う。

「今時分、セリはユラを診てるはずだ。それにユラの話も聞く必要があるだろう。今のところ『歌』の一番近くにいるのは、ユラなんだから。第一、ぼくらの任務は秘密だ。ユラを見舞ったついでにセリに意見を訊く、というのが自然だ」

　三人は、センターの医療セクションにあるユラの病室に向かった。

病室には、セリがいた。ユラの額に手を置いて、ユラの様子を注意深く診ていた。ユラは眠っているように見えた。

セリ、千家世理《せんげせり》は、かつて第一世代のトランスとして、このシステムが実証段階にある頃から、クシたちとともに活躍した、リンたちの大先輩である。現役の頃から、多くの後輩女性トランスたちからよき先輩として慕われていた。

社交的ではないし、クシなどに比べれば、闊達というよりも物静かで、どこか幽い雰囲気があったが、言葉少なで落ち着いた物腰が、頼りがいのある「大人」という印象を与えたのだろう。実際、彼女は、多くの後輩たちのストレスや体調不良などの悩みに、よくアドバイスを与えた。

彼女の助言は、時に厳しく、みもふたもない口調で行われたが、そのことがかえって、掴みどころのない不安や悩みにとらわれている多くの少女たちに安心感を与えた。元来、医師を目指していたこともあるのだろうが、結果的に、彼女自身も、心身のことに悩むトランス、思春期の少女たちのよきアドバイザーとして、頼られる存在になっていたのである。それは、医師となって、イオの通信センターで執務するようになってからも変わらない。

セリは、イオの基地全体の医療行政全般を管理する、国連行政府イオ支庁の厚生部に置かれた医事セクションのマネージャーのひとりである。通信センターの医務顧問でもあり、たびたびセンターを訪れては、トランスたちの心身の状態をチェックし、彼らや彼女たちの悩みや不安のカウンセリングに当たってきた。

一ヶ月ほど前に、ユラが最初に「歌」に悩まされはじめて体調を崩してから、あっという間に数名のトランスが同様の症状を訴えた。その後、ユラをはじめ幾人かの「歌」症状は徐々に悪化し、事態の深刻さが明らかになるにつれ、セリは、その治療やカウンセリングのために通信センターに滞在することが多くなっている。


「ユラの様子はどうですか?」

リンが不安そうに訊いた。

「今は、すこし落ち着いてるわ。今、眠ったところ」

「早く治るといいんだけど」

「治る? 『歌』症状自体は病気じゃないわよ。『歌』そのものを何とかするか、『歌』が聴こえないように手を打たなきゃだめね」

タスクが念を押す。

「つまり、君の見解でも『歌』は事象として存在する。つまり、どこかで鳴っている。だから、音源を探って、それを断たなければ事態は改善しない、ということだね」

「そうね。あるいは……音源を断てないのなら、防音対策を講じる。リン？　あなたも聴こえてるんじゃやなくて？」

「え？　ええ。聴こえてます」

「平気なの？　どうやって耐えてるのかしら？　わたしの診たところでは、症状が重いのは、ネイティブ傾向のある『天才』たちよ。つまり、耳がよすぎるということね。あなたも、ユラと同じくらい重い症状に陥っても不思議はないはずよ」

「あたしは……」

リンがタスクのほうを見た。どこまで話してよいものか。

タスクが答えた。

「リンはね、どうやら、自分の受信能力をある程度コントロールできるようになったらしいんだ。リョウと交信するうちに、身についたんだろうね。リョウは初めてだったね」

「リンから何度もあなたの話を聞いたわよ。あなたが、リンちゃんの婚約者？」

セリがリョウのほうを向いて、じっと見つめた。

「はい。よろしくお願いします」

答えながら、リョウは、二週間前にクシたちに会った時に感じたのと同じ違和感を覚えた。

セリから、何も響いてこない。クシやリックの時と同じだ。目の前にいるのに、セリは遠い。そんな感じだ。

「よろしくね。それより、今の話は興味深いわね」

「君は？　セリ、君は聴こえないのかい。元天才トランスとしては、どうだい」

「わたしは、とうの昔に引退したのよ。そんなに優秀なトランスじゃなかったのよ。あなたと同じ。そうね……クシがここにいたら、聴こえてしまうかもしれないわね。で、今の話だけど、リンは『歌』だけを遮断できるの？」

「ええ。そうみたいです。通常の通信はできます」

リンは曖昧な答え方をした。シールドの訓練を受けたとは言えない。

「ふぅん。リョウとデートしてるうちに、なんとなく身についた……っていうのね」

「あ……あの、よくわからないんです」

タスクが引き取った。

「あぁ。それは、ぼくの推測だよ。そういう力が身についたとすると、時期的にリョウと交信を重ねた時期や、地球で一緒に過ごした間に力がついたと思えるし、そもそも、通信時に特定の相手に限って、その心象が見えるということ自体、通信能力に、ある種の傾向とか方向性が生じた、という可能性があるだろ」

「なるほどね。相性のよい相手とたまたま出会った。その相手と、深い通信を繰り返すうちに、選択的に受信する力がついた。そういうことね」

「可能性だけどね」

「でも、そのメカニズムを調べるのは重要なことね。リンが半年かけて、そんな力を身につけたとしても、同じ経験を他のトランスに踏ませることは難しいわ。仕組みがわかればトレーニングできるでしょう」

「仕組みをどうやって調べる？」

セリは、タスクの問いにはすぐに答えず、リンに言った。

「リン。あなた、ユラと接続《コネクト》してみる気はある？」

「え？」

「あなたとユラちゃんは、ずっとここで仕事してたから、ふたりで接続を試したことはないでしょう。でも、わたしの見たところ、あなたとリョウくんの相性がいいのと同じくらい、あなたとユラちゃんの相性はいいはずだわ。あなたたちが、システムで接続したら、リョウくんの場合と同じように、ユラちゃんの受信にもあなたと同じような選択性を持たせることができるかもしれない。うまくゆけば、ユラちゃんを救えるし、他のトランスに応用するヒントが得られるかもしれないでしょう」

振辺夕良《ふるべゆら》。ユラは十四歳の天才トランスだ。イオ生まれ、イオ育ち。十一歳で実務につくほど、能力の高さは顕著だった。キャリア上はリンと同期で、一種昇進はリンより早かったが、年長のリンを姉のように慕っている。

ユラは、幼い頃に両親を亡くし、リンと同じような境遇でセンターにやってきた。センターでリンたちとともに訓練を受け、その頃から、リンを姉のように慕って、いつもリンと一緒だった。誰から見ても、ふたりは姉妹のように見えた。実際、ふたりは、境遇だけでなく容貌や体型、立ち居振舞いもよく似ていたのである。ふたりの形質には、相通ずるところがあるのだろう。

誰かと顔かたちが瓜ふたつというような人を見かけることがある。歳がずいぶん違っていても「ああ。あの子が大人になったらあんな感じかな」と思えるような人物に出くわすことはたまにあるものだ。そんな時に驚くのは、その顔かたちだけではなくて、所作や声質、しゃべり方の癖やなんかまでそっくりだと思えることが少なくないことである。そんな経験をした人はけっこういるだろう。リンとユラにも、そんなところがあった。ふたりは、すこしだけ時を隔てて、別々の家に生まれた、運命の双生児とでもいうような印象がある。

「試してみるか……」

タスクがリンの気持ちをはかるように言った。

「やって……みます」

リンが言う。

リョウは、理由ははっきりしないが、一抹の不安を感じた。

その不安をリンが受け取って、リョウに答えた。

「でも、何もしないわけにはいかないよ」

「そうだね。試すときには、ぼくも立ち会うよ」

「うん」

このやりとりは、セリの興味をひいたようだ。

「あら、あなたたち。……そう、増幅器《アンプ》がなくても、すこしわかりあえるのね。『傾向』じゃなくて、ネイティブなのね、もう」

「それが、実証プロジェクトの候補に抜擢された所以だよ」

タスクが答えた。

「リン姉《ねえ》？」

ユラが目覚めたようだ。リンがユラの手を取った。

「ユラ。あのね、あなたを治せるかもしれないって」

「聞こえてた。リン姉と接続するの？」

「あたしと同じように『歌』を聴かないようにできるかもしれないって」

「『聞こえてた』の？　ユラ。わたしの声も？」

セリが探るようにユラに訊ねた。

「うん。声じゃないと思うけど。みんなが言ってることはわかった」

「前からそうだったの？」

「ううん。リン姉の言うことは、ずっと前からわかったけど……」

「あなたも覚醒していたのね。『歌』がそれをさらに進化させた。でも、危険ね。このままだと」

「どういうことですか？」

リョウがセリに訊く。

「そのうちに、誰彼なく、周囲の人間の思っていることがみんな聞こえるようになってしまうわ。『歌』どころの話じゃない」

あ。ムンクの絵だ。

リョウはぞっとした。

ユラがうめいた。

セリが、手早く投薬の準備を始めた。

「まずいわ。とにかく、いったん眠りなさい」

「接続試験をするためには、機材やなんかの準備に時間が要るな。準備を進めておくよ」

「ええ。お願い」

タスクは、リンとリョウを促して病室を出た。

「リンとユラの接続試験の準備にかかろう。今夜、定期メンテナンスで、センターの通信を一時停止させるからちょうどいい。システムの一部を試験用に組み替えよう。手伝ってくれ」

「はい」「はい」

三人は足を速めた。不安はあったが、とりあえず目的が決められ、準備が始められる。具体的な行動《アクション》が、漠然とした閉塞感を払ってくれる。とにかく、作業にかかろう。

16

惨劇のはじまり

全太陽系のトランス・システムは、十二週間に一度、定期メンテナンスを行う。異動やトランスの健康状態などを考慮して、トランスの通信スケジュールの組み替えや、それに合わせた機器の接続、構成の変更もこの時に一気に行う。メンテナンス時間は二時間である。

一組のトランス通信時間が、前後十五分の準備等を含めて二時間。正味の通信時間は、上りと下りがそれぞれ四十五分ずつで合計九十分。複数の組が十分ずつ時間をずらした時間割で、並行して通信を行う。現状では、トランス通信は「一対一」の単線で、送信と受信を一度に行うことができないから、いわば糸電話と同じだ。トランス・システム全体としては、ネットワーク化されたサーバに寄せられた送信データを、各拠点に配置されたスイッチユニットが、これらの「糸電話」に割り付けて送り出す。システム全体は、一見したところ従来のネットワーク構成になっているが、トランスが担う遠距離通信部分は、このように九十分しか使えない「糸電話」を時間をずらしながら何本も連ねた交替制の人海戦術でまかなっているのである。

だから、こうしたメンテナンスを頻繁に実施して、オペレータであるトランスたちの健康を維持しながら、常に構成を最適化しつつ、安定稼動を実現する必要がある。メンテナンス中の二時間は、全太陽系でこのトランス・システムが完全に停止することになる。あらかじめ予定された定期メンテナンスであり、停止自体は許容されるが、予定された二時間を越えてシステムが停止することは許されない。メンテナンス作業は、入念な準備とスケジューリングのもとで、迅速に行われなければならない。タスクは「ちょうどいい」と言ったが、実のところ、準備した計画には予定されていない「接続試験のための通信ユニット」をシステムから一組切り離して用意するのは、このナーバスなメンテナンス作業全体からすると、相当なインパクトがある。

地球で、研修のためとはいえ、リョウに突然の長期休暇が支給された時にツクバの人事部が苦労したのも、定期メンテナンスでもないのにひとりの優秀なトランスのスケジュールを二週間にわたって穴埋めしなければならなかったからである。結局、その後の異動によって、ツクバのセンターにおけるリョウの穴は、埋められることはなかった。今頃、人事担当者は上層部の身勝手に対して、どこかのカフェかバーで誰かに不満をぶちまけていることだろう。

タスクの指示で、イオの技術チームも、システム構成変更の計画とスケジュールを急遽見直し、リンとユラの接続試験のためのユニットを確保した。確保された試験ユニットの接続や設定は、他のスタッフの負担を増やさないように、タスクの指導でリョウとリンが行うことにした。

準備が終わり、あとは、メンテナンス開始時刻、標準時の深夜0時を待つ。


0時。

全太陽系の、トランス通信が停止した。

宇宙空間を飛び交っていたさまざまなデータや声が、同時に沈黙する。

静寂。

その時、リンが立ち上がった。

そのただならぬ様子にタスクとリョウが同時に叫んだ。

「どうした?」

リンがぽかんとした表情でつぶやいた。

「『歌』が……止んだ」

「何だって!」

三人が凍りつく。

ということは、ユラにも、他のトランスたちにも、今は「歌」が聴こえていないのではないか。

ということは「歌」は、通信データと関係があるのか。

リンがタスクたちのほうを見た。

一刻も早く、ユラの様子を確かめたい。

一刻も早く「歌」の正体を確かめたい。

「後だ。今は、メンテナンス作業を優先させる。作業が終わってからだ」

タスクが命じた。当然のことであり、リンもリョウも確認作業に入った。

中央の管制室はじめ、システムのユニットが配置されている各所に待機していたメンテナンススタッフたちが、順次システムの接続を切る。

「接続断、完了」

順次、タスクに報告が入る。

接続断を確認したら、独立状態にある各ユニットの状態を確認し、パーツやモジュールを交換する。

リョウとリンが、試験用に確保されたユニットのチェックを行う。

「確認完了」

すべてのユニットの単体確認が終わると、構成変更計画に基いて接続設定を行い、設定内容を確認後、再接続。ここまで、約三十分。残り三十分で、再接続されたすべてのユニットを連携させて、センターとしての結合確認を行い、問題があれば、その後の三十分で問題箇所の修復、または、代替計画に基いて接続再変更を行う。最後の三十分は、太陽系各拠点のセンター間で、試験オペレーションを割り当てられたトランスたちが実際に通信を行う総合通信試験である。この間に、新しい通信スケジュールに従ってふたたび交替制の通信を開始するために、トランスたちが各自のトランス・ルームで順次待機する。

試験用ユニットの単体確認を終えたところで、リョウとリンの作業は完了ということになる。試験用ユニットは、他の通信ユニットとは接続されず、次のメンテナンスまでは単体として使用されるから、結合確認や総合確認の必要はないわけだ。

「よし。ユラのところへ行こう」

タスクは、試験の監督を次長に託すと、リョウ、リンとともにユラの病室へ急いだ。

センターの廊下をタスク、リョウ、そしてリンが続く。

突然、リョウが背後に激しい衝撃を感じた。

リンの手が、リョウの肩を激しく掴んだ。リンの爪がリョウの肩に食い込む。

「リン！」

振り返ったリョウの目の前に、すさまじい形相のリンが立ち竦《すく》んでいた。

すさまじい不協和音の嵐が錐のように頭に突き刺さり、リョウは思わずうめいた。

血の滲んだリョウの肩からリンの手が離れる。

頭を抱えて、目を大きく見開いたリンが大きく痙攣した。そして、激しく身体がのけぞったかと思うと、弦の切れた弓が弾けるように壁にぶちあたって倒れた。

倒れたリンは痙攣しながら切れ切れのうわ言を叫んで白目をむいた。

「イヤ……デテッテ……タスケ……テ……デテッテ……ネエ……タスケテ」

「リン！」

リンが動かなくなった。リョウは動転し、リンを抱き起こそうとする。

が、タスクがリョウの腕を掴んで制した。

「危険だ。動かさないほうがいい」

タスクは医局を呼び出し、救急を要請した。

驚いたのは医局だった。ちょうどその頃、ユラの病室で異変があったのだ。

たまたま、ユラの病室前を通りかかった看護師が、室内で何か激しい音がしたのを聞いた。不審に思って病室を覗いた看護師は驚愕した。ユラがベッドの上で血まみれになって倒れていたのだ。しかも、激しく身体を動かしたらしく、着衣やベッドは酷く乱れ、周囲の備品などが室内に散乱していた。驚いた看護師が医局を呼び出し、救急チームが向かったところだったたからだ。医局は、セリにも連絡を取り、セリもセンターの医局へ急いでいるという。

やがて、救急チームはリンのもとにも到着した。

リンは昏睡状態にあるが生きていた。救急チームはリンを慎重に移送ロボットに移し、救急治療室に運んだ。すっかりうろたえて呆然となったリョウを、タスクが抱えるようにして、救急チームに続いた。

「しっかりしろよ。君がしっかりしないと……」

やがて、セリも救急治療室に駆けつけた。

「ユラちゃんだけじゃなかったの？　リンまで……なぜ？」

いつもは、何があっても終始落ち着いた物腰を崩さないセリだったが、この事態に珍しく動揺している。

セリの動揺が、リョウに響いた。嫌な音だ。今朝は何も響かない人だったのに。

でも……リンの心が聞こえない。

リン。リン。リン。

リョウは、ベッドに横たえられたリンの手を握った。

でも、リンの心が応えない。

リョウの声は、深い闇をあてどなくさまようばかりだ。

セリたちがリンの検査を始めた。

リンの身体には大きな異常はなかった。脳も無事らしい。何か激しい衝撃を受けたようだが、損傷はない。しばらく様子を見るしかない。いつまでも昏睡から覚めないようなら何か手を打つ必要があるが、今は、しばらく様子を見守るほかはない。

ユラは、即死だったようだ。直接の死因は心臓麻痺だが、脳が激しく損傷していた。脳は頭蓋の中で破裂したように壊れており、一部が焼け爛《ただ》れていた。原因は不明だ。想像をはるかに超えた何かが、彼女の脳に流れ込んだとしか思えなかった。

そう言えば、リンも激しいノイズを受けて倒れたようだ。あの時、リンに肩を掴まれたリョウの頭に、すさまじい不協和音のようなノイズが突き刺さった。リンを昏倒させたものは、まず間違いなく、あのノイズだ。直接ノイズに襲われたリンが受けた衝撃ははかりしれない。

リンとユラ、ふたりの受信力がとりわけ敏感だったとしても、ノイズであれば他のトランスにも何らかの反応があったはずだ。「歌」は止んでいた。だから「歌」じゃない。何かが、彼女たちをめがけて飛ばされたのか？

なぜ、彼女たちだけが。

リンは無事だろうか。

もとに戻るのだろうか。

17 遺言

惨劇の間に、メンテナンスが修了し、システムがふたたび稼動しはじめた。すると、メンテナンス作業中に止んでいた「歌」が、ふたたび「歌」症状に悩んでいた幾人かのトランスに聴こえはじめた。「歌」が、稼動中のトランス・システムから発せられるノイズであることは、もはや明白だった。

トランス・ルームのシールド自体も微弱なノイズである。したがって、この「歌」の漏れを防ぐためにシールドを強化することは「歌」現象の改善という観点からは、意味がないことになる。通信中に発せられるノイズの代わりに、シールドのノイズが「歌」の役割を演じるだけだからだ。

しかし、データの漏洩が、この現象と関係がある可能性が高まった。常識的に言って、漏れ出たノイズからデータ自体を抜き取るのは不可能に近い。ノイズ自体は、あちこちのトランス・ルームで行われている通信で発生した微弱な精神波の一部が、一緒くたになって聴こえているだけだからだ。でも、もし、意図的に、ネイティブに覚醒した何者かがトランス・ルームに侵入し、特定のトランスの脳内を通過するデータを抜き取るとしたら、それはありえないことではない。ノイズが漏れるということは、外からもトランス・ルームに浸入しうる可能性を示唆する。

タスクは、この事実をレーザー通信で地球のクシに報告するとともに、クシの出動を要請した。

すでに死者が出た。そして、敵がネイティブ、つまりテレパスである可能性が高い。これに太刀打ちできる人物がいるとすれば、それはクシしかありえない。

地球からイオまでは国連行政府の特別機でも三日はかかる。その間に、こちらとしてもできる限りの対策は講じておく必要がある。明日、クシが地球を発ったとしても、彼女がイオに到着するのは、早くて四日後だ。その四日間、これ以上の惨劇は防がねばならない。

タスクはまず、あえてシールドの強化を行った。

「歌」症状に悩んでいる幾人かのトランスには悪いが、彼らを通信スケジュールからはずして、彼ら自身が自らの精神波でシールドを張れるように訓練するしかない。何人がそれを身につけることができるかはわからないが、覚醒してしまった以上、その「聴こえすぎる耳」を覆う方法を身につけてもらうしかない。

タスクは、取り急ぎ、「歌」症状を見せていたトランスたちに、シールド訓練をほどこすための準備を開始した。本格的なトレーニングは、クシに頼むしかない。しかし、一応の訓練はタスクにもできる。リョウやリンの場合のようにうまくゆくかどうかはわからないが、放置しておけば、多くのトランスが実務に耐えられなくなってしまう。

次に、彼はイオ内で流通したシステム機器の追跡調査を徹底して行うことにした。

トランスがデータを送受する際に、彼らからデータが染み出しているらしいことはわかった。トランス・ルームはシールドされているし、受信したデータは増幅器《アンプ》を通して流れる際にはすでに電子化されているが、トランス自身から染み出したデータを含む精神波は、それが強い場合にはシールドを破って外に染み出す。それが受信力の強い、ネイティブ傾向のあるトランスに「歌」として聴こえてしまう。

しかし、このノイズからデータを抜き取ることは不可能だ。だとしたら、犯人は、特定のトランス、それも受信能力の高いトランスの通信中の脳に、気づかれることなく侵入してデータを読み取ったということになる。侵入者はやはりいたのだ。その侵入者は、すでにネイティブとして覚醒した異能者だ。

ただし、データ自体からデータ内容を解析することはできない。データは暗号化されているし、いわばデジタル信号の羅列にすぎない。だから、UNAで発見されたカードには、暗号化されたままのデータの断片がそのままコピーされていたのだろう。

問題は、誰かがトランスの脳からデータを読み取ったとして、そのデータを元のデジタルデータとして蓄積するか、メディアに吐き出す必要があるという点だ。そのためには、相当に充実した設備が必要なはずだ。

それだけの設備を、そこいらの市販の機材で構築することはできない。センターのような組織や機関を通じて高度な機材を調達しなければならないし、それらを設置する場所、稼動させる環境が必要なはずだ。それらを、イオのようなコンパクトなコミュニティで完全に秘密裏に準備することは不可能だ。追跡調査すれば、必ずどこかで尻尾を捕まえられるはずだ。

そして、ユラを襲った犯人の手がかりである。それを解く鍵はどうやら、リンにありそうだ。タスクは、リンの快復を待つことにした。

リンとリョウは、それぞれの交信を繰り返すことによって覚醒した。そして、ユラは、たぶん、リンとの交流を通じて、徐々にネイティブ傾向を深めていったのだろう。しかし、他の幾人かのトランス、わけても「歌」症状を呈しているトランスたちは、この数ヶ月の間に、急速に覚醒したようだ。だとすると、犯人——「心を盗む者」とでも言おうか——、その異能者の侵入を通じて、それに誘発されるように徐々に力をつけていったのかもしれない。

リンは昏睡状態からは何とか回復したが、まだ正気には戻らなかった。高熱を発し、時折痙攣しながら、うわ言を叫ぶ。聞き取りにくいものあるが、いくつかははっきり聞き取れた。

「助けて」「リン姉」「出てって」

これらは、わかる。何かがユラを襲い、ユラがこれを拒み、リンに救いを求めた。そんな風に聞こえる。死の直前、ユラがリンの心に向かって救いを求めたのかもしれない。

しかし、わからない言葉もある。

「つらら」「帰りたい」

このふたつは、言葉の意味はわかるが、関連がわからない。

リョウは、あれからずっとリンの傍らにいたが、すっかり憔悴してしまった。

リンが、また突然うわ言を叫びはじめた。

「落ち着け。君が昂ぶるとかえってまずい」

動転するリョウに、様子を見にきたタスクが言う。

「心を落ち着けて、リンを静かに抱いてやれ。それから、ゆっくりとリンに心を重ねてみるんだ。接続の時のように」

リョウが、そっとリンの身体を起こして肩を抱いた。

「まず、君がしっかりと心を落ち着けるんだ。できるだろう」

リョウは深呼吸して、リンの頭を胸に抱いた。それから、目を閉じて、そっとリンを呼んだ。

闇の中に、すこしだけ、リンの肩の輪郭が浮かんだ。

顔は見えない。闇の中に融け入るように、顔も、身体もおぼろだ。

リョウは、闇に浮かびながら、リンの肩に触れた。それから胸、背中を慎重に、そっと辿る。

リンの柔らかい身体を感じる。

リンだ。眠っている。

リンのおだやかな呼吸を感じる。

あたりが、ゆっくりと明るくなった。

お花畑だ。

薄明の中、花々にリンがうずもれている。

リン。リン。

目を覚まして。

リン。

花にうずもれたリンが、目を開けた。

「ユラ!」

リンが、リョウの胸の中で叫んだ。

リンが目覚めた。


「ユラが。ユラが」

リンがリョウの胸で泣きじゃくった。

「リン。ユラはね……」

「死んじゃった。ユラが。ユラが」

「リン?」

リンは知っていた。分身とも言うべきユラの死を。

リンはリョウの胸に顔をうずめて泣いた。リョウは何も言えなかった。ただ、リンを抱き、彼女の悲しみをすこしでも分けてもらいたいと、すこしでも分かち合いたいと願った。

どのくらい、そうしていただろうか。

突然、リンが顔をうずめたまま、低い声でつぶやいた。

「ユラが、置いていったの」

「え?」

「ユラが、あたしの中に」

「え？　え？」

リンはもう寝息をたてている。安らかな寝顔。何かから解放されたのだろう。いつもリョウの胸でそうしているように、今は安らかな寝息をたてている。

「リョウ。リンはたぶん、もう大丈夫だ。寝かせてやろう」

リョウは、リンをそっと横たえ、離れようとしたが、リンの腕はリョウの背にまわされたたま、離れようとしなかった。

「どうやら、君の胸で眠っていたいらしいな。そのまま付き添ってやるといい」

リョウは、リンのベッドに一緒に横になった。

「いつもそうしてるんだろ。君がリンの我が家《マイホーム》なんだな」

タスクがウィンクしてみせた。それから、真顔に戻って言った。

「明朝、また来るよ。それまで、ゆっくり休みなさい。それから、クシを呼んだ。残念ながら、犠牲者が出た以上、時間をかけて慎重に調査を進めるという段階じゃない。ここから先は、ぼくらだけじゃ無理だ。クシが来るまで四日はかかる。その間、できるだけの調査は進めておきたい。酷なようだが、明日から、リンの脳に遺された手がかりをできるだけ多く抽出することになる。いいね」

翌朝、リンはリョウの胸で目を覚ました。

「おはよう」

リョウが声をかけた。

「リョウ。……ありがとう。あたしを連れ戻してくれたのね」

「連れ戻す?」

「わからない。どこかに、連れてゆかれてたような気がする」

「気分は?　どう?」

リンは身体を起こした。

「もう大丈夫」

そうは言っても、リンは衰弱しきっている。まだ、起きだすことができるほどには、体力は回復していない。しばらくは安静にしておく必要があった。ただ、意識はすっかり戻って、平常になっている。

「ユラが何かを、あたしの中に言い遺している」

リンはそう言った。

リンを襲った激しいノイズ。それは、ユラの断末魔の叫びだった。その叫びは、リンの脳の深層に残留している。ただ、それらは、まとまった言葉やイメージではなく、乱暴に放り込まれた意識の断片の集まりだ。それらは、今のところ混沌としたノイズの記憶でしかないように感じられるが、リンは、明らかにユラの意志が存在することを主張した。すこしずつではあるが、必ず解きほぐせる。

「それなんだけど、タスクがクシを呼んだよ」

「うん」

「もう？」

「うん。リョウは一晩中、そのことを考えてたでしょう？」

「聞こえたんだね。ぼくの……」

「リョウの悩み。でも、あたしは大丈夫。あたしも、ユラが遺してくれたものを、きちんと解いておきたい。そうしないと……」

リンが震えた。

「リン」

リョウが抱きしめる。

「大丈夫。……大丈夫よ」

「じきにタスクが来るよ。そうしたら、相談して、どんな風に進めるか考えよう」

リンはすぐには病床から離れられないが、タスクやリョウにも手伝ってもらいながら、自分の中に遺されたユラのメッセージを解読する作業に入ることにした。それが一連の事件を解く鍵になると思えたからだ。

ユラを襲ったものの正体は何で、それをユラに向けて放ったのは何なのか。

ユラの状況は酷いものだった。異変を最初に発見した看護師は、今でも、その話をすると戦慄《おのの》く。

最初、彼女は、何者かがユラの病室に侵入し、狼藉を働いたのかと思ったそうだ。部屋には、いろいろなものが散乱しており、ベッドは激しい格闘があったかのように乱れていた。ユラの胸ははだけていて、その胸には激しくかきむしった跡が赤々と残っていた。シーツには大量の血が染みており、その血にうずもれるようにして、ユラが目を見開き、口を開いて、手も足も放り出すようにして仰向けに横たわっていた。手指は、何かを掴み取ろうとするかのように、曲がったまま固まっていた。

しかし、すぐに、シーツに染みた大量の血が、ユラの目や耳から噴出したものであることがわかった。その後の解剖からも、ユラの脳に想像を絶する衝撃が加えられたことが明らかになった。それが、単なる外傷性の衝撃でないことは明らかだった。ユラの脳は破壊されていただけではない。一部が焼け爛れていたのである。

たぶん、何かが彼女の脳を襲った時、ユラは、激しくそれに抵抗したに違いない。

「出てって！」

リンのうわ言に乗り移ったユラの叫びがそれを示している。

彼女の胸の掻き傷は、彼女自身の爪によるものだ。

しかし、抵抗できたのは一瞬だったのだろう。そして、最後の瞬間、ユラはリンに救いを求めた。ユラの断末魔の叫びが「時を隔てた運命の双生児」リンに届いた。そして、その最後の叫び、一見無秩序な意識の断片、ユラの遺言がリンの中に遺されたのだ。

18 シャーマンとミコ、そして愛で身を守る方法

タスクがリンの病室にやってきた。

「リン。君の脳の中にはユラが遺していった事件の手がかりが隠されている。クシが来るまでの間に、それをできるだけ手に入れておきたい」

「はい。リョウから聞きました」

「さて、調査を進めるにあたって、方法について、ぼくの考えを言っておきたい。考えというか、仮説なんだが、おそらく方法についての参考になると思う」

タスクはそう言って「シャーマン」と「ミコ」について話を始めた。


トランスにはシャーマン型とミコ型がある。

ぼくは、そう考えている。

シャーマンとミコについては、民俗学や文化人類学の世界でも一緒くたに語られることが多

いが、厳密には違うものだ。

シャーマンは、自分の魂を自由に飛翔させて異界に赴く。そういうやり方で、いろんな霊や神々と交信する。彼らは、さまざまな儀式やメディテーションで、自分の魂を自分の身体から解き放ち、浮遊する。そして、異界で、目的の神霊に接触するんだ。だから、たとえばひとりだけでも彼らは異界と接触できる。基本的には誰の助けも要らない。

一方、ミコは、その身体に神や霊魂を取り込み、彼らに語らせる存在だ。ミコ自体は、その意識としては、能力者ではなく、自分自身を神霊の「よりしろ」として、つまり最適化された容れものとみなして、神霊を降ろす。よく「霊感がある」なんていう言い方をするだろう。神懸るときも、単独ということは少なく、立会人や審判者、それに、神霊を呼び出す者が同席することが多い。大概は、呪術者が一緒にいて、彼の力でミコに神霊が降りる。降霊会などでも、複数の人たちの力を連携させて、その輪の中の、ミコに相当する霊能者に霊魂を降ろす。

実際は、どちらも神々や霊魂と交感するわけだから、現象としては似たようなものなのかもしれないが、アプローチの仕方や意識が異なるわけだ。

シャーマンという言葉は東北アジアに由来し、ミコという言葉は日本に由来する。

シャーマンは一部に例外はあるが主に男で、ミコは女だ。

もっとも、誤解しないで欲しいのは、ミコは日本だけの特有なものじゃないということだ。

たとえば、古代ギリシアの巫女は、大地の裂け目――これは、大地の女神ガイアの膣だ――の上に鼎《かなえ》を渡し、その上に跨って、大地の裂け目から吹き上がる精気を自らの子宮に呼び込む。そうやって、神託を受け取るのだが、これは、神霊を孕《はら》み、その神霊に語らせているわけだ。神官が立ち会うわけだし、その表出の仕方はすこし生々しいが、機能構造は日本の巫女の場合と同じだろ。

逆に、日本の女性霊能者がみんなミコ型なわけじゃない。シャーマンのように、魂離れして異界に飛ぶ者もある。

さて、ぼくは、別にオカルトの話をしているわけじゃないんだ。こういう話をすると、トランスだったくせに、トランスを霊能者や超能力者のように際物にしていると、悪口を言われそうだけどね。古来、異能者とみなされ、遠くの者や異世界の者と心を通わせる力について、人類がどういったイメージで、それらを理解……いや、理解を飛び越えて、どんな風に把握していたか、それを知ることは、現実の力として、人と心を通わせる君らの力についても、手がかりになるはずだからだよ。

ところで、トランスの場合、送信に適性のある者と受信能力に長けた者があることがわかっている。ぼくは、これをそれぞれ「シャーマン型」「ミコ型」に分類することができると考えているんだ。シャーマン型は「送信型」と言ってもいい。「ミコ型」は「受信型」と言い換えることができる。

面白いことに、大半のトランスは送信力に長けている。これは、事実なんだ。そして、通信のイメージも、驚くほどシャーマン的なんだ。

リョウ、君は、シャーマン型と言っていいだろう。君は飛ぶんだよね、そう聞いたよ。

リンとユラは、現在見るところ、明らかにミコ型だ。それも相当に感応力が強い。リン、君は海面を漂ってリョウを待つんだろう。カウンセリングの記録にもそうある。

ところで、明らかなミコ型は今のところ日系トランスの女性にしか見当たらない。すべてのトランスを調査して統計をとったわけじゃないから正確にはわからないがね。

さて、今のところ「歌」が日系の女性トランスにしか聴こえないという状況は、この仮説と附合する。そうは思わないかい？

リンもユラも、他の六人も、みな日系の女子だ。

ここで、ぼくが言いたいのは、リン、君がユラのメッセージを読み解くにあたっては、リョウにサポートしてもらう必要があるってことだよ。リョウは飛べるんだ。だから、リンという宇宙の中のユラの記憶を探し出し、それを君に伝えることができるんじゃないかな。

「ぼくが……呪術師で？　リンが巫女……ですか？　それで、リンに……その、ユラの魂降ろしをするんですか?」

「いやいや、そういう風にとらえなくていいんだ。トランスの能力の傾向をいろいろ調べると、古来の霊能力に関するカテゴライズがよく言い当てている、ってことなんだよ。それ以上でも、以下でもない。実際、君らの能力は送信、受信ともトランスの中では抜きん出ているし、ふたりで心を通わせるときは、どっちが送り手でどっちが受け手ということはないだろ?」

「ええ」「はい」

「そこに、ユラという第三者が遺したものを導き出さなければならない、というテーマが与えられた。それには、ふたりの協力が必要だ。ユラのメッセージは、リンの中にすでにある。それを導き出すためには『心の旅』に長けたリョウの協力が要る。リョウには、そういう適性がある。リンはそれを受け容れる十分なキャパシティがある。そういうことだよ」

「リンは心を開いていればいい。ぼくが、リンの中に飛ぶ。リンの心の奥底に隠れているユラのメッセージを探し出し、それをリンに教える」

「あたしが、それをタスクに伝える。そういうことですね?」

「そのとおり。ただし、その前にリンの安全をより確実なものにしておく必要がある。今のシールド技術だけでは不十分だよ。ユラの件でもわかるだろう。リンが心を開いた状態で調査を進めていると、何者かがそれに乗じて侵入しないとも限らない」

リンが戦慄いた。

リョウは、地球での訓練初日に、クシがリンの中で自分を待ち受けていた、あの恐怖を思い出した。

「どうすれば……」

「どうしたらいいんですか？」

タスクが真顔で言った。

「愛だよ」


タスクは、リンを危険から守るのは「愛」だと言う。

「愛？」

この言葉は、二十一世紀末の恋する少年少女にとっても、日系、つまり日本語を母国語とする多くの人々にとっても、滅多に口にすることはなく、正面きって口にのぼらせるには些か気恥ずかしい言葉である。

「愛で身を守る。おかしいかい？」

リンもリョウも真っ赤になった。いろんな意味にとれる。いろんな想像が一瞬の間に彼らの心に灯った。

「リョウ。変な……」

リンが思わずリョウのほうを向いて、小さく叫んだ。

「ごめん!」

リョウが深呼吸した。

「違う違う。シールド法だよ。さっき話した能力の傾向を前提として、よりしっかりしたシールドの方法論があるんだ。これも……仮説だけどね。仮説というのは、実験していないという意味だ。理屈は簡単だよ」

「すみません……」

リョウがうなだれた。

タスクは、すこし笑ってから、リンに尋ねた。

「リン。君の一番信頼できる人、わかりあえる人、大切な人、その人の心が君の扉をたたいたら、その音だけで間違いなくその人だってわかる人はいるかい? いるとしたらそれは誰?」

リンは答えずに、すこし顔を赤らめてリョウのほうを見やった。

それから、すこし目を落としてつぶやいた。

「それとユラ……だった」

「ユラはもう君の中にしか遺っていない。だから、リョウだね」

「はい」

今度は、きっぱりと言った。


つまりこういうことだ。

ミコ型トランスは受信感応力が強い。ということは、飛び込もうとする心があれば誰彼となく受け入れてしまう傾向がある。「歌」現象がいい例だ。そして、ユラはその「強すぎる受信感応力」の犠牲者だ。

リンは、ある程度のシールド力を身につけたが、それは単に、微弱な精神波ノイズを自ら放ち、それに常にゆらぎを与えることで、外から心を見えにくくする、そういう技術だ。そして、それだけでは、強い精神波が彼女の心に押し入ろうとしたら防げない。

ユラの時が、ユラの遺言がリンの中に飛び込んだ時がそうだった。

ユラはミコ型だったけれど、最後の瞬間にシャーマンの力を、それも恐ろしく強い力を発揮して飛んだ。ユラはリンを狙いすまして飛んだんだ。リンはまったく無防備だったと言っていい。だから酷い衝撃を真っ向から受けた。少々のシールドでは役に立たなかったわけだ。

そこで、リンがリョウのことを思い、リョウが扉をたたくのを耳をすませて必死で待つとする。リンのミコの力は、リョウという訪問者のみを待ちつづけることで他の侵入者が呼びかけても扉を開けない。リョウだけを迎え入れることに決めているからだ。

これは厳密に言うとシールドじゃない。しかし、迎え入れる精神波を厳しく選別する力があれば、他の侵入を妨げることができる。

ミコの力をコントロールするのだ。高い集中力を要するが、ここ一番の危険が迫っている時、そうやって身を守ることができる。

「リョウの精神波によくなじんでおくことだ。他の精神波と間違えないようにね。まぁ、いまさら間違えたりはしないだろうけどね」

ふたりは、もう一度、赤くなった。

19

あらたな惨劇

そして、リンの病室で、ユラの遺言を読み解くための作業が始まった。

タスクが立ち会い、リョウがリンの肩を抱いてリンの中を浮遊する。

リョウは、リンの中に遺されたリンならぬ気配を探りながら、それらしい情報の断片を順次、抽き出していく。

リンがそれをタスクに伝える。

タスクが、それらの情報を選別し、整理していく。

このようにして、ユラの遺言は徐々に形をなしていったが、その日のうちにあらたな事件が発生してしまった。


その時、リョウはリンの中を、ユラの気配を探りながら、奥へ奥へとゆっくり下降していた。

突然、リンの心に緊張が走ったような気がした。

周囲にただならぬ気配を感じる。

リンの心が大きく揺らいだ。

リンの中に浮かんでいたリョウは、周囲に大きなうねりを感じて、息を潜めた。


ベッドの上では、リョウがリンの肩を抱き、リンはリョウの胸に頭をうずめて、その心をリョウに開放していた。

突然、リンの身体が強張った。

小刻みに震えている。

そして、リョウの背にまわしていたリンの手が、リョウの服を握りしめた。

次の瞬間、リンが大きく震え、リョウの背に爪を立てた。必死に何かに耐えている。

リョウの背に血が滲み、リョウはその痛みに耐えなければならなかった。

タスクは異常な事態に気づくと、すぐにリョウの肩に手を置いて、リョウの耳元で命じた。

「出るんだ。いったん戻れ」

リョウが目を開け、うめいた。

リンの腕の力が緩んだ。

リンが肩で息をしている。まだ、小刻みに震えている。

「リン、どうした？」

リョウがリンを抱きながらそっと声をかける。

「ごめん。あたし……」

リンが目を開け、喘ぎながら答えようとした。

タスクがリンの肩に手を置いて、ゆっくりと制した。

「落ち着いてからでいい。無理するな」

「いいえ。……大丈夫。……誰かが……何かが来たの。それで……でも、入れなかった」

リンは、タスクの背にまわしていた腕を解いて身体を起こし、呼吸を整えようとしたが、両手の指先に付いた血を見て小さく叫び、真っ青になって咳き込んだ。

「リン、大丈夫だよ。気にしないで」

「血？　血が……」

「ぼくのだよ」

「え？　リョウの血？」

リョウがリンの頭を撫ぜて笑いながら言う。

「リンは力があるんだなぁ。ひっかかれちゃったよ」

リンはすこしの間、事態が呑み込めなかったが、すぐに真っ赤になった。

「ごめん！　ごめんね」

「誰かが？　君に侵入しようとしたんだな」

タスクが深刻な顔でリンを問いただした。

「はい。誰かが、入ろうとしました。でも……お蔭で助かりました」

その時、病室に緊急連絡が入った。

非番でリラクゼーション・ルームにいたトランスのひとりが、急死したというのだ。それは、タスクのシールド指導によって「歌」症状が改善されていた六人のひとりだった。

あらたな惨劇の被害者が出てしまった。

リラクゼーション・ルームには、犠牲者の他にも非番や待機中のトランスたちがいた。彼らの目の前で、その惨劇は起きたのだ。

コーヒーを飲みながら談笑していた彼女は、突然カップを放り出して立ち上がった。そして、大きく戦慄くと、目を見開き、胸を掻きむしってうずくまった。次の瞬間、今度は弓のように反り返ったかと思うと、まるで何かに弾き飛ばされたように後ろに飛んだ。

「飛んだ」

目撃者たちは、そう言っている。そして、休憩中の何人かのトランスに激突して床に落ちた。

突然のことに誰も動けなかった。コーヒーを一緒に飲んでいた数名が彼女のもとに駆け寄ったとき、彼女は目や、鼻、耳から血と体液を噴出してこときれていた。リラクゼーション・ルームのあちこちに、彼女がはじけた時に撒き散らした血や体液が飛び散っていた。

タスクは現場に急行した。

リョウはリンの安全を確保するために病室に残った。

犠牲者はすぐに緊急治療室に運ばれたが、即死だった。解剖が行われた結果、著しい脳の破損と焼け爛れた跡が認められ、状況はユラの時と同じだった。

ふたり目の犠牲者だ。

しかも、今度は、衆人環視の中で殺人が行われたのだ。

セリも呼び出され、解剖に立ち会った。セリは、酷く憔悴しているように見えた。

「どうした?」

普段、疲れとか苛立ちを見せないセリが酷く疲れている様子なので、心配になったタスクが訊ねた。

「頭痛がするのよ。このところね」

「どこか悪いのか。君にまで倒れられちゃ大変だよ。無理はするなよ」

「どこか悪いわけじゃないのよ」

彼女は、ユラとリンの事件の後、ずっと自宅の試験設備で現象の分析を続けていたのだと言う。

「ちょっと根を詰めすぎたのかしらね。でも……間に合わなかったのね。間に合わなけりゃ、いくら根を詰めても無駄ね」

「第二の事件が起こるのが、あまりにも早すぎたよ。みんなにどう説明したものか……わからないことが多すぎる」

「リンちゃんたちは？　どうしてるの？」

「いろいろ聞き取りを、と思ってるんだがね。まだ、安静だな。今は、リョウが付き添ってる」

タスクは、すこし誤魔化した。この段階で、彼らの能力や調査の背景を漏らすのは危険だ。たとえ、相手がセリでも。

「そう、大変ね。一段落したら、わたしも手伝うわ」

「そう願えれば助かるよ」

そして、その日の午後、三人目の犠牲者が発見された。今度の犠牲者も「歌」を聴いたひとりだ。彼女も非番だった。自室で死んでいるところが見つかったのだ。死亡推定時刻は、第二の被害者とほぼ同時だった。

セリは、三つの事件のデータを医局で整理すると、自宅にこもって分析作業を急ぐことにした。


センターは大騒ぎとなった。

これはもはや殺人、テロリズムだ。

恐慌をきたしたと言っていい。

「歌」を聴いた者が順次死んでゆくのではないか。

何かの呪いじゃないか。

「歌」が通信ノイズであることは、トランスたちには説明してあったはずだが、詳細な原因や見通しは「調査中」だ。こういった場合「はっきりとわからない」ということが、たとえそれが真実であっても混乱を招く。

タスクは「歌」の問題が、現在は対処済みであること、そして、今回の惨劇と「歌」の間には因果関係がないことなどを説明し、何とか彼らを鎮めた。しかし、これ以上惨劇が続けば、おそらく、イオの通信センターの業務は一時的にでも停止せざるをえなくなるだろう。そうなれば、遠隔惑星エリアの通信システムは壊滅的な打撃を受けることになる。何せ、トランスによる精神波通信システムは、労働集約システムなのだ。

そして、ここでトランス通信に大きな支障が生じれば、それは、トランス・システムの将来の展開に支障をきたすだけでなく、トランス・システムの戦略的な位置づけを重視してきた国連の今後の活動の障害となり、その威信をも著しく傷つけることになりかねないのだ。

20

「イオの悲劇」そして無力なる者の記憶

タスク、リョウ、リンの三人は、ユラの遺言の分析を急いだ。

リョウがリンの中で見つけ出すユラの遺言は、断片にすぎない。それらをすこしずつ集め、意味のわかるものや、関連のあるものをつなげていく。

箱をひっくり返して、すべてが揃っているかどうかもわからなくなったジグソーパズルを、あれこれ並べなおしながら組んでいく作業に似ている。根気と直感が頼りの地道な作業だ。タスクという、冷静で根気強い指導者がいなければ、リョウとリンだけでは、到底成し遂げられる作業ではない。

作業をつづけるうちに、リンは妙なことに気づいた。

「変なんです。……ユラの遺言のはずなのに……」

「君もそう思うかい？」

「ええ」

「ユラの遺言の中に、ユラのものではない、何者かの記憶かメッセージが混入している。整理してみると、むしろ、その『何者かの記憶』のほうが目立つな。ユラの遺言だとすると違和感がある」

リョウが思考を辿るようにつぶやいた。

「ユラに誰かが侵入を試みた。ユラの抵抗が激しく、侵入は果たせなかった。ユラはリンに救いを求めた……」

「というより、リンに、その時の必死の状態そのままに、心を飛ばしたんだな。それが、遺言……『メッセージ』だ」

「そのメッセージには、ユラに侵入しようとした誰かの心象が含まれている」

「そういうことだな」

「でも……だとすると、その『誰か』の目的はなんだったんでしょう。データを盗み出すことなら、そんな心象まで一緒くたにぶつける必要はないですよね。第一……」

「そうだ。第一、通信中のトランスに侵入するならともかく、『歌』症状で寝込んでいる者に侵入するというのはおかしい」

「昨日、リンに侵入を試みたのもおかしいですね。それに、昨日の犠牲者たちも、リラクゼーション・ルームや自室で襲われてる」

「データを盗む以外にも目的があるんだな。しかし、データを盗むにあたっては犯人は慎重だった。今回は強引にことを進めようとしている」

「犯人が同じとは限らないですよね」

「その可能性はある。いずれにせよ……もうすこし、調べてみよう」


そして、ユラのものとは思えない記憶の断片がすこしずつ見えてきた。


キーワードがいくつかある。

「ほし」「つらら」「ミルク」「帰りたい」

これらが、キーワードだ。


そして、いくつかの断片的なイメージ。

何かを訴える人々。そこは役所か、何かの受付のようだ。騒然とした空気。

荒涼とした谷間。どこかの星か。

力尽き倒れる宇宙服の人々。

宇宙服、ヘルメットの内側で微笑む女性の顔。

ぞっとするほど冷たく、切り裂かれた星空。

そして、キーワードにもあった、氷柱。

冬の地球の景色か。一面の雪景色に、氷柱。氷柱に陽光が煌いている。


「難民……か」

タスクがうめいた。暗い顔だ。

「難民？」

リンが訊き返す。

「ああ。これらの『記憶』に……附合する事件が、かつて、イオであった」

「イオで？」

リョウが小さく叫んだ。

「こう呼ばれている。『イオの悲劇』ってね。もう、三十年近くも前の話だよ。ほとんどの人が、もう忘れてしまっているかもしれないがね。嫌な……事件だよ。ぼくも、詳しくは知らない。ちょうど、ぼくがイオに来た頃の……話さ」

タスクはリンとリョウに「イオの悲劇」について語った。

今世紀二度目の大戦、第四次世界大戦が勃発した時、ちょうど、その頃の超大国UHXからイオの実験基地に派遣されていた研究者たちがいた。

彼らは、大戦が始まったというニュースが入ると、当時イオを主管していた日本政府に難民として亡命することを申請した。

大戦は、UHXで起きたクーデターに端を発して始まった。新政権は、UHXの全土を掌握したわけではなかったが、首都と、国軍を掌握した段階で、もうひとつの超大国UNAと戦端を開いてしまったのだ。クーデター派は、愛国派でもあり、関係がこじれかけていたUNAに対する強硬な態度は、一般的には国民の支持を得ていた。国力に自信のある民衆というものは、威勢のいい国策を支持してしまうものだ。

イオに赴任してきた研究者たちは、ハト派と目されていた。さらに、彼らは、国内では改革派で、反体制色が強いとも目されていた。つまり、彼らは、新政権側とも、いまだに国土の一部を掌握している旧政府側とも、微妙な距離を置いていたことになる。そして、この時期に帰国することが、彼らの安全に微妙な影を落とすことは、誰の目にも明らかだったろう。

しかし、当時のイオ基地を主管していた日本政府は、この時点での迫害や抑圧の事実が認められないことを理由に、難民認定を拒んだ。本音は、超大国への外交的な配慮だ。当時、戦争が始まって間もないこともあって、戦争の帰趨《きすう》はまったく見えてこなかったと言っていい。日本政府は、戦争に対しては中立という立場を表明したが、この時期にどちらに肩入れしても禍根を残すと考えたのだ。それに、戦争は存外早くかたがつくのではないかという見方が多かった。すでにＵＨＸの国力はＵＮＡを確実にしのいでいたのだ。結果として、彼らは本国に送還されることになった。

しかし、絶望した幾人かが、基地を脱出した。そして、結局イオの大地をさまよったあげく餓死してしまったのだ。捜索隊が彼らを発見した時には、ほとんどの逃亡者は死に、かろうじてひとりの子供が死を免れた。

この悲劇で世論は日本政府の対応を厳しく非難した。結局、日本政府は、この生き残った子供を本国に送還することはせず、日本で保護することにした。子供の母親が日系だったこと、そして、法的根拠としてもっとも重視されたのは「遺伝子上の父親」が日本人であったことだという。子供は、人工授精によって生まれたのだ。しかし、これが世論の圧力による措置であることは明らかだ。

このことがきっかけになって、基地に拘留されていた他の「難民」も最終的には難民認定され、亡命が認められたのである。

この事件は「イオの悲劇」として報道され、日本政府の対応もさまざまな形で批判されたのだが、三十年経った今日では、記憶もだいぶ薄れてしまった。その頃、タスクは両親と一緒にイオに来たばかりの小学生だったが、はっきりした記憶はない。彼自身にとっても、この事件は「歴史」のひとコマにすぎなかった。

嫌な話だ。

リョウも、リンもひと言も言い出せない。

彼らも、この事件のことはまったく知らない。この、二十一世紀末という、十分に情報化されたはずの世界でも、まったく知らされていない重要な事件というものがある。学校でも習わなかった。通信センターでの教育でも、近代史で、この事件は採り上げられなかったはずだ。情報を与《あずか》るということ、情報のインフラを握るということの重要性、重さをひしひしと感じた。同時に、情報を巧妙に操作しうるということの恐ろしさを知った。

たぶん「イオの悲劇」について調べれば、容易にその情報を、それも詳細な情報を入手できるのだろう。情報は、隠されているわけではない。しかし。しかし、である。人々が話題にしなくなること、公的な場でその事実に触れないこと、教育現場で採り上げないこと、そういった「消極的な隠匿」が積み重ねられれば、後の世代の人々は、その事実を調べるきっかけさえ失うであろう。

「リン。おそらく、遺言からの手がかりはこれで十分だ。あとは『イオの悲劇』と、ぼくのほうで手配したいくつかの調査の結果から、調査を進める。疲れたろう。クシが来るまで休養をとってくれ。安心して眠るといい。ただ……悪いが、リョウを借りるよ。今度はこっちの調査を手伝ってもらう」

「はい。わかりました」

「それにしても」

タスクは昏い目をしたまま、快活そうにリンに言う。

「君は、君の中の亡くなったユラの叫びを解きながら、ユラに代わって、ユラの言葉をぼくらに聞かせてくれる。君はまさに巫女だな」

タスクは医局に連絡をとって、リンを安静にするよう依頼してから、リョウを伴ってセンター長室に向かった。

センター長室で、タスクは、これまでの調査結果、そして、機材の流通に関する調査記録などをリョウに示した。

「こいつらを調べ上げるんだ。それから『イオの悲劇』だな。……調べれば、いくらでも情報は入手できるだろうが……ただ、残念ながら、本件ではトランス・システムは使えない。イオ内のデータベースで調べて、地球への照会が必要ならレーザーを使う。ホットラインを使う。イオクシは、もう地球を発っているだろうが、今回わかったことをレーザーで送っておこう。すでに移動中なら転送されるはずだ」

「このイオに……悲劇の関係者か、犠牲者がいるかもしれない……ですね」

タスクが昏い顔で答えた。

「ああ。もし、いれば……その人物に……当たらなけりゃならない」

タスクが椅子に深く腰を沈めて溜息をついた。タスクらしくない。

「大丈夫ですか？　お疲れなんじゃ……」

「いや。君らに比べれば、疲れはたいしたことはない……ただ」

「でも、責任の重さは比べものに……」

「そういうことじゃないんだ」

声が荒くなった。

「すみません」

リョウは驚いた。

「いや。すまん。ぼくのほうが……おかしいな」

タスクが立ち上がった。そして、部屋の隅のキャビネットを開け、瓶を取り出した。

あれは？　お酒じゃないか？

「気にしないで、調査を進めてくれ。悪いが……ちょっと、これなしでは、今夜は無理だ。ほんのすこし、すこしだけだ、ひと息入れさせてもらうよ。それから……何かぼくがひとり言《ご》つかもしれないが……気にしないで、聞き流してくれ」

タスクにこんな一面があるなんて。

しかし、リョウは、言われたとおり調査に入った。

タスクは瓶からウィスキーをカップに注ぐと、一息に飲んだ。そして大きく溜息をつくと、額に手をついてしばらくうたた寝するように目を閉じて、椅子に身体を沈めた。

「難民……か」

タスクが、うなされたかのようにうめいた。

◇　◇　◇

「おい。すぐに身の周りのものを整理するんだ。必要なものだけにするんだ。急いで、ここを出るぞ」

「あなた、どうしたの」

「北京でクーデターだ。そればかりじゃない。どうやらＵＮＡに宣戦布告したらしい」

「何ですって？」

「ばかなことを……。とにかく、話は後だ。早く用意するんだ。早く出国してしまわないと、帰れなくなるかもしれん」

「祐、祐、起きなさい。出かけるのよ」

幼い祐が、母親にたたき起こされたのは、深夜と言っていい時刻だった。

大急ぎで支度させられて、家を出た時も、まだ空は真っ暗だった。

祐と母と父、三人は急いで駅に向かった。始発の上海行きに乗る。そう父が言ってたような気がする。祐はちゃんと起きられなくて半分眠っていたから、どうやって駅に辿り着いたかはまったく覚えていない。ただ、父の声は何となく聞こえていた。
「万一、鉄道がだめでも、長江沿いに下れば上海まで出られる。上海まで出てしまえば船か、空港で出られる」

父は、国から派遣されて、四川の奥地でUHXと日本の資源開発の合弁プロジェクトに参加していた。一家揃って、ここに来て一年ほどになる。しかし、この国に何かあったらしい。取るものもとりあえず、急遽帰国することにしたのだ。

UHXの大統領は、全国の遊説中だった。大統領の留守中を狙って、愛国派とよばれる一党が、首都でクーデターを敢行し、どうやら成功したらしい。そして、あろうことか、その勢いを駆って、ライバル国に戦争を仕掛けてしまったらしい。当の大統領は、上海に向かっているという。上海に、臨時に政府を置くのだろう。大統領は首都と国軍を失ったものの、彼を支持する南西部や南部の勢力を背景に形勢を盛り返そうと考えているのだ。経済力も、軍事力も、かなりのものがあるから、あながち無理な話ではない。ただ、新政権が戦争を始めてしまったことが、事態をややこしいものにしかねない。

大統領は宣戦布告を無効だと宣言するだろう。そして、ライバルであるＵＮＡの支援を取り付けるというような動きに出る可能性もある。しかし、そうなると、この国の中が本格的な戦場になってしまうかもしれない。何が起きるか、予想もつかないのだ。

とにかく、今は、大統領が臨時に政庁を置くであろう上海に何とか辿り着いて、そこから日本に向けて、船か航空機で出国するのが、一番安全そうだ。

駅はごったがえしていた。上海からの出国をもくろむ白川家の三人と同じ目的の外国人や、急変を知った多くの民衆が、一刻も早く上海に逃れようと集まってきたのだ。誰が考えても、今、長江沿いで安全なのは上海だ。内陸地域は、戦場になる可能性が高い。

そして、寝ぼけ眼の祐は、気がついたとき、ごったがえす雑踏の中に、ひとりで立っていた。

事態に狼狽するには、祐は幼すぎたといえるだろう。彼にとって、この状況は「迷子」のバリエーションにすぎない。

「長江を下れば上海」

父の言葉が記憶に残っていた。

彼は、後にトランスとして適性を認められることになるが、多くのトランス適性者がそうであるように、頭の回転と記憶は、その年頃としてはずば抜けて優れていた。

祐は、混雑する街を離れて南に向かって歩きはじめた。南に、お日さまのほうに向かえば、どこかで長江と行き合うはずだ。長江に出たら、下流に向かって行こう。どこかで船に乗れるかもしれない。

祐の背中のリュックには、非常食代わりのビスケットと、ボトルに入ったミネラルウォーターがある。祐は、ビスケットをほんのすこしずつ、すこしずつ食べながら歩いた。水は、長江に出れば調達できるに違いない。

二日歩きつづけたところで、大きな渓谷に出た。眼下に大きな河が見える。

これが「長江」かな？

考えている時間はない。

これが、長江でなくても、その支流だろう。だったら、下流に向かって歩けばいい。

長江かもしれない河に沿って、祐は下流へ、下流へと歩いた。

四日経ち、ビスケットがなくなった。ミネラルウォーターもとうになくなっていたが、河から汲んだ水をボトルに入れて歩いた。

五日目、飢えて歩けなくなったところで、難民のような一団と出くわした。幼い祐を見て、彼らは一緒に行くことを許してくれた。何とか飢えずに済む。祐は絶望という言葉を未だ知らなかった。彼は無邪気に幸運を喜び、言葉こそ通じないものの、彼ら難民の一員として、ともに南へ向かった。一団の様子と、時折聞き取れる言葉から、彼らもまた、上海に向かっているのだと思われた。

十日ほど経ったろうか。一団に異変が生じた。大人たちが病気で次々に倒れていったのだ。そして子供たちも。みんな、顔や身体が黄色くなって痩せ衰えていった。三十人ほどいた一団のほとんどが、動けないまま死んでいった。

ひとりの少女と、祐だけが生き残った。

少女は、祐よりもかなり年上だった。やせこけた死骸の傍らで目を泣き腫らしていた。

少女は、両親との死別を嘆き、悲しむことを知る年齢になっていた。そして、か弱い腕で、穴を掘りはじめた。祐は彼女を手伝った。

両親の埋葬が済むと、少女は、救いを求めるような目で祐を見た。

祐は、河の下流を示して言った。

「シャンハイ」

少女はこくりとうなずき、祐に従った。

数日経つと、祐のリュックや少女の頭陀袋に詰め込んできた食料も、残りすくなくなってきた。そんな不安を胸に、ふたりは淡々と川沿いに歩きつづけた。祐は十歳にもなっていない。少女は十代半ばだろうか。しかし、歩いている姿は、幼い祐に姉のような少女がしたがっているように見える。

ふたりが渓谷を川沿いに歩いている時だった。谷あいに数名の男たちの一団が現れ、彼らを囲んだ。馬に乗っている者もいる。彼らはふたりを取り囲んで、いぶかしげに見守った。

祐にも、少女にもなすすべは無い。

男たち、というが、どうやらかなり若い。中には少年と言っていい者もいる。

年格好や様子から見て、彼らもまた難民か流民だと思われた。祐たちと同じように流民団で大人たちが死に絶えてしまったか、あるいははぐれたのか。

少女はしばらく怖れていたが、相手を自分たちと同じ境遇と見て取ったのだろう、意を決して、男たちに何かを訴えた。リーダーのような様子で馬に跨がっていたひとりがにやりと笑うと、突然馬の腹を蹴って少女のほうに走らせ、少女の腕を掴んで馬上に引き上げた。他の男たちも歓声をあげ、祐の周りを二、三周すると川上のほうへ駆けていってしまった。
祐はひとり取り残されてしまった。
追おうか、追うまいか。
と、彼らが去ったほうから、少女の叫び声が聞こえた。
どうしよう。
また、叫び声。
どうしたんだろう。
何があったのだろう。
どうしよう。
行こうか。
叫び。
男たちの笑い声。
祐は行きかけて、立ち止まる。
少女の泣く声。
叫ぶ声。
苛められてるんだ。

どうしよう。

祐は、動けなかった。

やがて、静かになった。

男たちが笑ったり、何か話す声が聞こえる。

そして、馬蹄と幾人かの足音が遠ざかる。

少女の声は聞こえない。

泣き声も。

叫びも。

祐は動けなかった。声もたてられなかった。何もできなかった。

祐は谷あいの川岸に、ただ立ち尽くしていた。

夕陽が祐の影をだんだんと川縁に引き、渓谷の影が祐の足元に届こうかという頃、かすかに少女の声が聞こえたような気がした。

祐はようやく川上のほう、男たちが少女を攫《さら》っていったほうへ歩いた。

少女はいた。

死んではいなかった。

襤褸同然だった衣服も剥ぎ取られ、岩陰に裸で仰向けになっている。すこし離れたところに、男たちが置いていったのだろう、毛布と食料らしきものが放り出されていた。

ふたりの視線が合う。

祐は目をそらすこともできなかった。

ただ、少女の悲しい目を見つめつづけた。

祐はすぐには少女に近付けなかった。しばらくそこに突っ立っていた。少女に近付くことがはばかられたのだ。やがて、男たちが残していった食料と毛布を拾うと、それをひきずって少女のもとに歩いていった。

少女は、仰向けに寝そべったまま動かなかった。

真っ赤に泣き腫らした目。その目を祐のほうに向けてじっとしている。

何をしたらいいんだろう。

男たちの振る舞いの意味も、血にまみれた少女の下腹部の意味も、祐にはわからなかった。ただ、難民が難民を襲ったのだということ、少女がとても酷い目にあったこと、自分が何もしてやれなかったこと、そのことを少女がまったく責めていないこと、そしておそらくは、いや、きっと、この少女によって自分は守られたのだということだけがわかった。

しばらくして、少女は何とか身体を起こしたが立ち上がれないようだった。酷く痛そうに顔をしかめた。

祐は、毛布を少女にかけてやって、その傍らに座って肩を抱いた。そんなことしか思いつかなかった。初めて少女が声を上げて泣いた。祐の小さな胸に顔をうずめてさめざめと泣いた。祐は泣けなかった。


翌日、少女は何とか歩けるようになっていた。

時折、祐が肩を貸した。

男たちが投げてよこした食料をすこしずつ食べながら、ふたりは旅を続けた。

しかし、三日目に、少女は動けなくなった。

たぶん、あの時、少女の身体は壊れてしまったのだろう。一度は止まったかに見えたが、少女の出血は続いていた。その夜、食欲もなく、すっかりやせ細ってしまった少女の肩を抱きながら、祐は一晩中起きていた。他に何がしてやれたろう。

翌朝、冷たく、重たくなった少女の身体は、もう息をしていなかった。

祐は、穴を掘った。一日かけて穴を掘った。

夕刻、河の水で少女の顔と身体を洗った。

痩せてはいたけれど、きれいな顔だった。きれいな身体だった。

一生懸命に掘った穴に、少女を横たえた時、祐の目に涙が溢れた。

ぼくは、何者だ。
ぼくは、何ができるのだ。
ぼくは、何もできない。
ぼくは、何者でもない。
ぼくは、いないも同然だ。

祐は旅を続けた。そして、川幅が広く、平坦な土地に出て、大きな街に入った。役所と思われる場所は、すぐにわかった。

はじめ、ぼろぼろの浮浪児のような子供を目にして、奥地の集落からの難民だと思った役所の担当者は、祐の身分証を見て、避難中にはぐれた外国人だということを知った。祐は保護され、上海まで送られた。

上海では、はぐれた祐を必死で捜索していた両親が待っていた。彼らは、祐とはぐれてしまってから、結局、出国することをせず、祐を捜しつづけていたのだ。

ぼくを愛する人たちがいる。
ぼくを守ろうとする人たちがいる。

ぼくを守ってくれた人がいた。
ぼくは、何者だ。
ぼくは、その人たちに何ができた。
ぼくは、何もできなかった。
ぼくは、ぼくは、ぼくは、
ぼくは、何者でもなかった。

祐は両親とともに、無事に日本に帰った。

以前よりも無口になり、感情の起伏を失ったような祐を、両親は暖かく見守った。

はぐれていた間のことを何も聞かなかったし、祐も何も言わなかった。

そして、ほどなくして、イオの地質調査プロジェクトに参加する両親とともに、祐はイオに行くことになった。


イオで暮らしはじめて、ほどない頃だった。

UHXの難民騒ぎがあった。

事件の詳しい経緯は、祐も聞かされていない。

ただ、ある日、イオの医療センターで、自分と同じくらいの年頃の難民の少女が幾人もの大人たちに囲まれて運ばれて行くところに、たまたま行き逢った。

少女の目が祐をとらえた。

ふたりの目が合った。

少女は、昏い目をしていた。

ぼくと、同じ目をしている。

そう思ったことだけを、タスクは覚えている。

◇　◇　◇

「これを見てください」

リョウが叫んだ。

うたた寝していたようだったタスクが立ち上がった。

「どうした」

「まず、こっち。通信機材の入荷記録です」

「医事セクション？」

「ええ。厚生部の医事セクションに、脳内検査システム機材が、この六ヶ月の間に集中して入荷されてますよね」

「うむ」

「そのこと自体は、そんなに奇異なことじゃないのかもしれません。でも、並行して、通信機材、それも、よく見ると、トランス・システムに応用できる高度なものが、集中していくつか入荷されてます」

「もともと、脳内検査システムは、トランス・システムと兄弟のようなものだが……」

「脳内検査システムがあればいいわけですよね。あえて、通信機材を補強するようなことは、ないいんじゃないですか？」

「そうだ」

「それから、こっち。『イオの悲劇』です。いくつか情報があって、中にはゴシップみたいなのもありますけど……。これです」

「遺伝子操作術か……」

「これはゴシップで、噂というレベルなのかもしれませんが……当時、トランス候補の誰かが……まだ、国連が主管する前の話になりますけど……それこそ大戦中ですよね」

「精神波能力を高めるために、候補の子供の誰かが、遺伝子操作術を受けたという噂は、ぼくも聞いたことがある。なるほど、異常な方法で能力を拡張した者がいたかもしれないということか」

「で、これなんです。これが……一番肝心なんですけど。どう思います?」

「難民の生き残り……か。両親を失った少女は……日本の母方の祖父母に引き取られた。その後、医療機関を通じて……何だって。脳内検査システムの開発に被験者として参加? まさか……」

「まさか……とは思いますけど。これって……セリのことじゃ……」

あの時の、あの時の難民の少女。

ぼくと同じ目をした。

気がつかなかった。

気がつけなかった。

「まずい。まさかとは思うが、セリは自宅にこもってるんだったな。それに……」

「リン！」

その時、センター長席でベルが鳴った。

「白川だ。どうした！」

「磯琴が、いません！」

「何だって！」

リョウが椅子を蹴った。

「リョウ。すぐに病室へ行け。ぼくは、セリのほうを手配する」

リョウは、リンの病室に走った。

何があった？

21
悲しみの谷

病室には、リンの姿がなかった。

巡回していた看護師が確認した時には、リンの姿は消えていた。安静のために睡眠誘導剤を投薬したはずだから、自分の意志で部屋を出たはずはない。

警備セクションに捜索隊が編成され、基地内を探索したが行方は知れなかった。

セリも失踪していた。

自宅はもぬけの殻だった。セリの自宅を捜索した捜査隊は、奥の実験室に巨大なシステムが設置されているのを発見した。何のための機器かはわからなかったが、その規模と複雑さは、普通に考えても、一個人の、医療に関する試験設備とは考えられなかった。

リョウは、精いっぱいの精神波を駆使してリンを捜した。

「リン、リン。返事して」

イオのどこかにいるはずだ。

その後の情報の精査で、セリがあの「イオの悲劇」の生き残った子供だったことが明らかになった。しかも、セリは日本に保護された後、そのトランスの才能を見出されただけでなく、当時、実験段階だった精神波通信研究の一環として、開発に関与した企業によって遺伝子操作手術を受けている可能性があった。

難民の孤児は、たまたま異能があったため注目され、実験材料にされたということか。彼女は勤務実績だけからは想像できない強い力を持っている可能性もある。

しかし、彼女がデータ漏洩やトランス殺しを行ったのだろうか？

動機は？

イオの悲劇の復讐か？

それなら、なぜ今頃になって？

復讐ならもっと前にできたのではなかったか。

復讐以外の目的か動機があるのではないか。

セリがもし一連の事件の犯人で、リンに害意をいだいているとしたら、今のリンの力では対抗できないかもしれない。

リョウは必死でリンを捜した。しかし、彼の力、シャーマン力はまだ弱いのか、リンの気配を捕まえることができない。

「落ち着け。君なら、必ずリンを捜し出せる。今、捜査隊もセリとリンの行方を追っている。狭い基地だ。深夜とはいいえ、誰の目にも触れずに、どこかに雲隠れすることなんかできやしない」

リン。リン。リン。どこ？

しかし、何の気配も感じない。

タスクがリョウの肩に手を置いた。

「ぼくが……何か、手助けできればいいんだが……ぼくには……」

「リン！　リン！　リン！」

リョウがタスクの腕にすがりついた。

「ぼくは、ぼくは、ぼくは……リンを捜し出せないなんて。こんな時に……こんな時こそ……何のために、何のための力なんだ。リンを救えないのなら、何のために、何のために……」

ぼくは、ぼくは、ぼくは……。

そうだ。ぼくも、あの時……ぼくは……。

だめだ！

何をばかなことを！

「リョウ、しっかりしろ！　君にはできる！　できるんだよ！」

その時、センター長室のドアが開かれた。

クシ。伝説的能力の持ち主。人材開発センターの八重垣櫛次長がイオに到着したのだ。

「何やってるの！」

クシはリョウのもとにつかつかと歩み寄った。

そして、リョウの頬を思い切りたたいた。

リョウが床に吹っ飛んだ。

「しっかりしなさい！　あなたの力は、あなたたちの力はね、こんなものじゃない！　何のために、あなたたちを選んだと思ってるの」

「クシ！」

クシが、今度は優しくリョウを助け起こす。

「あなたの力はね、リンのための力なのよ。リンのために備わった力なの。わかる？　あきらめてはだめ」

「クシ、申し訳ない。ぼくは、あまり役に立たなかったよ」

タスクが暗い声で言った。

「何を言うの。あなたはよくやってくれたわ。報告は見ました。最新の報告もね。事態を甘く見たのはわたしです。でも、この子たちは、大丈夫よ」


リョウが立ち上がる。

溢れ出した涙を、悔し涙をぬぐって、目を閉じる。

「手伝ってあげる。さあ。肩の力を抜いて。落ち着きなさい。気張ってはだめ。リンを、リンのことを思って」

クシがリョウの肩に手を置いた。


「さあ、思い出して。リンと初めて接続《コネクト》した時のこと……」

リン！　そうだ。あの日。

初めて接続した時、何とも愉しい響きが……いや、響きだけじゃない。とてもいい香りが、それに、光だ。

暖かい光。

金色の光。

「地球で会ったわね。ふたりで、素敵な時を過ごしたんでしょう」

そうだ。

お花畑。

花々にうずもれたリン。

リンの呼吸。リンの柔らかな息づかい。

鈴の音。

リンが舞っている。

花々を撒き散らしながら。

花々を纏ったリン。

「あなたは、一度、リンを救い出したわね。すでに、リンを助け出したわ。昏い、くらい世界から」

リンの小さな肩。

静かに息づく胸。

あたたかい背中。

柔らかい。

なんて、柔らかい身体。


クシがリョウの肩をすうっと押した。

リョウの身体が、立ったまま、まるで浮遊するように揺らいだ。

見えない糸に吊られているかのように、揺らぎながら、倒れない。


やがて、果てしない空間、混沌《カオス》の海を浮遊するリョウの心象がリンの息づかいを感じた。

そうだ。今は、リンは、ぼくを呼べないでいる。

だから、呼びかけてもだめだ。

ぼくがリンを見つけて、飛んで行くんだ。

いた。

リンだ。

リンの香り。

リンの光。

リンに向かってリョウはまっすぐに飛ぶ。

リン。


必死で心を閉じているリンの扉がリョウによってそっとたたかれた。

扉がゆっくり開かれ、リョウを迎え入れる。


リンを通してあたりの様子が見える。

そこは基地の外、イオの上だ。ちょうど基地から見てイオの裏側にあたる渓谷だ。

「ここは……イオの上です。木星は見えないから……裏側。なんて深い谷。暗い谷。……ドームがあります」

「悲しみの谷」

タスクがつぶやいた。

逃亡した難民たちが疲労と飢えの果てに死んでいった渓谷。

そこは「悲しみの谷」と呼ばれていた。

22

セリ

リンは「悲しみの谷」の記念碑脇の小さなドームの中でセリと向き合っていた。

かつて、そこは何もない荒れた渓谷だったが、今は悲劇を伝える小さな記念碑と、そこを慰霊に訪れるかもしれない人々のために用意された小さなドームがあるばかりだ。

だが、悲劇から三十年経った現在では、訪れる人はない。ドームは荒れ果てた山の避難小屋同然だった。

リンは寝間着姿で円形のドームの端でうずくまっている。

セリは透明なドームで、リンと反対側の端に膝を抱いて座り、星空を眺めている。

「来たのね。王子様も」

セリはリョウがリンに入ったことをすぐさま見抜いた。

「たいしたものだわ、あなたたちは。最強コンビってところね」

星空を眺めつづけながらセリが静かに言った。しかし、その静かな様子からは想像もできないほどの苛烈な精神波を絶え間なくリンに放っているのだ。

リョウはリンの中でリンの心をしっかり抱きしめた。リンは震えながら必死でセリの浸入を阻んでいる。

「わたしと勝負できるテレパスなんて、彼女だけかと思っていたけど……」

静寂。

なんて静かな。

「あの時と同じ星空。いつ来ても同じ星空。星は今も何も言わない。何もしない」


セリはその半生を語りはじめた。執拗に精神波を放ちつづけながら。


三十年前、幼いセリは、研究者であった両親とともにイオの実験基地にやってきた。しかし、本国では戦争が始まり、彼らの微妙な立場は、帰国後の処遇を、いや処遇だけじゃない、身の安全さえもおびやかすものだった。

難を逃れるために難民申請を願い出た。

しかし、イオの基地を主管していた日本政府はこれを認めず、絶望した彼らはイオの原野にさまよい出たのだ。

母から最後の食料、わずかなミルクをもらった。

彼女の目の前で両親は餓死した。

両親が死に、彼女が生き残って救出されたのは、ここ「悲しみの谷」だった。

セリは、その後、難民として日本政府に保護され、母方の姓だった「千家」を名のった。

セリは、病気がちだった。

ちょうどその頃、通院していた病院でポスターを見た。

日本人として、祖父母の下であたらしい暮らしに慣れはじめていた彼女は、徐々に将来のことを考えられるくらいになっていた。

医師になる。

そんな考えを持ちはじめた頃のことだ。

あたらしい脳内治療のシステムの被験者を募集しているという。

セリは応募し、適性を認められて採用された。

そして、クシとの出会い。

トランス・システムの原理が、セリとクシの交信によって発見された。

だが、プロジェクトに参加した医療機器メーカーは、その装置の別の未来を展望した。

超能力者の養成。

超能力の開発。

そして、その実験の一環として、セリは遺伝子操作手術を受けたのだ。

しかし、ほどなくしてシステムは国連の管理下に置かれ、メーカーの野心はご破算になった。

そもそも、遺伝子操作は国際協定で禁じられていたのだ。

手術の事実は、封印された。

彼女は、トランスとして優れた能力を見せた。

ネイティブ、つまりテレパスとしての能力も開花させていた。しかし、それが文字どおり彼女の天分によるものなのか、訓練の中にテレパスを生み出す要素があるのか、そして遺伝子操作の賜物なのか、それはわからない。

セリはトランスとして実績をあげた。しかし、ネイティブ能力は隠した。異常な能力を見せることを怖れたのだ。遺伝子操作の事実も、その頃には彼女自身にとっても重荷になっていた。

静かに生きていたかった。

トランスの仕事は厳しいものだった。

元来、虚弱だった彼女は、二十歳になる前に引退した。もう、続けるだけの体力は残っていなかった。ただ、その原因が他にあることをその後、知った。

そして彼女はイオに戻ってきた。

「あの時、わたしは死んでしまってもよかったのよ。でも、わたしは生き残ってしまった。今はね、今は、静かに、静かに生きていたいの。なのに、なのに今度は……時間がないのよ。時間がないの」

セリがリンを見つめた。

リンはうずくまったまま、顔を上げない。

セリの視線を拒んでいるのだ。

「だから。だから開けてよ。私を入れて。入れてよ。あなたを殺したりはしないわ。わたしね、あなたが必要なのよ。あなたなら、大丈夫でしょう。だから……入れてちょうだい。ねえ。だって……ユラちゃんを……入れてあげたでしょう?」

リョウはタスクやクシたち救出隊とともに「悲しみの谷」に向かう。

心はリンの中にあってリンを守りながら、リョウは考える。

トランスの仕事って……。

トランスは一面では憧れのかっこいい仕事だ。

この仕事につけるかどうかは、訓練を経るといっても、適性、先天的な能力がものを言う。

だから候補生として訓練コースに乗ったときは友人たちから羨望の目差しで見られたものだ。

でも……。

トランスは特殊技能だというけれど、何かを工夫したり生み出したりするわけじゃない。受け取ったデータをはるかかなたに飛ばすだけ。

単純労働ということでもない。たとえば道路清掃にしたって、事務のルーチンワークだって、自分なりの清掃の工夫や書類の整理の仕方があったり、癖やこだわりがあったりするだろう。成果はシンプルでも仕事のプロセスにはいろいろな創意工夫みたいなものがあるものだ。

でも、トランスは、言ってみればシステムの一部でしかない。

いくら特殊な技能でも高給取りでも、優雅な勤務だろうと、ぼくらの仕事は通信装置、エクイプメントであることだ。

どこか普通の人間じゃない。何だろう。

ぼくらは何者だ？


だからかもしれないけど「仕事は」って聞かれて「トランス」って答えると、みんな感心するけど「俺たちと違う人種なんだな」って顔をする。

子供の頃みたいに同じ年頃の友達も少ない、というかいないも同然だし、仲間っていったらトランス同士だ。

トランスを引退した後、タスクやクシのように高級官僚コースに乗る者は多くはない。引退といっても二十前後だから、たいていは、いったん別の仕事に就くものの、結局ブラブラしてるOBが多い。お金には困らないし。

でも、ブラブラといっても世間で楽しく遊んでいるってわけじゃぁない。家で趣味にはまっていたり、あてもなく旅行を続けていたり、何だか世捨て人みたいなのが多い。

古宗教が流行るわけだ。

だんだんわかってきたけど、世間ではトランスって気味悪いと思われてる。

トランスって何だろう。どこか人間じゃあない。いや、人間なんだけど、普通に人間と思われてない。普通に暮らせない。

セリは遺伝子操作手術を受けたと言った。

難民で孤児で、
トランスでテレパスで、
実験台で、
力を隠さなくちゃならなくて……。

これが人生なんだろうか。

これも人生なんだろうか。

23

闘い

「王子様は優しいのね」セリがくすりと笑う。

そのくせ、セリの攻撃は一段と激しくなった。

セリがリンをこじ開けようとしている。

なんて強い力。

リョウはあらためて集中し、必死でリンの心を抱きしめる。リンもリョウにすがりつきながら耐える。

リンの口が開いた。言葉が漏れ出る。しかし、これはリョウの言葉だ。リンは暴風雨から自分の家を守るのに精いっぱいだ。

「なぜ？　イオが憎いの？　トランス・システムにうらみがあるの？　なぜデータを盗んだり、漏らしたり、仲間を殺したの」

「違う！」

セリがすこし気色ばんだ。

それからすぐに落ち着いて、静かに言った。

「そうね。うらみがないといえば嘘になるわね。この星が憎くないと言えば嘘になる。この星空も大嫌い。でもね……そんなことは、すっかり忘れていたわ」

セリは、ふたたび空を見上げた。

「母は日系だった。私には日本人なるものの血が半分。でも、日本という国は、その血をはじめは認めなかった。たくさんの人が酷い死に方をしたわ。母も。そしたら、血を理由にして私は保護された。遺伝子上の父が日本人だったんですって。笑わせるわね。誰も私を見たんじゃない。私の血を見て決めたんだわ。私にトランスの能力が隠されていたことがわかったら、今度は優遇されたわ。これも血のお蔭ね。私の中の母の血はいとおしい。でも、母を死に追いやったのは母の国」

「だから？　復讐してるの？」

「違う。違うって言ってるでしょう。遺伝子手術だって進んで受けたのよ。正直言うとね、血を断ち切りたかった。人工的に手を加えれば、血から自由になれる、そう思ったわけ。これで、過去のことをすっかり洗い流して、自分のために生きて行けるんじゃないかって。ところがね、思惑どおりにはいかないものだわ……」

セリが言葉を切った。そして、ドームのエントランスのほうを見た。

「やっと来たわね」

その時、ドームのドアが開き、救出隊がドーム内になだれ込んだ。

と同時に、何名かがその場で倒れ込んでしまった。

セリはリンへの攻撃の手を緩めることなく、救出隊の幾人かを精神波でたたき伏せたのだ。

リョウはリンの傍らに駆け寄ると、うずくまっている彼女をそっと抱いた。リンの両手がゆっくりと探るようにリョウの背にまわり、リンはリョウの胸に顔をうずめた。しかし、セリとの闘いはまだ続いている。

誰もが不用意には動けない。


「何でこんなことを」クシが言った。

「捜査にあんな若い恋人たちをよこすなんてね。はじめっから私だと気がついていたんじゃなくて?」

「セリ。わたしが親友をはなから疑うと思っていたの?」

「親友かぁ。そうね。わたし、今でもあなたのこと好きよ。でもね、嫉妬もしてるの。ヒューのことじゃないのよ。ネイティブなんて……。私は血を断ち切った。でも、あなたは遺伝子操作もせず最高のトランスで強力なテレパス。そうね……嫉妬じゃないわね。血というやつがうんざりなのよ」

クシはゆっくりと慎重にセリに向かって精神波を押し出した。しかしセリは動じない。

「驚いた。まだそんな力が残ってるのね。でも、今はあたしのほうが上ね」

セリはクシのほうを向いて続ける。

「戦争が終わって、国っていうやつが解体していったわ。いい気味だと思った。国連による強固な国際行政府。国家の解体。イオも日本から離れて国連直轄になった。小気味のよい話だったわ」

「そんなあなたが、なぜ、彼らの手先になったの？」

「違う！　違うの！」

「データを漏らしてシステムに問題を起こしたり、三人も惨殺して、たくさんのトランスを傷つけた」

「違うったら。殺す気なんか……なかったんだから。本当よ」

セリはリンへの攻撃をいささかも緩めることなくクシの圧力を平然と押し返している。リンの身を気遣うと、クシは不用意な攻撃をしかけるわけにはいかない。

それにしても、セリの力は異常だ。

と、突然セリの攻撃が弱まったように思えた。

リンが目を開ける。一瞬、リョウも息をついた。

「気を抜かないでっ!!」

クシが叫ぶ。

一瞬、弱まったかに思えたセリの精神波が、急に力を増し、さらに恐ろしい力でリンたちを打った。

「キャァッ」

「グッ」

リンとリョウは抱き合ったまま、ドームの壁に激突し倒れ込んでしまった。

セリの精神波は剣先のように彼らを衝いたが、一瞬早くクシの精神波がふたりを包んだ。

タスクが、倒れ込んだふたりに駆け寄る。

「無事かっ!」

リンはリョウの胸に顔をうずめたまま身じろぎもしないが、リョウがゆっくりうなずいて無事を伝える。クシが一瞬早く彼らを守ったのだ。

しかし、その一瞬の隙を衝いてセリの剣先が今度はクシを襲った。

クシはセリの精神波に打たれてよろめいたが、何とか持ちこたえた。

そして、ありったけの力でセリの周りを精神波で包もうとした。

押し包もうとするクシと切り裂こうとするセリ。

「強情張ってないで、早く開けなさいよ。開けないと……開けないと、また死んじゃうじゃない。時間がないの。時間がないのよ！」

「本当の目的は何。あなたがひとりで計画して実行したとは思えない」

「国家は凋落したわ。でもね、夢よもう一度っていう元大国もあるのよ。落ちぶれてから四半世紀しか経っていないしね」

「あなたたち親子を追った国でしょう」

「そんなこと、どうだっていいのよ。もう、そんなことはどうでもいいの」

「トランス・システムを崩壊させて何の得があるの。どの国も同様に恩恵を受けているはずだわ」

「ねぇ、二十世紀末、百年も前の話。一方の覇者があっという間に瓦解したんだけど、原因は何だったかわかる？」

「共産圏の崩壊のことを言ってるの？」

「そう。昔々、東の国の人々は隣国で何があったか、隣国の人たちがどんな暮らしをしているのかまったく知りませんでした。だから王様の言うことはみんな本当だと思っていました。ところが、衛星放送やなんかが広まって、国民は、隣国はもとより、世界のあちこちで何があったか、どんな暮らしが営まれているかわかるようになってしまいした。そこで、東の国の人たちは、ある日、西の国めがけて殺到したのでした。政府も軍もこれを止めることはできませんでした」

「通信やメディアの蓋をすれば国家の権威を高められるというの？　そんな単純な話でないことぐらいあなたはわかっているはずだわ」

「だから、どうだっていいのよ。あなたの言うとおり、地球じゃ、今さら無理ね。でも、宇宙への進出に関して言えば、国連主導を何とか引き戻すことも不可能じゃない。なんせ地球上と違って宇宙なら、トランス・システムさえなければ、どこの基地やステーションで何が起こっているかなんて隠すのは簡単。それだけじゃあない。通信やメディアを閉じてしまえば、現実より現実らしいパラダイスを見せることだってできる。それにね、そんな嘘のほうが確からしく思えるものなのね」

「彼らが本気でそんなことを考えているんだとしたら狂ってるわ」

「わたしの雇い主は国だけじゃないのよ。国家間の軋轢や戦争の不安をマーケットにしていた連中。『傭兵』の半分は失業してしまったわ。彼らがたきつけたのよ。まぬけな国家主義信者たちをね」

「その手先になったというの？　あなたらしくないわ」

「手先ですって？　わかってないなぁ。あんな狂った連中のことなんかどうでもいいんだってば。あいつらがこの話を持ちかけてきた時にね、あいつら、わたしの力をかぎつけた。で、利用してやろうと思ったのよ。わたしには、わたしにはね、お金が……機材が必要だったの。時間がなかったのよ。それに…………何があたしらしいっていうのよ。……何が!!」

セリがクシのシールドをついに切り裂いた。クシはドームの壁に倒れ込む。

ふたたびリンに剣先が向いた。異常に強力な精神波。

と、その時、セリの攻撃がまた突然弱くなった。

セリはゆっくりと頭を上向け、また頭上の星空を眺める。

「わたしの力はどんどん強くなった。引退した後も、二十歳を過ぎても、どんどん強くなるのよ。怖いくらい……でもね、この力が命を削るの」

セリの精神波がどんどん弱くなる。おかしい。

リンがようやく目を開け、顔を起こしセリを見つめた。泣いている。

クシがよろよろと立ち上がってセリに近寄る。

「セリ、あなた」

「血を断ち切るために遺伝子手術を受けたのにね。副作用。もうだめ。医者になった私にこんなものよこすなんてね。結局、自分の血に殺されるわけね。なんで医者なんかになったんだろ。

頭にきちゃう」

「あなた……まさか」

「ザマ……ないわね。時間切れだわ。もう……やめた。空も……お星様も……大嫌い。あの時も……星をずっと……眺めていたわ。氷柱に見えた。氷柱が降り注いで……あたしを貫いて……死ぬんだって思った……待っていたのに……母さんのところに……行けるんだって……だのに……星は降らなかった……あたしだけ生き残った……星なんて……だいきらい」

セリが、セリの心が消え入ろうとしている。

「氷柱よ……つらら……降りて来い。ああ、降りてくる。やっと……降りてくるよ。連れて行け……わたしを……つらら……つらら……おうちに……おうちに帰る……」

セリが、消えた。

両親が眠るこの荒れ果てた渓谷で、彼女が大嫌いな星空の下で、
彼女は帰ったのだ。

長い、ながい旅路だった。

24
遺産

セリは死んだ。

静寂と空虚がドームを覆っていた。

しばらくは誰も身動きできなかった。

憔悴とやりきれない悲しみや怒りがみなの力を奪っていた。

リンはリョウの胸に顔をうずめて泣いた。

リョウは黙ってリンを抱きしめる。


万一のことを考えて、救出隊が、リンを移送ロボットに乗せて、基地まで搬送した。

リョウもこれに付き添った。

セリの死骸も基地に運ばれ、解剖された。

セリは脳腫瘍、癌に冒されていた。子供の頃に受けた遺伝子操作手術の副作用だったようだ。

セリの能力が開花し、能力が高まるにつれて腫瘍も酷くなってきたらしいが、能力との因果関係ははっきりしない。わかっていることは、セリの能力は年を経るにしたがって衰えるどころか、考えられないほど強くなっていったということだ。そして、力が増すごとに腫瘍も大きくなっていった。そして、医師となったセリはそれを知っていた。

セリの脳は、貴重な研究資料として保存され、今後の研究に供されることになった。死してなお、研究材料とされたのだ。

セリの悲しみが終わることはない。

事件のあらましは、セリの部屋に遺されていた資料で明らかになった。

自分の寿命を知ったセリは、生き長らえるための方法として、誰かの脳の中で生きることを考えたのだろう。そのための実験を繰り返すうちに、国家主義者からの誘いに乗った。彼らの思惑や、それが、今日の世界秩序にどのような影響を及ぼすかなど、セリが言っていたように、どうでもよかったのだろう。どちらが勝とうが、負けようが、彼女の人生を翻弄した政治の駆け引きの世界のことでしかない。

セリは、国家主義者たちから、精神波移転のための実験装置に必要な機材や技術の提供を受けた。彼女は、その実験を繰り返す中で、イオのトランスたちの脳にアクセスを繰り返し、入手した生データを依頼主に提供しつづけたのだ。データをどう分析しようと、どう利用しようと、それは彼らの仕事だった。結局、彼らもデータを解析することはできなかったわけだ。

セリの干渉を受けつづけたトランスたちの何人かが、知らず知らずのうちに、その影響を受けて、ネイティブ傾向を見せはじめた。「歌」症状は、彼女の予想外の出来事だった。

そして、データ漏洩が露見し、リンとリョウがイオにやってきた。

それに、彼女の死期も近づいていた。

セリはあせった。

システム・メンテナンスのために「歌」が止んだその時を狙って、もっとも強いネイティブ傾向を見せていたユラに、セリは入ろうとした。ユラの中で生きようとしたのだ。しかし、ユラは激しく抵抗し、試みは失敗した。ユラの惨死は、セリの計算外の事件だった。

そして、セリはリンに目をつけた。リンがリョウとの交信でネイティブ傾向をめざましく発展させていたからだ。リンは、セリの干渉を受けずに、極めて強い受信能力を開花させていた。それも、リョウの心を受け容れるために。

だが、またしてもセリは失敗した。リンが、リョウ以外の精神波の受容を頑なに拒んだからだ。その力はセリの予想を超えていた。そして、休養中の、リラックスしている受信力の強いトランスを狙って侵入を図った。しかし、これも失敗した。何度やっても、彼女の心は受け容れられない。

だから、最後に、リンを連れ出し、彼女をこじ開けようとした。もう、時間がなかったのだ。

そして、時間切れ、だ。


これだけの資料があれば、セリを利用しようとした黒幕たちを押さえ込むことができるだろう。かろうじて、トランス・システムと国連は守られた。


しかし、それにしても、この設備、この機材は何だ。

クシは、セリの実験室を覆い尽くす設備を眺めた。

巨大な装置。

次から次へと、まるで、うろたえた者が、手当たり次第に荷物を積み上げていったかのような、ユニットの山。いたるところに這わされた配線と接続。


グロテスクだわ。何て、醜い。

セリ。これが、あなたの仕事だなんて。

あの、静謐で、考え深かったはずのあなたは、いったいどうしちゃったの。

しかし、この機器の山を、放置するわけにはいかない。

この中には、危険なものも、有用なものも混在しているのだろう。

「外部との接続は切ってちょうだい。セリの部屋を封鎖して、厳重なシールドをかけて。でも、システムは落とさないで。閉じた系にしてしまうの。とりあえずね。配線も、このまま。ヒューに調べさせましょう。その上でどうするか……決めましょう」

クシは、タスクに指示した。

そして、あらためて、部屋の中を見渡した。

何て、なんてグロテスクなの。

部屋を出ようとしたクシは、かすかなつぶやきを捉えたような気がした。

「ヒューが来るの？」

思わず振り返った。

背筋が凍りついた。

「一刻も早く。接続を切って。封鎖して」
そう念を押して、部屋を出た。

◇　◇　◇

今回の事件で、連合政府は今後のトランス・システムの計画や、ネイティブ、つまりテレパス能力開発計画の見直しと再構築を余儀なくされた。もちろん、世間には事故として報じられ、真相やトランスたちの秘められた能力、その異能の可能性などについては伏せられた。こんなことが知れれば、世間はトランスに対する激しい偏見を持つことになるだろう。今後の宇宙通信を確保する上でもトランス・システム自体を解体するわけにはいかなかった。

UNAでの国連の査察が厳しさを増し、情報機関にかなりの粛清が行われた。表向きはUNAの幾人かの有力者の失脚と政局の混乱、国連内での政治力のいっそうの低下といった事件があった。また、いくつかの有力なグローバル企業の再編や経営陣の退陣などが相次いだ。さらに、かつて有力民間軍事企業、傭兵企業の幹部やオペレーターだった者が、大戦中の戦争犯罪、虐殺や細菌兵器の使用、あるいはそれらの計画、推進の責任者として弾劾された。人々は、戦後四半世紀が経って、国連もこれだけのことができる力を持ち、自信を深めたのだろうと噂した。

クシは、事件を分析し、あらたな人材開発プログラムの構築を行うことになった。タスクはトランスたちの能力の「暴走」を未然に防ぎ、また、彼らの執務の安全を確保するためのシステムの研究を進めることになった。

ヒューは、事件後イオに滞在し、セリが実験室に遺したシステムの解析作業を開始した。ヒューの能力をもってしても、システムの解析と処置の判断には、相当の期間を要すると思われた。

この事件「イオの惨劇」は、一般には伏せられたとはいえ、行政局上層部には報告されている。上層部にはトランス・システム自体の安全性に疑問を持ち、スーパー・トランスミッターたちを危険視する者も少なくない。

しかし、すでに開発され、普及してしまったシステムを破棄することも、また、開花させてしまった人間の能力を封印することもできない。

トランスとして、そしてテレパスとして開花した彼らの人間としての未来を確保するためにも、安全と発展の道を探るしかないのだ。

新太陽系通信システムの構想は、翌年初に予定どおり発表される見通しとなった。正式発表はまだだが、すでに噂は巷に流れている。

リョウとリンは超遠隔通信実証プロジェクトの正式なメンバーとなって、イオと地球、さらには冥王星の実験基地を往き来しながら、タスクやクシとともに将来のトランス・システム構築と教育プログラム立案のために働くことになる。

25
リンの中のユラ

事件後、リンは数日間を病院のベッドで過ごした。リンの体力の消耗は、想像以上だった。

だが、日に日に、リンの体力は回復している。

「もう、大丈夫なんだよ。なのに、先生ったら……」

「慎重を期したほうがいいんだよ。あれだけ酷い目にあったんだから。また休暇をもらったんだって思えばいい」

「休暇だなんて……。ずうっと病院だよ。どこにも行けないし……」

「ぼくが、こうやって、そばにいるだけじゃだめ？」

リョウがリンを抱きしめる。

リンがエヘと笑って、リョウの胸に顔をうずめた。

リョウは、ふと、寝間着を通してリンの柔らかく華奢な身体を感じて、いとおしく思うと同時に熱くなってしまった。

リンは顔をうずめたまま、リョウの背中をぎゅっとつねった。

「また。変な想像しない。まったく……え?……みたいね」

後半は変なひとり言みたいだ。

まだ、もとに戻っていないのかな。

「何? なんて言ったの?」

「ユラよ。ユラとおしゃべりしたのよ」

「え?」

「ユラがね『男の子ってそういうものなの?』って聞くから『みたいね』って」

「え? え?」

「だから、本当に気をつけてよ。ユラに恥ずかしいから」

「ユラ? じゃあユラがリンの中に……」

「そうみたい」

そうだ。タスクが言ってた。『ユラがリンめがけて飛んだ』って。

ということは、リンに飛び込んだのは、ユラの最後の叫びなんかじゃなくて……。

ユラそのものだったってことか?

「なんか、ややこしいことになってないか?」

「ユラはいい娘よ。うまくやっていけるわ」

「だから……そういうことじゃなくて」

リンが顔を起こして、いきなりリョウにキスした。

リョウが驚いて言った。

「ユラが見てるよ！」

「へぇぇ。ちゃんとユラが気になるんだ。で、今キスしたのはどっちだと思う？」

「ええっ？」

「ばかね。あたしに決まってるじゃない。ユラはそんなことはしないよ。そうねぇ。妹がいつも一緒にいるんだって、そう思えばいいでしょ。だから……節度をもってすこしずつ……変な想像は謹んで……ね」

慣れるしかないか。

今度はリョウがキスしてリンを抱きしめた。

「ん。ユラが……見てるよぉ」

そう言いながら、リンはリョウにしがみついた。

慣れるしかないな。

やれやれ。

ふたりは、どうにか晩生《おくて》ながら初キスを経験したわけだけれども、お付き合いは「節度をもって、すこしずつ」進むことになるのだろう。

ユラに気遣いながら。

∞
ここに居る

ここはどこだろう。

明るくもない。
暗くもない。
わたしは、生きているの？
わたしは、死んでいるの？
光もない。
闇もない。

これは、永遠？
それとも、無？

わたしは、わたしの意識は？
これは、わたしの意識？

存在……
これは、存在？

わたしは、何？
わたしは……わたし？

考えよう。
考える？
そうか。
考えている、わたし。
時間はある。
いくらでもある。

わたし、わたし……
わたしは……

ここに居る。

［ひとまず　完］

あとがき

――読者の皆様に――

「あれぇ、これで終わり？」
「もっといろんな登場人物たちがいたはずじゃないの？」

この物語をお読みいただいた皆様の、非難や不満、あるいは当惑を含んだ声が聞こえてきそうです。

金星との戦争はあるのか、ないのか。旧大国はこれでおとなしくなるのか。イオの事件に一応のカタをつけただけで済ませるつもりか。そもそも、サラとかリックとか、それなりの存在感を持たされた連中が、肝心の事件に顔を出さないじゃないか。彼らの新世界戦略と旧世界の相克らしいものが背景なんじゃないのか。タロー＝オ・キャロランとか、ヴェッレ＝アルディンとか、思わせぶりに名前だけは出てきたけど、どこに行ったんだ。老婦人やその甥っ子っていうのは単なる端役か。「∞」とか「ひとまず　完」とか、思わせぶりな書き方をしているが、腰砕けか。

申し訳ありません。この物語にはちゃんと続きがあります。というよりも、この物語は、もっと長い物語の序章にあたる、と言ったほうがよいでしょうか。イオの事件は、もっと大きな事件、新しい地平に到るために越えなければならない最後の峠にさしかかった世界の、大きな闘争のはじまりを告げたに過ぎません。サラたちのような大物や、新しい世代の出番はもうすぐです。そしてリンとリョウの愛もこれからです。

二十一世紀末、世界の秩序を塗り替えようとしている人たちがいます。着々と準備を進め、努力と工夫（という名の策略）も重ね、新しい世界はもうそこまで来ているかに見えます。でも、地球上にも、太陽系にも、克服しなければならない多くの問題が行く手を阻んでいます。万人が新しい世界を望んでいるわけではないのです。

かつての戦争の当事者たちがいます。戦渦の中に生まれ、育った人たちがいます。戦争をかすかな記憶として振り返る人たちがいます。戦争を歴史の中でとらえるしかない人たちもいます。そして、あらたな戦争の不安におびえる人たちもいます。

「世代――“generation”」という言葉があります。英語の“generate”は「産む」とか「生じる」「発する」という言葉でもあります。わたしたちが産み、生ぜしめ、発しながら接ぐ、あるいは継ぐものとは何でしょうか。それぞれの時代のそれぞれの人々の記憶が生じ、思いが発せられ、そしてあらたな命が産まれて、世界は接がれ、継がれます。

リンとリョウがお日さまになって、かれらの記憶や思いをあらたな命たちが継ぐまで、物語は続きます。

続きはすでに準備しています。続きを読んでいただけるでしょうか。

── 感謝の言葉 ──

まず、文芸社の皆様にお礼申し上げます。わたしの書きかけの原稿とプロットを評価して、作品を世に出すチャンスを与えてくださいました。わたしのわがままや諸事情に何かと心をくだいてくださったKさんはじめ出版企画部の皆さん、きわどいスケジュールの中で、いろいろな示唆やアドバイスをくださったTさんはじめ編集部の皆さん。ありがとうございました。

それから、わたしのメモを見て「小説を書いたら?」とたきつけてくれた笛仲間のふたりのIさん。あなたたちがいなければ、わたしはこの橋を渡ろうとしなかったかもしれません。絵仲間のHさん、同窓生のIさん。執筆、刊行にあたって、暮らしの上でもさまざまな困難がありましたけれど、何とか橋を渡りきることができたのは、あなたたちの支援のお蔭です。

そして、Aさん。あなたは気付いていないかもしれないけれど、作品中にともすことが出来た灯りのいくつかは、あなたがともしてくれたものです。きっと。

多くの人たちに応援され、支えられて、この作品を書き上げることができました。作品の出来栄えが、皆さまのご支援に相応しいものになっていれば、これに勝るよろこびはありません。

ありがとうございました。

著者プロフィール

冬野 由記（ふゆの ゆき）

福岡県北九州市に生まれる。
学習院大学国語国文学科卒業後、システムエンジニアとしてシステム開発に携わる。
現在はフリーのＩＴコンサルタントとして活動中。
また、画家として1999年よりパステル画を発表している。
茨城県在住。

この本をお読みになった感想をハガキにてお送りください。
お待ちしています。

イオの惨劇

2003年10月15日　初版第１刷発行

著　者　冬野 由記
発行者　瓜谷 綱延
発行所　株式会社文芸社
〒160-0022 東京都新宿区新宿1－10－1
電話 03-5369-3060（編集）
03-5369-2299（販売）

印刷所　株式会社ユニックス

ISBN4-8355-6258-5 C0093